ISABELLE AUTISSIER
Klara vergessen

AF197301

GOLDMANN
Lesen erleben

Isabelle Autissier

Klara vergessen

Roman

Aus dem Französischen übersetzt
von Kirsten Gleinig

GOLDMANN

Die Originalausgabe erschien 2019 unter dem Titel *Oublier Klara*
bei Éditions Stock, Paris.

Penguin Random House Verlagsgruppe FSC® N001967

1. Auflage
Taschenbuchausgabe: Januar 2022
Wilhelm Goldmann Verlag, München,
in der Penguin Random House Verlagsgruppe GmbH,
Neumarkter Str. 28, 81673 München
Copyright © 2020 by mareverlag, Hamburg
Umschlaggestaltung: UNO Werbeagentur, München
Unter Verwendung der Umschlaggestaltung von Nadja Zobel /
Petra Koßmann, mareverlag
Umschlagmotiv: © Gerhard Rießbeck
mb · Herstellung: ik
Satz: Buch-Werkstatt GmbH, Bad Aibling
Druck und Bindung: GGP Media GmbH, Pößneck
Printed in Germany
ISBN: 978-3-442-49178-0
www.goldmann-verlag.de

Besuchen Sie den Goldmann Verlag im Netz

Juri

Rückkehr nach Murmansk

Es war dieser erhabene Moment.

Juri hatte keinen Fensterplatz gebucht, aber das Flugzeug war längst nicht voll besetzt, und so war er einfach weitergerutscht. Er wusste, dass er nicht lesen oder sich auf irgendetwas anderes würde konzentrieren können. Lieber betrachtete er die Landschaft, die wie eine beruhigende Hypnose auf ihn wirkte. Achttausend Meter unter ihm erstreckte sich endloses Weiß, nur hier und dort von einer dunklen Straße durchzogen, von der man nicht wusste, wohin sie führte. Die zugefrorenen Seen glitzerten bläulich, der Wald reihte seine braunen Stämme aneinander, an denen der Schnee nicht haften geblieben war. Ansonsten überall Weiß, Weiß, Weiß.

Als die Sonne den Horizont streifte, brachen Purpurrot und Rosa sich Bahn. Der Schnee schien zu brennen. Der Himmel färbte sich von Gelborange im Westen bis zu Schwarz im Osten. Er wäre gerne im Cockpit gewesen, um dieses Tuschebild als Ganzes zu erfassen und den Moment zu genießen. Ein solches Panorama hatte er zuletzt vor beinahe dreißig Jahren gesehen, auf einem Fischtrawler irgendwo hoch im Norden. Seither hatte ihm das Licht der Stadt den Anbruch der Nacht immer verschleiert. Er spürte, dass das Schauspiel nur für ihn war, damit er die Verbindung zur Vergangenheit wiederaufnehmen konnte, auf die er sich gerade innerlich vorbereitete.

Das herrliche Farbenspiel dauerte nur wenige Minuten, dann versank alles in Sepiabraun, und schließlich wurde es ringsum schwarz. Lediglich ein schwacher Schimmer links vom Flugzeug wies die Richtung.

»Meine Damen und Herren, wir haben mit dem Landeanflug auf Murmansk begonnen, bitte setzen Sie sich wieder auf Ihre Plätze ...«

Als er die übliche Durchsage der Stewardess hörte, nahm Juri das alte Ziehen in der Magengegend wahr, das er lange nicht verspürt hatte. Da war es also wieder. Kein Entkommen mehr. Seit er sich vor ein paar Tagen entschieden hatte, zurückzukehren, hatte er die Gedanken an die Konsequenzen beiseitegeschoben. Auf der Reise hatte er versucht, sich von der Unwirklichkeit solcher Langstreckenflüge einlullen zu lassen: Menschenmengen an den Flughäfen, Warteschlangen, fader Kaffee, Filme am laufenden Band, die einen in eine Art Koma versetzten, sodass man Tag und Nacht nicht mehr voneinander unterscheiden konnte. Er hatte sich immer vorgestellt, die Reisenden auf Interkontinentalflügen kehrten in einen fötalen Zustand zurück. Was heute haargenau auf ihn selbst zutraf.

Als er aus dem Flughafen trat, wiesen ihm die eingemummelten Männer, die die Reisenden diskret heranwinkten, den Weg zu den »Schubkarren«, den illegalen Taxis. Er hätte sich durchaus auch ein normales Taxi leisten können, aber er hatte Mitleid mit den Typen, die nachts dastanden und warteten und auf ein paar Rubel hofften.

»Business, Sir?«, erkundigte sich der Fahrer.

Er musste seinen teuren Koffer gesehen haben. Eine Unterhaltung gehörte zur Fahrt in einer Schubkarre dazu, und ein paar nette Worte brachten vielleicht ein Trinkgeld ein. Juri antwortete auf Russisch.

»Ja, Sicherheitskontrolle der Straße Richtung Norden.«

Warum log er? Weil es zu kompliziert oder zu schmerzlich gewesen wäre, zu erklären, dass er aus Ithaca im Bundesstaat New York gekommen war, um dabei zu sein, wenn sein Vater starb, wahrscheinlich zumindest. Er hätte erzählen müssen, dass er seit 1994, seit dreiundzwanzig Jahren, keinen Fuß mehr auf russischen Boden gesetzt und sich, als er damals von hier geflohen war, geschworen hatte, nie wieder zurückzukehren.

Während der alte Mercedes über die Straße glitt, erkannte man im Scheinwerferlicht nur einen Hauch glitzernder Eiskristalle. Sie ließen den Wald hinter sich, der Schnee wurde schwarz. Kohlestaub! Juri hatte ganz vergessen, dass Murmansk in eine Schadstoffwolke gehüllt und dies hier nur der sichtbarste Teil davon war.

Die Stadt tauchte auf, ausgestorben um diese Zeit. Er bemerkte die neue Brücke über die Kola-Bucht und das neue Viertel, das auf dem anderen Ufer funkelte. Der Fahrer setzte ihn am Hotel Gubernskiy ab, nicht ohne ihm seine Handynummer für ein anderes Mal zu geben, oder falls er einen Ort suchte, um sich ein wenig zu amüsieren.

Ein amerikanischer Pass tat noch immer seine Wirkung in Murmansk, selbst wenn der Familienname die russische Herkunft verriet. Dienstbeflissen wurde ihm ein Zimmer aufgeschlossen, das nach Desinfektionsmittel roch, aber komfortabel war: XXL-Bett, Großbildfernseher. Mit der geblümten Tagesdecke und dem Bild von einer Hirschjagd hätte er sich ebenso gut irgendwo in Wisconsin oder Alabama wähnen können.

In einem unfassbar kitschigen Speiseraum, in dem nur drei schweigsame Geschäftsleute herumsaßen, aß er rasch zu Abend und ließ sich dann in den großen Kunstledersessel in seinem Zimmer fallen. Es war an der Zeit, die Lethargie abzuschütteln, die ihn auf der Reise befallen hatte.

• • •

Unter den Hunderten von Mails, die täglich seinen Uni-Account verstopften, hatte die russische seine Aufmerksamkeit erregt, denn der Austausch unter Wissenschaftlern lief normalerweise auf Englisch:

»Guten Tag, ich hoffe, dass ich an die richtige Mail-Adresse schreibe. Sie kennen mich nicht, ich heiße Anatoli Grigorjewitsch Soutine, ich wohne in Murmansk im selben Haus wie Ihr Vater. Seine Nachbarin von gegenüber, Irina Iwanowna, die Sie gut kennen, hat mich gebeten, nach Ihnen zu suchen. Da ich lediglich wusste, dass Sie in den USA leben und wahrscheinlich Ornithologe sind, war das zugegebenermaßen nicht ganz leicht. Ihre wissenschaftlichen Veröffentlichungen haben mir die entscheidenden Hinweise gegeben. Irina lässt Ihnen ausrichten, dass Ihr Vater mit einem Leberkarzinom, offenbar im Endstadium, im Krankenhaus liegt. Sie sagt, er erwähnt oft Ihren Namen und scheint den dringenden Wunsch zu haben, Sie wiederzusehen. Wenn Sie möchten, kann ich ihr gerne eine Antwort übermitteln. Sie ist inzwischen fast taub und kaum mehr in der Lage zu telefonieren.

Freundliche Grüße.«

Juri hatte lange reglos vor dem Bildschirm gesessen. Es war spät, und im Labor herrschte Stille. Er schloss die Augen und sah wieder die breiten Boxerschultern vor sich, als wäre es gestern gewesen, die blaugrauen Augen und den großen Mund mit dem spöttischen Lächeln und den nikotinverfärbten Lippen: seinen Vater. Warum wollte er ihn unbedingt wiedersehen, nach allem, was passiert war? Das Wort Reue gehörte nicht zu seinem Wortschatz. Veränderte der nahe Tod einen Menschen derart?

Er bemerkte das nervöse Wippen seines Beines, ein Tick, den er nicht mehr an sich kannte, seit er in Amerika lebte. Er erinnerte ihn an seine Ohnmacht, wenn er die Wut seines Vaters über sich ergehen lassen musste. Sich ihm zu widersetzen zog die Moralpredigten nur in die Länge und ließ den Vater in seiner Rage noch ganz andere Töne anschlagen.

Er schaltete den Computer aus. Seine Gedanken schweiften bereits Tausende Kilometer weit. Als er hinaustrat, roch der dunkle Campus nach Herbst. Ein kräftiger Wind pfiff durch die Bäume und blies ihm entgegen, sodass er gute zwanzig Minuten mit dem Rad nach Hause brauchte. Um seine aufwallenden Gefühle im Griff zu behalten, versuchte er sich auf die schlecht beleuchtete Straße zu konzentrieren, wo er auf dem abgefallenen Laub ins Rutschen geriet. Er versuchte, nicht an die Nachricht zu denken, wusste aber bereits, dass er sich zu Hause sofort an den Rechner setzen und ein Flugticket buchen würde.

Was hatte er von einem kranken Mann heute schon noch zu befürchten.

Mit seinen sechsundvierzig Jahren hatte er genauso viel Zeit in der UdSSR wie in den Vereinigten Staaten verbracht, aber seine wahre Heimat war hier, in Amerika. Nicht nur wegen des neuen Passes, sondern vor allem wegen der Universität, wegen seiner Forschung, die ihn begeisterte, wegen Stephan, den er lieben konnte, ohne sich zu schämen, während er schreckliche Geschichten über die Verfolgung homosexueller Paare in Russland hörte – kurzum wegen seines ganzen Lebens, das er sich hier nach seinen Vorstellungen aufgebaut hatte. Nichts würde ihn dazu bringen, dieses Land zu verlassen, das ihn als mittellosen Doktoranden aufgenommen und ihm den Weg zu seinem Ziel bereitet hatte.

Jedes Mal, wenn er sich getraut hatte, seinem Vater von dem Leben zu erzählen, das er sich erträumte, hatte er sich anhören müssen, er sei nur ein Dummkopf, der es zu nichts bringen würde. Inzwischen hatte er es zu etwas gebracht: zum Professor an der besten Universität seines Faches mit gutem Gehalt, einem schönen Haus, einer Hütte in den Bergen und allem, was zum amerikanischen Way of Life gehörte. Er war es, der recht behalten hatte. Alles, was ihm von Leuten, die kürzlich ausgewandert waren, über das Leben in Russland zugetragen wurde, bewies, dass er es richtig gemacht hatte.

Juri blieb mehrere Stunden lang sitzen, ganz im Dunkeln. So verfuhr er auch, wenn er auf ein berufliches Problem stieß oder mit einer schwierigen Publikation nicht weiterkam. Sein Geist schweifte mit dem Licht der Straßenlaternen umher, das sich einen Weg durch die Zweige der Hecke bahnte. Die Reglosigkeit schärfte seine Konzentration. An windigen Abenden wie diesem tanzte es durch das dunkle Zimmer. Das wirkte hypnotisch und weckte die Erinnerungen. Er merkte, wie entschieden er die ersten dreiundzwanzig Jahre seines Lebens verleugnet hatte. Er hatte jeglichen Kontakt abgelehnt, in die eine wie in die andere Richtung. Am Anfang, weil er befürchtete, seine Mutter könne ihn emotional unter Druck setzen oder sein Vater ihn verspotten, später aus Bequemlichkeit. Das frühere Leben durfte das heutige nicht infizieren, sonst drohten Angst und Schuldgefühle. Mit der Mail von diesem Anatoli hatte sich diese Strategie erledigt. Sie war bestimmt das Zeichen, dass es an der Zeit war. Konnte man den Ruf des kranken Vaters ignorieren? Sollten sie nicht Frieden schließen? Würde er sich am Ende seines Lebens nicht vorwerfen, die ausgestreckte Hand nicht ergriffen zu haben?

• • •

Wie bei sich zu Hause knipste Juri auch im Hotelzimmer keine Lampe an. Die Straße verströmte ein grünliches, vom Nebel gedämpftes Licht, das sich gelb färbte, wenn ein Auto vorbeifuhr. Abgesehen von gelegentlichen Geräuschen der Toilettenspülungen und Türen schien alles ruhig. Seine Erinnerung an die Stadt war eine andere, und auf einmal drängte es ihn, sich durch ihre Straßen zu bewegen. So viel war geschehen in dreiundzwanzig Jahren und seit der UdSSR seiner Kindheit. Er dachte an die alte Wohnung, an die Rutschpartien auf dem schwarzen Schnee, an die Schiffe seines Vaters … Er sah sie alle vor sich bis auf eines: die *305*, das Schiff, das ihn noch immer ängstigte. Er dachte an seine Mutter, die so sehr am Materiellen hing, dass er sich an jeden einzelnen Kuss von ihr erinnern konnte, derart selten waren sie gewesen. Sie musste gestorben sein, ansonsten hätte die alte Irina sie erwähnt. Wann wohl? Niemand hatte versucht, ihn zu erreichen. Sie war ebenso unbeachtet gestorben, wie sie gelebt hatte.

Schließlich schlief er auf dem Sessel ein. Scheinwerferlichter, die immer seltener ins Zimmer drangen, strichen wie Messerklingen über sein Gesicht, die hervorstehende Nase, für die er sich als Kind so geschämt hatte, den Kopf mit den braunen Haarsträhnen, die er nach vorne strich, um seine Glatze zu verdecken, und die noch immer bläuliche Narbe an der linken Schläfe. Als er wieder aufwachte, schienen seine tiefen Tränensäcke in den Augenhöhlen zu verschwinden. Er wirkte erschöpft, und das lag nicht an den Nachtschichten am Computer oder unterwegs mit dem Ornithologenfernglas. Es war eine sehr alte

Erschöpfung, die auf einen langen Kampf zurückging, den ums Weiterleben trotz der Angst. Seit seiner Flucht war es ihm gelungen, sich dieses Gift vom Leib zu halten. Doch an diesem Abend erinnerte sein Körper sich wieder an die alte Schwäche.

Er verschlief das Hotelfrühstück, war aber froh darüber. Er wollte unbedingt durch die Stadt schlendern, zunächst wieder Verbindung zu den Orten aufnehmen, bevor er den Menschen gegenübertrat. Draußen war der Nebel spurlos verschwunden, stattdessen zeigten sich ein blassblauer Himmel und das opalisierende Licht der noch zaghaften Frühlingssonne.

Der erste Eindruck war verwirrend. Alles war anders, und doch hatte sich nichts verändert. In der Innenstadt fand er die breiten Straßen mit den kaputten Gehwegen wieder, von einer harten schwärzlichen Schneeschicht überzogen. Aber darauf stapften keine schweren Stiefel mehr. Man sah vor allem Nikes, Schuhe aus Leder oder etwas, das so aussehen sollte, und sogar aberwitzige Stilettos mit Riesenabsätzen. Die Mädchen, die sie trugen, wedelten beim Trippeln mit den Armen, um das Gleichgewicht zu halten, wie Pinguine. Die Mode war dieselbe wie in jeder x-beliebigen Stadt in Amerika: Jogginghosen, rosa Steppjacken, Kunstfellmützen, aus denen extrem gebleichte Haarsträhnen hervorlugten. In den USA hätte er dem keinerlei Beachtung geschenkt, in Murmansk erschien es ihm absurd.

Genauso überraschte Juri die Werbung, deren Einzug er kaum noch mitbekommen hatte und die nun an allen Straßenecken das neueste iPhone anpries. Auch die

Geschäfte hatten sich erheblich verändert. Die Schaufenster waren größer und gefüllt. Führende Hersteller aus Europa und den USA boten zehn verschiedene Staubsaugermodelle oder Kleidung in allen nur erdenklichen Farben an. Er hatte eine schwarz-weiße UdSSR verlassen, das heutige Russland war bunt.

Er streifte durch die Innenstadt, bis er Hunger bekam und der Lust nachgab, in einer Filiale von McDonald's zu frühstücken, die sich damit rühmte, die nördlichste der Welt zu sein. Abgesehen von der kyrillischen Beschilderung hätte sich der Laden ebenso gut zu Hause in Ithaca befinden können: dieselben Resopaltische, dieselben eng anliegenden T-Shirts mit dem gelben M, dieselben Verpackungen, in denen sich die Fettspuren des Gebäcks abzeichneten. Am meisten erstaunte ihn, dass die Musik genauso belanglos war. Juri hätte nicht sagen können, ob ihn die Angleichung an einen Standard, der als »hoch entwickelt« galt, glücklich machte oder nicht.

Unterm Strich sorgten die Farben für einen fröhlichen Eindruck, und die Passanten schienen schneller zu gehen, größere Leichtigkeit auszustrahlen als in seiner Erinnerung. Er ertappte sich bei dem Gedanken, dass mit dieser Angleichung dennoch etwas vom russischen Geist auf der Strecke geblieben war. Und nahm sich diese Nostalgie gleich darauf selbst übel. Russland war einfach nur ein Land wie jedes andere geworden.

Doch sobald er sich vom Zentrum entfernte, fand er die Stadt seiner Kindheit wieder, wo sich die verfallenden Fassaden aneinanderreihten. Vor dem Zusammenbruch des Landes waren sie in Pastelltönen gestrichen worden, und die dunklen Schimmelspuren oberhalb der Fenster traten darauf umso deutlicher hervor. Der abbröckelnde Putz hinterließ ein riesiges Puzzle auf den Wänden. Er entdeckte Plastiktüten, die von den Fensterriegeln hingen, vermutlich mit Kräutern oder ein wenig Butter gefüllt. Offensichtlich hatten noch nicht alle einen Kühlschrank.

Er ging weiter, stieg wieder die Straßen hinauf, die zu den gewaltigen Wohnblocks auf den Hügeln führten. Solche Häuser waren ein Markenzeichen sowjetischer Städte gewesen, vor allem von Murmansk. Nach dem Krieg waren nur noch zehn Prozent der geschundenen Stadt erhalten gewesen. Wegen ihrer günstigen Lage am Ende eines Fjords, der unter dem Einfluss des Golfstroms nie zufror, diente sie ab 1941 als strategischer Hafen für die Waffenversorgung der UdSSR durch die Alliierten. Die deutsche Armee hatte es nicht geschafft, die Stadt zu erobern, wofür sie sie allerdings teuer bezahlen ließ. Der Wiederaufbau, der mit Nachdruck betrieben wurde, um die Seeleute der Marine, der Handelsschifffahrt und der Fischerei unterzubringen, hatte diese endlosen zehnstöckigen Kästen hervorgebracht, die wie eine schweigende Armee über die Bucht wachten. Die Stellung als Kapitän hatte seinem Vater das Privileg verschafft, dort einziehen zu dürfen: eine abgeschlossene Wohnung mit eigener Küche und Toilette!

So oft war Juri die Hügel hinaufgestiegen, wenn er vom Hafen nach Hause kam. Er erinnerte sich an die Spiele und die Raufereien und ebenso an die Angst im Bauch, die ihn ergriff, wenn er um die Ecke des letzten

Häuserblocks kam und sich fragte, in welcher Verfassung er seinen Vater antreffen mochte.

Das Viertel war inzwischen heruntergekommen. Oder täuschte ihn seine Erinnerung? Nein. Die Fassaden waren verwahrloster als je zuvor. Große Brocken Putz, sogar Beton waren heruntergefallen. Die Spuren der Fußgänger im Schnee zeigten, dass sie genau wussten, wohin sie nicht treten durften, um nicht zu stürzen. Die Graffiti hingegen waren neu. In der UdSSR seiner Kindheit hätte niemals jemand auch nur daran gedacht, die Wände zu besprühen. Schwer entzifferbare Tags standen neben Sprüchen wie »Tod dem schwarzen Pack«, »Es lebe Putin«, »Schwule in die Gaskammer«. Auch hier stand Murmansk amerikanischen Vorstädten in nichts nach. Er erinnerte sich an die unendlichen Gespräche, die er in den USA mit anderen Einwanderern über das ewige »Früher war alles besser« oder »Die Leute kennen keinen Respekt mehr« geführt hatte. Am Ende hatte er den Kontakt zu den russischen Kreisen abgebrochen, weil er müde war von den immer gleichen Diskussionen. Aber tief in ihm schmerzte diese Zurschaustellung des Hasses. Die euphorische Stimmung Anfang der Neunzigerjahre kam ihm in den Sinn: Perestroika, das Ende des Kommunismus, der Traum von Freiheit, der sie ergriffen hatte. War das nur ein Strohfeuer gewesen?

Auch der Eingang des Hauses war mit Graffiti übersät, und die Türscheiben waren eingeschlagen. Im Treppenhaus hing der altbekannte Geruch: eine Mischung aus Kohl, Reinigungsmittel und Feuchtigkeit. Seine Schritte hallten auf den gekachelten Stufen und fügten den vorhandenen Spuren von geschmolzenem Schnee und Matsch weitere hinzu.

Die alte Irina wohnte gegenüber seiner ehemaligen Wohnung, im vierten Stock. Er klopfte mehrfach, von Mal zu Mal lauter, bis er schlurfende Pantoffeln und das Geräusch eines Stockes hörte. Eine alte Frau öffnete vorsichtig die Tür einen Spaltbreit und wollte sie gerade wieder schließen, als er seinen Fuß dazwischenschob. Dreiundzwanzig Jahre später, wie sollte sie den schlaksigen jungen Mann mit den kurz geschorenen Haaren, der damals weggegangen war, auch wiedererkennen?

»Irina Iwanowna, meine liebe Rinotschka, ich bin's, Juri, der Sohn von Rubin«, sagte er sanft, um sie nicht zu ängstigen.

Sie musterte ihn misstrauisch durch den Türspalt. Ihre Augen, an deren intensives Blau er sich erinnerte, waren mit dem Alter blass geworden. Weil sie so schlecht hörte, wiederholte er den Satz noch einmal lauter. Sie zögerte einen Augenblick, dann sah er, wie ihr Gesicht sich entspannte und darauf das Lächeln erschien, das ihn so oft getröstet hatte.

»Mein Gott! Mein kleiner Juri …«, stammelte sie und starrte ihn an, ohne sich vom Fleck zu rühren.

Sie blieben eine Weile so stehen, er den Fuß auf der Schwelle, sie die Hand am Rahmen, als wolle sie die Tür wieder schließen. Dann trat sie mit einem Mal zurück.

»Bist du es wirklich? Juri Rubinowitsch? Mein Jurka? Nach all der Zeit. Komm herein, schnell!«

Plötzlich schien sie ängstlich, als könne er sich vor ihren Augen in Luft auflösen. Tränen rollten aus ihren

Augen. Sie wandte sich ab, um ihre Aufregung nicht zu zeigen, und hinkte in die Küche.

»Ein Tee, ich mache dir einen Tee.«

Ebenso wie sie gezögert hatte, als sie ihn sah, hätte auch er ihr begegnen und sie nicht wiedererkennen können. Irina war sehr alt geworden. Sie war nicht nur äußerlich in sich zusammengesunken wie alle alten Menschen, sondern schien auch innerlich leer. Hätte Juri das Fenster geöffnet, hätte der erste Windstoß sie ergriffen und mit sich fortgetragen. Die schlaffe Haut hing an dem gebeugten Körper, hüllte ihn ein wie ein unförmiges Kleidungsstück. In dem von Falten zerfurchten Gesicht traten nur die Wangenknochen glatt hervor wie reife Früchte auf ausgetrockneter Erde.

In der Küche hingegen hatte sich nichts verändert. Die Eckbank, jenes Möbelstück, das in keiner russischen Wohnung fehlen durfte, hatte lediglich ihren Glanz verloren, und auf dem grün-weiß karierten Bezug prangten mehr Fettflecken. Die Schranktüren standen noch immer offen, die Regale aus Restholz befanden sich nach wie vor ebenso am selben Platz wie die von Generationen von Ellenbogen und Gesäßen blank gescheuerten Stühle und der Plastiktisch. Juri sah die triste Szenerie gar nicht. Er war zutiefst ergriffen. Er war nicht mehr der würdevolle Universitätsprofessor, sondern ein Kind, das weinte, weil es geschlagen worden war, und um Zärtlichkeit bettelte, und später ein jähzorniger Jugendlicher. Das Wiedersehen mit der alten Frau, die ihn immer aufgenommen hatte, hatte soeben die zweite Hälfte seines Lebens verblassen lassen. Er wandte den Kopf ab, damit sie die

Tränen nicht sah, die ihm in die Augen traten. Einige Minuten taten sie, als seien sie vertieft – die eine in das siedende Wasser, der andere in die Kratzer auf dem Tisch.

Der Tee verhalf ihnen zu ihrer Fassung zurück. Vorsichtig wechselten sie ein paar Worte: Gefiel ihm seine Arbeit in Amerika? Machte ihr das Bein noch mehr zu schaffen als früher?

Schließlich nahm sie ihren Mut zusammen:

»Dein Vater wird bald gehen, er ist seit einem Monat im Krankenhaus. Wenn ich ihn besuche, ist er von Mal zu Mal schwächer. Es wurde Zeit, dass du kommst.«

Man sagt nicht »sterben« in dieser Generation, in der so viele viel zu früh verschwunden sind. »Gehen« ist diskreter.

In den USA wären zweiundsiebzig Jahre kein hohes Alter. Doch für einen Mann, der Kälte und Stürme im hohen Norden erlebt, die Entbehrungen der Sowjetära erlitten, Hektoliter von Wodka gesoffen und schlechte Zigaretten geraucht hatte, war es gar nicht mal so schlecht.

»Er war so ein schöner Mann, so stark, man dachte, nichts kriegt ihn unter … So ein schöner Mann …«

Juri hatte Irina immer als alleinstehende Frau gekannt. Ihre eigene, nach dem Zweiten Weltkrieg verwitwete Mutter hatte Juris Vater Rubin unter ihre Fittiche genommen, als er noch ein mutterloses Kind war. Der erwachsene Rubin hatte seinerseits den beiden Frauen geholfen, hier mit ein wenig Fisch, da mit ein bisschen Geld. Dann war es ihm gelungen, ihnen die Wohnung gegenüber seiner eigenen zu verschaffen. Als Jugendlicher hatte Juri sich gefragt, woher diese Verbundenheit rührte, doch nichts hatte je auf eine mögliche Beziehung schließen lassen. Irina hatte ihn immer wie den Sohn behandelt, den sie selbst nie gehabt hatte.

Irinas Blick schweifte gedankenverloren zum Fenster, dann fing sie sich wieder.

»Gut, dass du da bist. Ich habe dafür gebetet. Du musst ihn sehen. Er muss unbedingt mit dir sprechen. Er hat dir etwas zu sagen. Geh zu ihm, schnell, bevor …«

Sie beendete den Satz nicht. Juri spürte einen Anflug von Unmut. Hatte sein Vater ihn herkommen lassen, nur um ihm eine Beziehung zu gestehen, die ihm vollkommen egal war? Damit er sich um Irina kümmerte? Dass sein Vater zu einem solchen Akt der Selbstlosigkeit fähig war, glaubte er allerdings nicht. Niemals würde er ein Verhältnis eingestehen, schon gar nicht gegenüber seinem Sohn. Sicher wollte er ein letztes Mal seine Macht beweisen, ihn dazu zwingen, Tausende von Kilometern zurückzulegen, ihn daran erinnern, dass sein Weggehen keine Rebellion, sondern eine ganz banale Flucht gewesen war.

»Behaupte dich, schlag zu, geh drauflos!« Das waren seine immer gleichen Worte, als er jung war. Juri konnte sich nicht vorstellen, dass sein Vater ihn um Frieden bat, einen letzten Segen.

Eine Tür schlug zu. Schritte hallten im Flur. Von einem Balkon schrie eine Stimme einem Kind zu, es solle reinkommen. Das hellhörige Haus verbarg nichts vom Leben seiner Bewohner, stellte Elend und Glück schamlos zur Schau. Das Leben war hier mal voller Hoffnung, mal voller Verzweiflung.

»Geh schnell«, sagte sie noch einmal. »Es geht um Klara.«

»Klara? Meine Großmutter?«

Auf Juris Gesicht zeigte sich Erstaunen. Die Mutter seines Vaters, Klara, war Anfang der Fünfzigerjahre an einer Lungenentzündung gestorben oder an einer ähnlichen Krankheit, das wusste er nicht mehr genau. Er hatte sie nicht kennengelernt, und in der Familie wurde wenig über sie gesprochen, außer um daran zu erinnern, dass sie eine herausragende Geologin gewesen war. Sie hatte ihren Sohn unbedingt Rubin nennen wollen, als Ehrerbietung an ihr Fachgebiet. Der Stalinismus nach dem Krieg missbilligte religiöse Vornamen. Stattdessen wurden »Freiheit«, »Tribun«, »Sowjet« populär, aber auch Namen in Anlehnung an die chemischen Elemente, für die der Wissenschaftler Mendelejew eine Systematik entwickelt hatte. Sie galten als Glorifizierung der russischen Wissenschaft und sollten den Siegeszug der sozialistischen Industrialisierung heraufbeschwören. Auf den Pausenhöfen wurde also ständig nach Titan, Diamant oder Zirkon gerufen. Rubin war da gar nicht mal so schlimm, man dachte dabei an die Härte und das Leuchten dieses Steins, das die Mutter sich vielleicht für ihren Sohn gewünscht hatte. Sein Großvater väterlicherseits, der alte Anton, der nie wieder heiratete, hatte sich mehr schlecht als recht um seinen Sohn gekümmert und bis zu seinem Tod bei ihnen gelebt. Er war ein unscheinbarer, ängstlicher Mann gewesen. Auch er war Geologe und hatte seine Frau an der Fakultät in Sankt Petersburg (damals Leningrad) kennengelernt. Am Ende des Krieges waren sie beide an das nagelneue Labor in Murmansk versetzt worden, als man anfing, die sagenhaften Erzvorkommen auf der Halbinsel Kola nutzbar zu machen.

Juri erinnerte sich nur an eines: Wenn zufällig der Name Klara gefallen war, hatte sich Antons Gesicht verzerrt und eine unendliche Trauer offenbart. Diese Liebe, die den Großvater noch immer umtrieb, Jahrzehnte nach dem Tod seiner Frau, hatte Juri berührt.

»Ja, darum will er dich unbedingt sehen«, fuhr Irina fort. »Er weiß, dass ihm nicht mehr viel Zeit bleibt. Er will dir etwas sagen, was mit seiner Mutter zusammenhängt. Du bist sein einziges Kind.«

»Aber er hat sie doch kaum gekannt, oder? Warum will er über sie reden, warum jetzt?«

»Er war fünf Jahre alt, als sie gestorben ist. Mehr kann ich dir nicht sagen, ich habe sie nicht gekannt. Anton hat nur selten von ihr gesprochen.«

Erst jetzt fiel Juri auf, dass er nie ein Foto von seiner Großmutter gesehen hatte, noch nicht einmal das obligatorische Hochzeitsbild.

● ● ●

Er kam zu spät.

Das Wetter war schlechter geworden, und der Schneeregen ließ das gelbliche Tageslicht nur gedämpft durch die schlecht geputzten Fensterscheiben ins Krankenhauszimmer sickern. In diesem unbewegten Halbdunkel lag Rubin. Auf den über der Decke gefalteten Händen zeichnete sich noch das Netz der dicken, wie Raupen hervorstehenden Venen ab, die von seiner einstigen Kraft zeugten. Auf dem wächsernen Gesicht traten unter der straffen Haut rund um die Augenhöhlen die Knochen hervor.

Einige Sekunden lang glaubte Juri, sein Vater sei bereits gegangen. Er hatte nicht damit gerechnet, dass ihn eine solche Niedergeschlagenheit, eine solche Ohnmacht ergreifen würde, und war verblüfft. Es war nicht bloß der Gedanke, dass er den ganzen Weg umsonst gemacht hatte, und auch nicht die Aussicht, niemals zu erfahren, was sein Vater ihm über seine Großmutter hatte sagen wollen. Es war grausamer und simpler zugleich: der Tod des Vaters, das Gefühl einer unwiederbringlich verpassten Begegnung. Er hätte unbedingt noch einmal mit ihm sprechen wollen. Nur sprechen, auch ohne etwas Wichtiges zu sagen. Es war zu spät.

Einen Moment lang war er wie versteinert, dann besann er sich. Sein Vater lag in einem Pflegezimmer. Keine Krankenschwester hatte ihm irgendetwas gesagt. Der gelbliche Schlauch, der von einem Infusionsständer herunterhing und in die Nase führte, ließ zweifellos darauf schließen, dass er noch über eine Sonde ernährt wurde. Als er genauer hinschaute, sah er, wie die Decke sich über der Brust ganz leicht hob. Rubin atmete.

Juri ließ sich auf einen Plastikstuhl fallen und betrachtete seinen Vater. Obwohl er abgemagert war, erkannte Juri die stämmige Gestalt wieder. Rubin war weder groß, nur knapp einen Meter siebzig, noch dick, aber äußerst muskulös mit knorrigen Gliedmaßen, die davon zeugten, dass sie sich verausgabt, aufgerieben, abgekämpft hatten.

Seine blonden, immer extrem kurz geschnittenen Haare waren inzwischen weiß und dünn geworden, fast unsichtbar, und ließen die von tiefen Falten durchfurchte Stirn frei. Die hervorspringende Nase, die er seinem Sohn vererbt hatte, war mit dem bei Alkoholikern üblichen Netz aus Adern überzogen und nach mehreren nie ärztlich versorgten Brüchen schief. Was sich am wenigsten verändert hatte, war der Mund. Die vorragende Unterlippe und die nach unten gezogenen Mundwinkel verliehen ihm einen herablassenden, stets misstrauischen Ausdruck, als sei er in einem fort wütend. Anscheinend gab das Krankenhaus sich nicht die Mühe, die Patienten zu rasieren. Sein Kinn war übersät mit weißen Haaren, was er sicher verabscheut hätte. Doch sein Wille zählte kaum noch.

Sein Vater, der immer nur vom Siegen gesprochen hatte, war nun selbst besiegt. Der reglose Körper war Ausdruck der unausweichlichen Niederlage angesichts von Krankheit und Tod. Juri dachte daran, dass auch er eines Tages so daliegen würde, und er hatte Angst. Naturgemäß war er als Nächstes an der Reihe.

Rubin bewegte den Kopf, als wolle er sich die Sonde herausreißen, und öffnete unvermittelt die Augen. Eine Minute nahm er seinen Sohn am Rande seines Blickfelds gar nicht wahr. Er starrte an die Decke mit einer Ergebenheit, die Juri nie an ihm erlebt hatte. Dann drehte er den Kopf ein wenig und sah ihn. Er kniff die Augen leicht zusammen, um zu begreifen, zeigte aber keinerlei Überraschung. Sein Blick war nach wie vor von diesem scharfen Blau, das das Gegenüber durchbohrte. Unmöglich, diese Augen anzulügen.

»Da bist du.«

Die Stimme war heiserer und leiser als in seiner Erinnerung.

»Guten Tag, Papa, wie geht es dir?«

»Hör auf mit dem Theater. Es ist dir doch egal, wie es mir geht. Ich werde bald sterben. Das weißt du, darum bist du gekommen. Tut mir leid, dass ich dir nichts vererbe.«

Rubins Räuspern klang wie ein höhnisches Lachen.

»Aber darauf bist du ja auch gar nicht angewiesen. Du bist doch stinkreich bei den Amis, oder?«

Beinahe wäre Juri eingeknickt. Schweigen oder das Thema wechseln. Aber nein. Er war nicht hier, um diese Aggressivität hinzunehmen.

»Danke, stimmt, ich habe ein gutes Leben in Amerika. Aber könnten wir nicht …«

Sein Vater hob abwehrend den Arm und schrie beinahe.

»Keine Moralpredigt.«

Sein Arm fiel wieder hinunter, ob aus Kraftlosigkeit oder um ihn zu verspotten, blieb offen. Mit dumpfer Stimme fuhr er fort: »Dazu ist zwischen uns alles gesagt, Juri. Du hättest dich nicht zwölf Stunden ins Flugzeug setzen müssen, um wieder damit anzufangen. Mein Leben ist zu Ende. Ich hab nicht mehr groß was zu erwarten, als zu sterben. Ich tue dir einen Gefallen, du hast gewonnen. Ich bin ein alter Alkoholiker, der sein Leben verpfuscht hat. Russland ist ein Saustall geworden, ein Land voller Gangster. Wer weiß, ob Putin da je wieder Ordnung reinbringt. Aber das ist mir egal.«

Noch nie hatte Rubin einen solchen Defätismus an den Tag gelegt. Sein wildes, raubtierhaftes Wesen, das ihn die Widrigkeiten der UdSSR hatte überleben lassen, schien erloschen. Der nahende Tod raubte ihm die Gewissheiten, sodass er nun, da es auf das Ende zuging, gänzlich schutzlos war. Aber war es nur die verfahrene Situation im heutigen Russland, die ihm so naheging?

Beide schwiegen. Es war eine bedrückende Stille, die zu füllen keiner von ihnen den Mut aufbrachte. Wenn keine Zeit mehr war, etwas zu klären, worüber sollten sie dann noch reden?

Draußen hatte sich der Himmel weiter verdunkelt. Wind war aufgekommen, Böen fauchten die Fassade entlang. Irgendwo schlug ein Blech. Früher hätte solch ein Wetterumschwung Rubins Wachsamkeit angefacht, seine Kampfeslust, diesen unberechenbaren Drang, in See zu stechen, während Juri ganz im Gegenteil die aufsteigende Angst in sich gespürt hätte.

»Nicht mehr groß was zu erwarten …«, hatte sein Vater gesagt. Doch was war es, das seinen Körper noch am Leben hängen ließ?

Juri wagte einen Einstieg. »Irina hat mir von Klara erzählt.«

Rubins Atem schien schwerer zu werden und sich tiefer ins Zimmer auszubreiten. Juri merkte, wie im Innern dieses Mannes, der es stets verstanden hatte, seine Gefühle von sich fernzuhalten, etwas ins Wanken geriet.

»Deine Großmutter.«

Rubin hatte nicht »Mama« und noch nicht einmal »meine Mutter« gesagt, als seien diese Worte immer noch unaussprechlich. Der erstickte Ton verriet Juri, dass er auf der richtigen Fährte war. Mit der Umsicht eines Dompteurs fuhr er fort.

»Du hast nie viel von ihr erzählt. Vielleicht ist es an der Zeit.«

»Nein, es ist zu spät. Das Unglück ist passiert. Aber man sollte es zumindest kennen und vielleicht verstehen.«

Rubin verzog das Gesicht zu einem schiefen Grinsen, um die Fassung zu wahren.

»Halt mich nicht für sentimental, aber ich glaube in der Tat, dass die Geschichte mit deiner Großmutter mein Leben verpfuscht hat.«

Er richtete sich in den Kissen auf und schloss die Augen. Juri begriff, dass er reden wollte und er, Juri, der unwürdige Sohn, sein letzter Vertrauter sein würde.

Mit geschlossenen Augen erzählte Rubin eine Geschichte, die siebzig Jahre zurücklag und von der er kein einziges Detail vergessen hatte.

• • •

Klara und Anton waren kurz nach Kriegsende mit ihrem Baby Rubin nach Murmansk gekommen, wo gerade ein Labor wiedereröffnet wurde. Beide waren Geologen. Klara als die brillantere hatte eine Stelle als Abteilungsleiterin, Anton als wissenschaftlicher Mitarbeiter. Rubin schilderte ein privilegiertes Leben. Die Fakultät brachte ihre Professoren in einem großen, inzwischen abgerissenen Gemeinschaftsgebäude unter, wo sie als Führungskräfte das Glück hatten, zwei Zimmer zu bewohnen: ein Schlafzimmer und eine Küche.

Außerdem kamen sie in den Genuss von Lebensmittelkarten und vor allem von Kohle. Und abends gab es viel Besuch, zum einen wegen der Wärme, zum anderen wegen der besonderen Atmosphäre. Denn Rubin beschrieb seine Mutter als eine unverbesserliche Optimistin, eine energiegeladene Frau, die gern Freunde um sich scharte. Trotz der langen Arbeitstage war die Küche abends voller Leute, die sich alte russische Witze erzählten, gegenseitig Tipps für gute Geschäfte gaben oder Rezepte austauschten, um mit der schlechten Versorgungslage klarzukommen. In dieser wohligen Atmosphäre wanderte Rubin von einem Schoß zum nächsten. Am Ende dieser Abende wurde gesungen. Seine Eltern hatten schöne Stimmen, und das Kind schlief auf den Knien seiner Mutter ein, zu den Klängen einer provokanten Mischung aus revolutionären Texten und alten Abzählversen.

Aber dieses kindliche Paradies sollte nicht von Dauer sein. Rubin schätzte, dass er etwa viereinhalb Jahre gewesen war, als Klara anfing, sich Sorgen zu machen. Schon seit ein paar Monaten gab es immer weniger Besuche von Freunden, und die Lieder wurden seltener. Eine angespannte Atmosphäre machte sich breit, die Kinder instinktiv wahrnehmen, ohne den Grund dafür zu kennen. Rubin wachte immer wieder mitten in der Nacht von den erregten Stimmen seiner Eltern in der Küche auf. Bis dahin war der Ton nie laut geworden, sodass es außerhalb von Rubins Vorstellungskraft lag, dass Eltern sich stritten. Die Familie war ein Refugium, ein Ort des unerschütterlichen Friedens. Doch plötzlich schlich sich irgendetwas, irgendwer an, eine Bedrohung, die kein Gesicht hatte.

Eines Nachts hörte er Anton deutlich durch die Trennwand stammeln: »Du bist verrückt, hör auf, du bringst uns alle in Gefahr!«

Rubin machte eine Pause, ohne die Augen zu öffnen. Der leichte Schweiß, der auf seiner Stirn glänzte, zeigte, wie sehr er sich anstrengte. Das Schwerste hatte er noch nicht gesagt.

Die Angst drang in ihr Leben ein, das nicht mehr wie vorher war. Sie machten keine Spaziergänge mehr, als müssten sie sich verstecken, obwohl das späte Frühjahr außergewöhnlich mild war. Nachts hörte Rubin von seinem Alkoven im Schlafzimmer aus seinen Vater oder seine Mutter durch die Küche gehen. Stundenlang fiel der Lichtschein unter der Tür hindurch, er hörte sie schniefen. Die Angst seiner Eltern kroch auch in ihn hinein, die nervösen Gesten, mit denen sie die Gardinen beiseiteschoben, um nach wem auch immer Ausschau zu halten. Sie redeten nur noch im Flüsterton miteinander und beschränkten sich auf die nötigsten Dinge rund um den Haushalt, die quirligen Gespräche von früher blieben aus. Sobald eine Tür im Haus zufiel, schreckten sie hoch.

Die giftige Atmosphäre breitete sich in ihrem Leben aus bis zu einer Nacht im Juni 1950. Klara war, wie immer öfter, lange im Labor geblieben. Anton hatte Rubin Essen gemacht, das er selbst nicht anrührte, und ihn ins Bett gebracht.

Mitten in der Nacht wurde heftig an der Tür geklopft. Anton schrie: »Das sind sie!«

Quasi im selben Moment drangen drei Männer ins Schlafzimmer ein, die lange schwarze Regenmäntel trugen und Hüte, die sie nicht einmal abnahmen.

»Klara Sergejewna Bondarew? Komm mit, es gibt ein paar Fragen zu klären.«

Rubin erzählte, dass er zunächst erleichtert war. Jetzt würde die Anspannung sich auflösen. Zumal die Männer zwar nicht freundlich, aber auch nicht richtig böse wirkten. Sie sahen aus, als wären sie müde von der nächtlichen Arbeit und dem langweiligen Auftrag, den sie zu erledigen hatten. Sie kamen ihm vor wie seine Kindergärtnerinnen, wenn sie sich über ein bockiges Kind ärgerten.

»Anton Wassiljewitsch Bondarew, du bist der Ehemann. Du musst hier unterschreiben, um die Festnahme zu bezeugen. Das ist Vorschrift.«

Im Gegensatz zu den gelassenen Männern schwitzten seine Eltern vor Angst. Rubin begriff schnell, dass es hier nicht um eine kleine Dummheit wie im Kindergarten ging.

Die Genauigkeit von Rubins Beschreibung zeugte davon, wie tief sich die Szene in sein junges Gedächtnis eingeschrieben hatte.

Klara blieb im Bett, die Decke wie einen lächerlichen Schutz an die Brust gepresst. Anton stand im Schlafanzug daneben und blickte verzweifelt zwischen seiner Frau und den Männern hin und her. Er war den Tränen nahe.

»Klara Sergejewna, zieh dich an, hier, vor unseren Augen. Keine Sperenzchen.«

Sie stand auf und wand sich verschämt, um unter dem Nachthemd die Unterwäsche anzuziehen. Die Eheleute schauten zu Boden und sprachen kein Wort miteinander. Ihre Bewegungen waren mechanisch. Man hätte meinen können, sie spulten eine vor langer Zeit einstudierte Rolle ab. Klara holte einen fertig gepackten Koffer unter dem Bett hervor, doch einer der Männer winkte ab.

»Nicht nötig, es dauert nicht lange.«

Sie beharrte darauf, er zuckte mit den Schultern und ließ sie machen. Dann schien sie sich an ihren Sohn zu erinnern, der den Kopf durch den Vorhang vor seinem Bett streckte und die Szene beobachtete. Sie stürzte sich auf ihn und brach in Tränen aus, als sie ihn an sich drückte. Das erste und letzte Mal, dass er sie weinen sah. Diese unvermittelte Bewegung löste eine ebensolche Reaktion aus. Zwei der Männer zogen sie zurück, und Rubin fiel auf den Boden. Der eine hielt sie fest und drückte ihr die Hand auf den Mund, damit sie nicht schrie.

»Kein Theater, hörst du. An dein Balg hättest du vorher denken sollen.«

Einen Moment kämpfte sie wie ein panisches Tier, dann fügte sie sich plötzlich in den tödlichen Griff.

Anton nutzte die Gelegenheit, um seinen Sohn hochzunehmen und so sehr an sich zu pressen, dass der gebrüllt hätte, wäre er nicht so verblüfft gewesen.

»Nicht ihn, ich flehe euch an, tut ihm nichts!«

Rubin erinnerte sich, dass er seinen Vater gehasst hatte, der nicht in der Lage gewesen war, seine Mutter vor diesen schwarzen Männern zu beschützen. Er konnte nichts als jammern und weinen. Antons schweißnasser

Schlafanzug klebte an seinem Gesicht und versperrte ihm die Sicht.

An dieser Stelle seines Berichts öffnete Rubin ein einziges Mal kurz die Augen.

»Feigling«, stieß er aus.

Die Männer nahmen Klara mit. Ihr Koffer blieb mitten im Zimmer stehen.

Dann kamen sie zurück, um die Wohnung systematisch zu durchsuchen, indem sie alles auf den Kopf stellten, sogar die Bilderrahmen, sie leerten den Schrank, inspizierten jedes Buch, als könne sich darin irgendetwas verstecken, hoben selbst die Bretter des Holzfußbodens hoch. Es nahm kein Ende. Jeder Gegenstand, der auf den Boden fiel, zerriss die Stille. Das ganze Haus hielt den Atem an und lauschte, wie man hier Leben auslöschte. Anton trug seinen Sohn die ganze Zeit stumm auf dem Arm und ging zur Seite, je nachdem, was gerade durchsucht wurde. Man hätte meinen können, er wollte die Leute nicht bei ihrer Arbeit stören. Am Ende sammelten sie ein paar Fotoalben und Papiere zusammen und gingen, ohne die Tür zu schließen. Es wurde hell.

Rubin erinnerte sich nicht, wie lange sie niedergeschlagen dagesessen hatten, Anton vor der Zwischenwand in der Küche kauernd, sein Sohn auf dem Schoß, wo er schließlich einschlief.

Die nächsten drei Tage irrte Anton im Schlafanzug herum, ohne die Wohnung zu verlassen. Er schwieg die ganze Zeit, räumte auf, wärmte zweimal am Tag die Kohlsuppe auf, solange noch etwas da war. Er wirkte erstarrt, blätterte geistesabwesend in einem Buch, strich liebevoll über den Schnitt, bevor er es wieder an seinen angestammten Platz im Regal stellte. Dann stand er minutenlang am Fenster, als warte er auf die Rückkehr seiner Frau.

»Ich wusste sofort, dass man über das, was passiert war, nicht sprechen durfte, nie wieder sprechen durfte«, murmelte Rubin und öffnete endlich die Augen. »Deine Großmutter hatte irgendwas getan. Mein Vater hatte recht, sie hat uns in Gefahr gebracht. Ich habe sie gehasst. Sie hat uns verraten. Ich war viel zu klein, um zu verstehen, was sich in den Monaten zuvor zusammengebraut hatte. Aber ich habe sofort gespürt, dass ich es nicht herausfinden durfte.«

Ein winziger Tropfen rann über sein Lid.

»Ihretwegen mussten wir in der nächsten Woche umziehen, ins Rotlichtviertel, gleich neben dem Hafen. Wegen der Wohnungsnot nach dem Krieg wurden alte Eisenbahnwaggons mit ein bisschen Farbe getüncht und in Wohnungen für die Arbeiter aus den Fischfabriken umfunktioniert. Es gab kein Badezimmer. Das Wasser musste man draußen aus dem Hahn holen. Im Winter war es schweinekalt. Es hat gestunken. Dein Großvater wurde vom Dozenten zum einfachen Laboranten zurückgestuft. Immerhin hatte er Glück, dass Wissenschaftler Mangelware waren und er nicht vor die Tür gesetzt wurde. Wir bekamen keine Essenspakete mehr, und weil er so wenig verdiente, lernte ich, was Hunger ist. Wer uns damals gerettet hat, das war Efira, die Mutter von Irina, mit ihrer kleinen Rente, die sie als Kriegswitwe bekam. Als wir im Rotlichtviertel ankamen, haben wir allen erzählt, deine Großmutter wäre an Tuberkulose gestorben. Tja.«

Damit verstummte Rubin. Er hatte seine ganze Geschichte in einem Zug erzählt und damit etwas preisgegeben, das ihn lange beschäftigt hatte.

Die Wolken hatten das Tageslicht verschluckt. Die Dunkelheit im Krankenzimmer passte zu der tragischen Geschichte. Nur die Straßenbeleuchtung ließ die metallenen Bettpfosten leuchten. Auf dem Flur hörte man den Essenswagen klappern. Zum Glück wurde Rubin über eine Sonde ernährt. Keiner von beiden hätte das Hereinplatzen der Pflegerin mit der Suppe ertragen.

• • •

Juri versuchte eine Bestandsaufnahme: Er war nicht überrascht. In der Nachkriegszeit war die Repression am schlimmsten gewesen und besonders vehement betrieben worden. Um die ausgeblutete UdSSR wiederaufzubauen oder eher den amerikanischen Imperialismus zu übertreffen, brauchte man alles, und zwar schnell: Millionen Hektar Land mussten erschlossen werden, der Wald und die Bodenschätze Sibiriens. Städte, Fabriken, Straßen, Brücken, Eisenbahnlinien und Kanäle mussten wiederaufgebaut werden, man musste sich an die Spitze des Wettrüstens setzen, die Atomenergie beherrschen, als Erstes im Weltall sein … Für all das wurde vor allem menschliche Arbeitskraft benötigt. Das sowjetische System, das zur Unterdrückung der Opposition vor dem Krieg den Gulag erfunden hatte, sah nun in der Zwangsarbeit die Möglichkeit, diese gewaltige Herausforderung zu meistern. Die Verhaftungen erreichten ein bislang nicht gekanntes Ausmaß. Einerseits setzte das paranoide Regime gnadenlos auf Misstrauen und Repression, andererseits wuchs mit jeder Internierung das Heer der Arbeitskräfte, die man anderswo Sklaven genannt hätte. Von 1938 bis zu Stalins Tod 1953 entwickelte sich der Gulag unter der Regie von Beria zum größten Unternehmen des Landes. Im Jahr von Klaras Verhaftung gab es bis zu zweieinhalb Millionen Gefangene, die auf Hunderte Lager verteilt waren. Dieser Moloch konnte nicht genug bekommen. Um den Betrieb am Laufen zu halten, waren weitere Verhaftungen erforderlich, die die Organisation – von den Gefangenen »Fleischwolf« genannt – nährten. Massenhaft Menschen wurden verhaftet, weil sie an der falschen Stelle Ja oder Nein oder weder das eine noch das andere gesagt hatten. Es reichte, zwanzig Minuten zu spät in der Fabrik zu erscheinen, um wegen Sabotage angeklagt und für mindestens zwei Jahre interniert zu werden. Ein unpassender Witz, eine schlechte Ernte, die Tatsache, dass man eine Fremdsprache sprach, im Westen gewesen oder ein ehemaliger Kriegsgefangener war, durch die Felder streifte, wenn das Essen nicht reichte, sich mit der Familie eines Gefangenen traf oder ein einziges Mal über einen Befehl murrte … Egal was, egal wer, egal wie. Anfang der Fünfzigerjahre lief die Maschinerie auf Hochtouren. Nicht ein einziges der großen Häuser an den Hängen von Murmansk blieb verschont – vor den schwarzen Autos, die davor hielten, vor den Männern, die mitten in der Nacht ausstiegen, und vor den zuschlagenden Türen, die in der angsterfüllten Stille der Nachbarn widerhallten.

All das wusste Juri. Seit der Veröffentlichung von Chruschtschows Rede 1956 und vor allem seit den Achtziger- und Neunzigerjahren hatte sich die Wahrheit über die Massendeportationen zunächst angedeutet und war dann ans Tageslicht gekommen. Er wusste es. Doch hier, in diesem armseligen Krankenhauszimmer, am Bett des alten Mannes, begriff er, dass er auch nicht eine Sekunde lang in Erwägung gezogen hatte, dass seine eigene Familie betroffen sein könnte. Eine seltsame Scham überkam ihn, die Scham befreiter Sklaven und ihrer Nachfahren, die unerklärliche Scham von Opfern, als könne man dadurch Schuld auf sich laden, dass man seinen Peinigern nicht entkommen ist.

Was hatte sie getan? Was war aus ihr geworden? Er kannte diese unnützen Fragen, konnte aber nicht umhin, sie sich trotzdem zu stellen. War er der Enkel einer visionären Widerstandskämpferin, eines schlichten Opfers beruflicher Missgunst oder einer Idiotin, die einen unpassenden Witz gemacht hatte? Gab es Anlass, stolz darauf zu sein, eine Frau als Großmutter zu haben, durch die die Familiengeschichte aus den Fugen geraten war? Woher rührte diese unauslöschliche Narbe, die das Leben seines Vaters und sein eigenes auf den Kopf gestellt hatte?

Rubin blieb lange still. Dann schien er seine letzten Kräfte zu mobilisieren.

»Ich hab es nie erfahren. Nie erfahren können. Und ...«

Seine Stimme glitt in eine merkwürdige, fast kindliche Tonlage.

»Hab mich nie getraut, es herauszufinden. Es zumindest zu probieren.«

Für jemanden, dessen Lebensgrundsatz Mut gewesen war und der versucht hatte, ihn seinem Sohn mit dem Ledergürtel einzuprügeln, war dieses Eingeständnis ebenso unerwartet wie unpassend.

Juri wurde schwindelig. Er wusste bereits, um was sein Vater ihn bitten würde. Er würde es ihm nicht ausschlagen können, aber alles in ihm wehrte sich dagegen. Er hätte niemals kommen dürfen. Rubin hatte ihn ein letztes Mal in eine Falle gelockt. Obwohl er unausstehlich und gewalttätig war, war er nun das Opfer, dem man helfen musste. Juri wappnete sich innerlich, um den Vorschlag abzulehnen, den er kommen sah.

Doch da war Klara, seine Großmutter, und diese Geschichte, die er nie wieder aus dem Kopf bekommen würde, ein winziges Steinchen im großen historischen Zusammenhang, aber der Grundstein seiner eigenen Familiengeschichte; ein Name in der Liste der Opfer, aber der Name, den er selbst trug.

Rubins blassblauer Blick grub sich in seine Augen.

»Du musst es herausfinden. Schnell, bevor ich krepiere. Damit ich es zumindest weiß.«

Schließlich brachte er das Unvorstellbare hervor: »Bitte.«

• • •

Juri fand die Adresse von Memorial in Murmansk leichter heraus als gedacht. Er hatte den Ärger der Menschenrechtsorganisation mit Putins Regime in groben Zügen verfolgt. Er erinnerte sich daran, eine Petition unterschrieben zu haben, als der FSB 2008 eine Razzia in deren Räumen in Sankt Petersburg gemacht und die Festplatten des Archivs mit Informationen zu zwanzig Millionen Häftlingen des Gulag konfisziert hatte.

Als er das Büro erreichte, verstand er, warum die Außenstelle in Murmansk nachsichtig behandelt worden war. Es herrschte ein totales Durcheinander. Alles, was wirklich zählt in Russland, spielt sich, genau wie früher in der UdSSR, in den Hinterhöfen ab. In der Sowjetära war das Erdgeschoss, egal ob Schuppen, Werkstatt oder Geschäft, der einzige Ort, an dem Dinge, die »von einem Laster heruntergefallen waren«, Würste »aus der Region«, die Dienste eines Knochenklempners, Bücher von verbannten Dichtern und eine Vielzahl von Gefälligkeiten zu haben waren, die sich in einer Grauzone bewegten und weder erlaubt noch verboten waren. Juri schob ein schweres Tor beiseite, ging durch einen schmalen Gang, in dem es stark nach Urin stank und der in einen schlecht gepflasterten, aber ruhigen Hof mündete. Zwischen einem Handy-Reparaturservice und einem dubiosen Massagesalon befand sich eine Glastür mit dem großen M als Logo, das unaufdringlich in einer Ecke klebte. Im Inneren, das aus nur einem Zimmer bestand, machte er drei Schreibtische aus, drei Frauen und eine aus Leichtbausteinen errichtete Regalwand, die sich unter den Akten bog. Selbst mitten am Tag war das Licht, das durch das einzige Fenster in der Tür drang, viel zu spärlich. Die Lichtkegel dreier Schreibtischlampen ließen die im Halbdunkel sitzenden Frauen wie Geister erscheinen. Als er eintrat, schüttelten sie sich gerade vor Lachen, und er blieb verblüfft stehen.

»Briefmarkensammlung, sagst du?«

»Ja! So steht's im Protokoll. Der Typ wurde als ›Sozialschmarotzer‹ verurteilt und hat sechs Jahre dafür gekriegt.«

Die dicke Frau, die mit ein paar Blättern wedelte, hatte noch immer einen Lachkrampf.

»Okay«, sagte ihre Nachbarin, »heute geht der Punkt an dich. Hat er denn zumindest einen Straferlass bekommen, dein Schmarotzer?«

Die Dicke überflog schnell eine Seite. Plötzlich wurde sie wieder ernst. Ihre Augen verdunkelten sich, und über ihr Gesicht huschte ein Anflug von Trauer.

»Pech gehabt, nach Dubrawny geschickt, Holzabfuhr, am Ende des ersten Jahres im Lager von einem Baumstamm erschlagen.«

Über die drei Schreibtische legte sich Stille. Da bemerkte die Frau, die der Tür am nächsten saß, Juri.

»Entschuldigung«, sagte sie schuldbewusst. »Wir machen uns nicht lustig. Aber wenn man nicht ein bisschen lacht, hält man das hier nicht lange durch. Der totale Irrsinn. Eine Tragödie. Die Gründe für die Verurteilungen, die Prozesse … all diese Leben … Wer von uns auf etwas besonders Verrücktes stößt, kriegt einen Punkt. Am Monatsende wird verglichen. Nicht, dass die Gewinnerin stolz wäre. Natürlich nicht. Es geht nur ums Abschalten.«

Sie rutschte auf ihrem Stuhl herum.

»Was führt Sie her?«

»Ich suche eine Akte, die von meiner Großmutter, die 1950 verhaftet wurde, im Juni, Klara Sergejewna Bondarew. Vielleicht haben Sie irgendeinen Hinweis, warum sie verhaftet wurde, was aus ihr geworden ist.«

»1950?«

Die Frau ließ ein Brummen vernehmen.

»In dem Jahr gab es zweieinhalb Millionen in den Lagern, also Ihre Großmutter ...«

Ihr Blick schweifte zur Tür, als erwarte sie, dass Klara gleich auftauchen würde, dann schaute sie Juri wieder mit desillusionierter Beamtenmiene an.

»Wenn sie in Murmansk verhaftet und verurteilt wurde, haben wir vielleicht eine Kopie vom Protokoll. Wenn nicht, heißt das, dass sie nach Leningrad geschickt wurde, und da ... dann müsste man beim FSB fragen, ob die so gütig sind, Ihnen die Akten zu geben, die sie uns geklaut haben. Sagen Sie mir alles, was Sie wissen, wir können es ja mal versuchen.«

Sie war freundlicher geworden. Aus ihrem grauen Blick floss ihm jetzt Mitleid entgegen. Juri hatte den Eindruck, sie schaue ihn an wie einen Kranken, dem man die Diagnose vorenthalten wollte. Als er Klaras Beruf erwähnte, nickte die Frau.

»Wissenschaftlerin, Laborleiterin? Das war fette Beute ... entschuldigen Sie den Ausdruck. Aber damals herrschte ein schrecklicher Mangel an Wissenschaftlern, also hat sie entweder irgendwas Schlimmes gemacht, oder man brauchte ihre Fähigkeiten anderswo. Sie haben sie unter Druck gesetzt, sie hat sich geweigert, irgendwas zu tun, zum Beispiel, sich versetzen zu lassen, und sie haben sich über ihren Widerspruch hinweggesetzt. In diesem Fall hätte sie durchaus in einem der geheimen Forschungszentren überleben können. Die Tatsache, dass sie nie wiederaufgetaucht ist, ist natürlich kein gutes Zeichen. Allerdings war es für die gesamte Familie eine ungeheure Schande, einen Totgeglaubten von dort wieder aufzunehmen, das hat den Kindern die Zukunft verbaut. Viele ehemalige Gefangene haben lieber ein neues Leben angefangen, vor allem die Frauen.«

»Warum vor allem die Frauen?«

»Ich weiß nicht. Keine Lust, ihren Nächsten zur Last zu fallen, oder eine Liebesgeschichte im Lager, na ja … bestenfalls Liebe. Wenn Sie wüssten, was man alles tut, um zu überleben.«

Ihr Blick schweifte wieder zu dem schwachen Licht, das durch die Tür hereinschien. Dieses Mal lag Schmerz auf ihrem Gesicht.

»Ich heiße Olga. Ich bearbeite Ihre Akte. Ich werde nachsehen, was wir hier haben. Aber Sie sollten auch einen offiziellen Antrag stellen, beim Gericht der Oblast Murmansk. Normalerweise antworten die nicht, aber man weiß ja nie.«

»Und die Archive des KGB durchsehen, ich meine, des MGB von damals?«

»Seit zehn Jahren geschlossen. Unsere Organisation hat übernommen, was sie konnte, so viel, wie eben möglich war, tja …«

Sie wies auf die hintere Wand mit den Regalen.

»Geben Sie mir drei Tage, um alles durchzusuchen, und kommen Sie dann wieder.«

Sie vertiefte sich erneut in ihre Akten, ohne ihm Auf Wiedersehen zu sagen, und Juri spürte die Sinnlosigkeit seines Unterfangens wie Blei auf seinen Schultern.

Ratlos trat er nach draußen. Die drei Frauen, die sich um die Verwaltung des Unglücks kümmerten, ihr zugleich abgestumpftes und mitfühlendes Verhalten, die Tausende von staubigen Seiten rissen einen Abgrund der Traurigkeit auf. Jedes Blatt barg ein tragisches Geheimnis, von dem ein winziges Stück nun wieder ausgegraben und dem eine letzte Ehre erwiesen würde. Das Vergessen breitete sich genauso machtvoll aus wie die Dunkelheit in dem Büro. Unter Chruschtschow hatten die Gerichte viele Menschen rehabilitiert. Aber man hatte mit den kleinen Fischen angefangen, mit den Strafgefangenen. Für diejenigen, die nach Artikel 58 verurteilt waren, die Konterrevolutionäre, war, abgesehen von der hartnäckigen Arbeit durch Memorial, wenig getan worden. Im Zuge der Perestroika wollten nur wenige Familien Genaueres wissen. Die Vergangenheit sollte der Zukunft nicht im Weg stehen, der Bereicherung und dem materiellen Genuss, die plötzlich allen den Kopf verdrehten. Wozu in einem Aktenlabyrinth herumirren? Um dort welche unerfreuliche Wahrheit zu finden? Dass ein Elternteil vom reizenden Nachbarn oder dem geliebten Partner verraten worden war? Dass er oder sie sich zu den schlimmsten Unwahrheiten bekannt hatte und dadurch in einer Art Kettenreaktion andere ebenfalls verurteilt worden waren? Dass er oder sie am Ende eines Martyriums gestorben war, das sich ehrenwerte Sowjets ausgedacht hatten, nach denen noch immer Straßen benannt waren?

Es gab nicht viele, die wie die drei Frauen für die Erinnerung kämpften und versuchten, dem menschlichen Hackfleisch, das dem »Fleischwolf« entkommen war, ein Gesicht zu geben. Solche Leute störten, säten Unzufriedenheit und stellten sich letztlich gegen den wiedererwachten Patriotismus.

Rubin hatte zu jener Clique von Feiglingen gehört. Er wusste es, er hatte darunter gelitten, aber nichts getan, um die Spur seiner eigenen Mutter wiederzufinden. Jetzt wälzte er die Last auf seinen Sohn ab.

In seine Gedanken vertieft, bemerkte Juri, dass er Richtung Hafen ging, wahrscheinlich einem alten Instinkt folgend. Er steuerte auf die große Brücke zu, die über den Eisenbahngleisen verlief, auf denen unter freiem Himmel Kohlewaggons standen. Bis zu den Docks reihten sich Lagerhallen an die Bürogebäude, dazwischen Brachland, das als Lager oder Müllhalde diente. Um einige Gebäude herum waren die Flächen unter dem Schnee offenbar gestutzt, doch anderswo wucherte die Vegetation wild, und sogar ein paar Bäume hatten sich hartnäckig behauptet. Der Himmel war mausgrau und ruhig. Die Luft roch nach Erz und Metall, wie ein riesiges Stahlwerk. Der Kohlestaub hüllte das gesamte Viertel ein, bis zum kleinsten Geländer, bis zum letzten Fenstersims. Juri hatte den Eindruck, in einer Fotografie aus den Sechzigerjahren zu wandeln.

Am Meer kam man nicht besonders weit. Der nördliche Teil der Uferstraßen war noch immer von einer dreifachen Reihe Stacheldraht versperrt: Hier begann das Reich der Murmansk Shipping Company und weiter weg, von hier aus nicht zu sehen, der Hafen von Seweromorsk, die Basis der Nordmeerflotte. Diese beiden beherrschten nicht nur die Schifffahrt im Norden Russlands, sie beherbergten auch die Kriegsschiffe und U-Boote, die die Ozeane durchquerten. Das Logo von Atomflot erinnerte ihn daran, dass hinter den lächerlichen Barrieren Dutzende Reaktorschiffe verrotteten, die durch den Zusammenbruch nach dem Mauerfall nicht weiterbetrieben werden konnten. Die Europäische Union hatte kurzzeitig ihre Hilfe bei der Überwachung und dem Rückbau angeboten, aber schnell die Antwort erhalten, alles sei unter Kontrolle und man brauche keine Hilfe aus dem Ausland. Um Panikattacken vorzubeugen, vermied man es allerdings lieber, mit einem Geigerzähler in und um Murmansk spazieren zu gehen. War das Wasser in der Stadt radioaktiv verseucht, so galt das in noch größerem Maße für die angrenzenden Meere. Bis hin zur Insel Nowaja Semlja im Osten war der Meeresgrund mit radioaktiven Abfällen übersät. Auf dieser Insel befand sich seit Stalin die Versuchsanlage, von der aus die Zar-Bombe gezündet wurde, die größte überirdische Atomexplosion, an die der Mensch in seinem Wahn sich je herangewagt hat. Noch immer war die unsichtbare radioaktive Strahlung da, im Wasser, in der Luft, in den Tieren und den Menschen, aber wie bei den Überlebenden des Gulag sorgten sich nur wenige um diese lästigen Geister.

Ein Stück vor den Barrieren war ein Hafenbecken für die *Lenin* hergerichtet worden, den ersten atombetriebenen sowjetischen Eisbrecher, den Stolz der Nation. Nach dreißig Jahren Einsatz im hohen Norden war das

Schiff aufgelegt worden und thronte jetzt am Kai, wo eine Truppe junger Rekruten es in Ordnung hielt, nur damit der Kohlestaub es nicht bedeckte. Sogar eine Art Garten war rundherum angelegt worden. Der vom Winter geschundene Rasen und die kahlen Bäume erinnerten entfernt an eine Oase. Juri ließ sich auf einer Bank nieder und versenkte sich in den Anblick, als sähe er die Szenerie zum ersten Mal in seinem Leben. Die vielen Kräne glichen einer Gruppe regungsloser Stelzvögel. Nur einige tanzten noch um den offenen Bauch eines Frachtschiffes, wobei sie mit jeder Schaufelladung eine Wolke Erzstaub ausspuckten. Ein Schüttgutfrachter bewegte sich schwerfällig in sein Hafenbecken zurück. Ein Schlepper fuhr stromabwärts, um am Horizont nach Kundschaft Ausschau zu halten. Der Hafen war ruhig und kalt. Das Licht, jetzt zu Beginn des winterlichen Nachmittags am hellsten, ließ das dunkle Wasser leicht silbrig schimmern. Ansonsten nichts als Metall und Beton, Winkel und Linien, Schwarz, Rost, Grau. Juri entdeckte darin jene Schönheit, die man, weil man sie zu oft gesehen hat, nicht mehr bemerkt, eine Schmucklosigkeit, einen Verfall, der eine Art von Wahrhaftigkeit erkennen ließ. Hinter jedem stillstehenden Kran, jedem schlecht überpinselten Blech sah er die erzwungene oder leidenschaftliche Arbeit von Generationen, das vergängliche Werk von Menschen, das der Zeit nicht standhielt. Als Kind hatte er sie gekannt, diese Wesen, er hatte sie vergessen, jetzt fielen sie ihm plötzlich wieder ein: die Großen, die Dünnen, die schlecht Angezogenen, die Bösen, die Träumer, die Hartnäckigen, all jene, die sich hier geschart hatten, im

Schnee, bei Sonne oder Regen. Er war wehmütig, hätte sie alle an sich drücken mögen, diese Handlanger, sie für einen Augenblick glauben machen wollen, dass ihre Mühen nicht umsonst gewesen waren. Jede Ecke des Kais, jede Beule im Blech erzählte eine Geschichte. Er fühlte sich als Teil davon und gleichzeitig eigentümlich losgelöst. Zum ersten Mal empfand er, was es hieß, ein Entwurzelter zu sein, nicht von hier, nicht von anderswo. Das Schauspiel vor seinen Augen erschien ihm zugleich völlig vertraut und gänzlich fremd.

Murmansk hatte nichts mehr mit seiner Erinnerung zu tun. Der Betrieb war mit dem der UdSSR eingestellt worden. Der Hafen schien schwerelos auf eine ungewisse Wiedergeburt zu warten, die sich durch die Erschließung von Öl- und Gasvorkommen ergeben würde oder, noch ungewisser, durch die Erschließung der Nordostpassage für Frachtschiffe als Verbindung zwischen Europa und China. Die Hafenbecken ähnelten einer verstaubten Theaterkulisse, die für eine mögliche Wiederaufnahme aufgehoben wurde.

Ein Paar näherte sich, Händchen haltend wie Schüler; er in Anzug und offenem Gabardinemantel, sie in Rock und für die winterliche Kälte extrem kurzem Regenmantel. Sie turtelten herum, ohne Juri zu bemerken, der reglos auf seiner Bank saß. Als sie vor dem Geländer ankamen, das sie von der *Lenin* trennte, holte sie ein Vorhängeschloss aus ihrer Tasche. Hand in Hand befestigten sie es an dem Metallpfosten, küssten feierlich den Schlüssel und warfen ihn ins Hafenbecken. Dann betrachteten sie schweigend, wie die konzentrischen

Kreise größer wurden, küssten sich lange, machten Selfies neben dem Vorhängeschloss und gingen, noch immer ganz mit sich selbst beschäftigt, wieder davon. Juri fiel auf, dass noch zahlreiche andere Schlösser die Brüstung zierten. Das geheimnisvolle Ritual, das die Gitter der Touristenattraktionen von Paris bis Shanghai füllte, hatte also auch Murmansk erobert. Nichts hielt der Globalisierung stand, nicht einmal die Herzen. Juri fragte sich, wie viele Jahre im Gulag zu Klaras Zeiten wohl auf solch ein kleinbürgerliches Verhalten gestanden hätten. Er spürte, dass ihm übel wurde, ohne dass er hätte sagen können, ob es am verlassenen Hafen, an dem albernen Ritual oder an seiner eigenen Unsicherheit lag, und zwang sich aufzustehen.

●●●

In den folgenden drei Tagen verordnete er sich einen nervenschonenden Tagesablauf. Das Grübeln führte zu nichts. Er redete sich ein, dass er seinem sterbenden Vater lediglich einen letzten Dienst erwies, aus reinem Pflichtgefühl. Dank der Schlafmittel, die er nahm, wachte er spät auf, ließ sich eine Tasse Kaffee heraufbringen, arbeitete träge vor sich hin, beantwortete E-Mails und sah Berichte durch. Gegen vierzehn Uhr trieb der Hunger ihn nach draußen, und er stürzte in irgendeinen kitschig eingerichteten Imbiss, um eine Suppe, einen Kartoffelsalat und ein nicht näher definierbares Stück Fleisch zu bestellen. Dann lief er los. Er irrte planlos umher, hatte sich aber geschworen, an keinem von früher vertrauten

Ort haltzumachen. Um nichts in der Welt wollte er noch einmal die Übelkeit wie vor der *Lenin* spüren. Trotzdem nahm er aus dem Augenwinkel den Bürokomplex am Standort seiner alten, dem Erdboden gleichgemachten Schule wahr, den Fischereihafen, den alle großen Lieferanten verlassen hatten, die ihren Fisch lieber in Norwegen verkauften, das Kino, das einen staatlichen Laden ersetzt hatte. Als es dunkel wurde, stieg er zum Krankenhaus hinauf. Rubin schlief oder tat so. Das Leben wich Schritt für Schritt aus seinem Körper. Im Schlaf verzog er das Gesicht vor Schmerzen. Wenn er bei Bewusstsein war, gab er ein paar abgedroschene Bemerkungen darüber von sich, was aus den Nachbarn geworden war. Selbst jetzt, wo es mit ihm zu Ende ging, konnte er es sich nicht verkneifen, am Strebertum des einen und an der Durchtriebenheit des anderen herumzukritteln. Es war erbärmlich. Juri wollte auf keinen Fall wieder Verbindung zu den Leuten aus seinem früheren Leben aufnehmen. Der einzige echte Freund, den er gehabt hatte, lebte nicht mehr.

Am vierten Tag überwand er sich und stand früher auf. Um neun Uhr klopfte er bei Memorial an der Scheibe. Die drei Frauen schienen das Büro nicht verlassen zu haben: dasselbe Halbdunkel, dieselben Lichtkreise auf den alten Akten, dieselbe müde und zugleich teilnahmsvolle Atmosphäre.

Olga wies ihm wie bei einer Prüfung einen Stuhl zu und schlug einen dünnen beigefarbenen Hefter auf.

»Artikel 58, wie ich vermutet hatte.«

Wie jeder wusste auch Juri, dass dies der Paragraf des Strafgesetzbuches war, der »konterrevolutionäre Aktivitäten« umfasste. Doch darunter fielen Anschuldigungen, die von bewaffnetem Aufstand bis zu einer ungehörigen Äußerung gegenüber dem Chef reichten.

»Sind die betreffenden Absätze angegeben?«, fragte Juri.

»Ja: Absatz 6, ›Spionage‹, und Absatz 10, ›Antisowjetische Propaganda‹.«

Sie schüttelte den Kopf und bedeutete ihm, dass sie hier machtlos war.

»Spionage, das war vollkommen vage. Das besagt gar nichts. Man wurde damals schon verdächtigt, Informationen weitergegeben zu haben, nur wenn man mal zu spät zur Arbeit kam. Oftmals wird außerdem Absatz 10 genannt. Der belastet zusätzlich, weil unterstellt wird, man hätte Anhänger geworben. Aber dafür reichte es schon, einen anderen auf irgendein Problem hinzuweisen. So konnten noch weitere Leute auf die Anklagebank gebracht werden. Stellen Sie sich einfach jemanden vor, der sich über sinnlose Befehle aufregt und einem Freund erzählt, er würde dem Vorarbeiter gerne mal die Fresse polieren. Man verhaftet ihn und zwingt ihn, seinen Freund zu denunzieren. So ging das immer weiter. Im Großen und Ganzen war Artikel 58 lediglich eine Frage des Zufalls, von Glück oder Pech. Echte Widerstandskämpfer gegen Stalin, die gab es zwar, aber nur sehr wenige.«

»Aber was hat sie denn tatsächlich gemacht? Steht dazu irgendetwas in der Akte?«

»Nichts. Das hatte ich befürchtet. Sie wurde sehr schnell nach Stalingrad verlegt. Wie gesagt, entweder hat sie etwas getan, das als schwerwiegend eingestuft wurde, oder die Antwort liegt in ihrer Stellung als Wissenschaftlerin. Vielleicht ist das ein Ansatzpunkt. Woran hat sie geforscht? Es könnte allerdings sein, dass die Fachliteratur aus dieser Zeit von der Zensur gesäubert wurde und ihre Veröffentlichungen nicht mehr zu finden oder anderen zugeschrieben worden sind. Schauen Sie nach, ob es noch irgendwelche Unterlagen in der Familie gibt. Und nehmen Sie sicherheitshalber auch Kontakt zu unserer Außenstelle in Sankt Petersburg auf.«

»Darf ich die Akte mal sehen?«

»Natürlich, ich habe Ihnen schon eine Kopie gemacht.«

»Ich hätte gern das Original, nur zum Anschauen. Ich bringe es Ihnen morgen zurück.«

Sie betrachtete ihn prüfend, als sähe sie ihn zum ersten Mal, und nickte dann.

»Das verstehe ich. Es ist schwer zu glauben. Das höre ich oft. Man muss das Papier anfassen, daran riechen, sich anschauen, wo es gefaltet und geheftet ist, um sich alles vorzustellen. Das ist kein Drehbuch, sondern eine wahre Geschichte, echte Menschen, die das mit der Hand geschrieben, die Fragen gestellt, den Bericht verfasst, darüber Buch geführt haben. Alles hat stattgefunden, ›im richtigen Leben‹, vor siebzig Jahren. Behalten Sie das Original, für das, was wir hier machen können, genügt die Kopie.«

Juri griff nach der dünnen Mappe und spannte die Muskeln an, um nicht zu zittern. Abrupt stand er auf, murmelte ein Dankeschön, ließ zweihundert Dollar als

Spende da und beeilte sich, hinauszukommen, ehe die Tränen ihn übermannten.

An diesem Abend ging er nicht ins Krankenhaus, sondern blieb wie in der ersten Nacht in seinem dunklen Zimmer sitzen. Er kannte die Akte bereits auswendig, so knapp war alles abgehandelt. Der Gedanke, gründliche Nachforschungen anzustellen, nachzuhaken, zu bitten, sich aufzuregen, Fragen tausendmal im Kopf hin und her zu wenden, mit ihnen einzuschlafen und aufzuwachen, seine Arbeit davon beeinträchtigt zu sehen, all das erschöpfte ihn bereits im Voraus. Er stellte sich vor, wie er sich in schauerliche Zeugenaussagen vertiefte, wie er Überlebende aufsuchte, die für immer psychisch zerstört waren, um sich den Leidensweg eines Menschen zu vergegenwärtigen, den er letztlich nie gekannt hatte. Es wäre ein Leichtes, seinem Vater zu sagen, es gäbe keinerlei Spuren. Würde er wie so viele andere seinen Frieden der Wahrheit vorziehen?

Der Aktendeckel war in nüchternem Beige gehalten und oben ausgeblichen, nachdem er vermutlich lange aus einem Stapel herausgeragt hatte. Die Ecken waren ein wenig zerknickt, aber der Rest war glatt und glänzend, fast wie neu, und verströmte kaum Staubgeruch. Das Dokument war sorgfältig behandelt worden. Oben rechts stand mit Feder geschrieben:

N°: MO/50/9612
Klara Sergejewna Bondarew
24. Juni 1950

Eine ganz gewöhnliche Verwaltungsakte: ein Krankenhausaufenthalt, Rentenunterlagen, die typische Akte eines Lebens, obwohl sie im Gegenteil von der Auslöschung einer Existenz zeugte. Der Inhalt war dementsprechend. Zuerst kam ein maschinengeschriebenes Blatt mit den Personendaten. Daraus erfuhr er, dass sie einen Meter siebenundfünfzig groß und zierlich gewesen sein musste, sechsundfünfzig Kilo, schwarzes Haar, blaue Augen. Die letzte Zeile hieß »Beschäftigung« und besagte: Abteilungsleiterin des Labors für angewandte Geologie und Mineralogie. Da dieser Hinweis zweimal unterstrichen war, überlegte er, ob sie vielleicht irgendein bahnbrechendes Verfahren entdeckt hatte, das geheim gehalten werden sollte.

Die üblichen Aufnahmen, die das schmale Gesicht von vorne und im Profil zeigten, verrieten ihre kaukasisch-mongolische Herkunft: dünne, etwas strenge Lippen, große Nase, leicht auseinanderstehende Augen, deren Blau auf dem Schwarz-Weiß-Foto nicht zu sehen war. Klara schien hübsch, auch wenn das Passfoto ihr nicht gerecht wurde. An zwei Dingen konnte man erkennen, dass sie unmittelbar vorher verhaftet worden war: Ihre Haare standen wirr durcheinander, wie bei jemandem, den man gerade aus dem Bett gezerrt hat, und vor allem der Blick; unverhältnismäßig große Augen, geweitete Pupillen, aus denen Angst sprach. Juri erinnerte sich an die Gesichter der von den Roten Khmer Verhafteten, deren Fotos er in einer ehemaligen Folterkammer in Phnom Penh gesehen hatte, wo sie eine ganze Wand füllten. Noch hatte man ihnen nichts getan, aber der Tod war in all seinem Schrecken schon präsent. Klara hatte denselben verzweifelten Ausdruck.

Dann kam der Haftbefehl, datiert auf den 24. Juni 1950. Kein einziger Grund war darauf erwähnt. Er war von zwei Unbekannten unterzeichnet und trug zudem die zittrige Unterschrift von Anton, bei deren Anblick ihm die Tränen in die Augen stiegen. Er versuchte, sich eine vergleichbare Situation in seinem eigenen Leben vorzustellen. Jemand käme nachts, wenn sie aneinandergeschmiegt schliefen, um Stephan zu verhaften, und er müsste diese Niederträchtigkeit abzeichnen. Solche Dinge passierten noch immer, in vielen Ländern, und konnten, wer weiß, nach einem Zusammenbruch der Demokratie auch in den USA geschehen, dem selbst ernannten Land der Freiheit. Auf einmal fühlte er sich extrem verwundbar.

Die Akte ging weiter mit einem Blatt in eigentümlichem Medizinjargon. Klara war gewogen, gemessen worden, man hatte Puls und Blutdruck notiert, sie nach ihrer medizinischen Vorgeschichte gefragt. Dahinter stand nicht die Sorge um ihre Gesundheit, sondern eher die Bestandsaufnahme für einen Sklavenmarkt, die den guten Zustand dieser menschlichen Ware und ihrer Verwendbarkeit bestätigte.

Das letzte Blatt war ein Durchschlag der Bescheinigung über die Verlegung von Murmansk nach Stalingrad, unterzeichnet vom MGB, dem Ministerium für Staatssicherheit, der Vorgängerorganisation des KGB. Auch hier keinerlei Erklärung, keinerlei Rechtfertigung für die Klage. Nur das Datum des 7. Juli, also kaum zwei Wochen nach ihrer Verhaftung. Das Schriftstück besagte lediglich Folgendes: »Vorherige Befragungen mit getrennter Post geschickt«, was bedeutete, dass sämtliche Unterlagen in Stalingrad waren und die Spur hier endete.

Er strich mit den Fingerspitzen über die Mappe, als könne er auf diese Weise in Verbindung mit Klaras Geist treten. Er streichelte sie so behutsam wie das Gesicht eines Freundes, dem man die Tränen abwischt. Durch die vergilbten Blätter tröstete er die kleine schwarzhaarige Frau, die vor siebzig Jahren gelebt hatte. All das war umsonst, aber irgendwie beruhigte es ihn. Er hatte tatsächlich eine Großmutter gehabt. Jetzt liebte er sie.

Juri

Die Entdeckung der Vögel

Am 9. Mai wird der Sieg im Zweiten Weltkrieg gefeiert. Überall sonst wird dieses Ereignis am 8. Mai begangen, aber in der UdSSR ist die Zeitverschiebung zu berücksichtigen und der Wunsch, die Größe des Leides und des Heldenmuts des russischen Volkes während des Großen Vaterländischen Krieges in den Vordergrund zu rücken. Hitlers Weltbild gestand Franzosen, Belgiern oder Niederländern einen gewissen Status zu, ordnete aber die Bevölkerung der Ukraine, der baltischen Länder und der UdSSR als Untermenschen ein. Mit unglaublicher Brutalität war der Westen des Landes verwüstet worden, worauf mit ebensolcher Gewalt geantwortet wurde. Kämpfe wie die berühmte Schlacht von Stalingrad waren der Gipfel dieses Gemetzels.

In den Siebzigerjahren, als Juri ein Kind war, litten die Familien noch unter den nicht verheilten Wunden; Albträume ließen die Alten unter Krämpfen und mit blankem Entsetzen im Blick mitten in der Nacht hochschrecken. Der Ruf des »genialen Strategen« Stalin hatte massiv gelitten, seit sein Tod dem Personenkult ein Ende bereitet hatte, aber die Machthaber der UdSSR strickten weiterhin eifrig an der Legende von der Einzigartigkeit und Unbesiegbarkeit der russischen Nation.

Juri liebte den Mai. Die Tage wurden wieder endlos, der letzte Schnee war geschmolzen, sodass man in den Höfen und auf den Brachflächen spielen konnte, und eine ungewohnte Leichtigkeit ergriff die Erwachsenen. Am 1. Mai wurden die Arbeiter gefeiert, dann kam der 9. Mai und am 26. schließlich sein Geburtstag. Schon im April spürte er, wie die Vorfreude zunahm. Besonders intensiv erlebte er sie in der großen Turnhalle mit den schmutzigen Fenstern, wo die gesamte Schule die Siegesfeier vorbereitete. Am Morgen des 9. marschierten die Jugendorganisationen auf. Die kleinen Oktobristen, zu denen Juri mit sechs Jahren zählte, liefen voraus. Dann kamen die zehn- bis vierzehnjährigen Pioniere, gefolgt von Angehörigen des Komsomol, den Großen, bei denen man ins Träumen geriet. Vor der offiziellen Tribüne bildeten die Gruppen je nach Alter immer kompliziertere Formationen. Die Jüngsten sangen, und auf ein Signal hin schwangen sie in einer kleinen Choreografie selbst gemalte Bilder über den Köpfen, die die UdSSR zeigten und beim Umdrehen Hammer und Sichel. Juri liebte es, zu singen und zu tanzen. Die vielen Stimmen und die gemeinsam ausgeführten Schritte ließen seinen ganzen Körper bis ins Mark beben. Er fühlte sich von einer fröhlichen Kraft getragen, obwohl die Liedertexte traurig waren. Ansonsten war er eher ein zurückhaltender, schüchterner Junge, ein »Schwächling«, wie seine Kameraden spotteten, mit denen er sich nur im äußersten Notfall prügelte.

Juris Begeisterung hatte ihm einen Platz an der Spitze einer Reihe beschert. Die anderen hinter ihm mussten sich nur an ihm orientieren. Er war ungeheuer stolz, und zwar umso mehr, als er den Blicken ausgesetzt war. Im Laufe des Aprils war seine Aufregung ständig gewachsen. Morgens, wenn er unnötig früh aufwachte, ging er im Kopf den Ablauf durch und alles, was falsch laufen konnte: dass ihm versehentlich sein Bild hinunterfiel, dass er nicht im Gleichschritt mit den Anführern der anderen sechs Reihen war und plötzlich als Einziger vorne stand oder, noch schlimmer, dass er über das unebene Kopfsteinpflaster stolperte, hinfiel und Spott auf sich zog. Er war ohnehin schmächtig, konnte aber nichts mehr essen, ein wildes Tier hatte sich in seinem Magen breitgemacht und zerfraß ihn von innen.

Am Abend vor dem großen Tag kam sein Vater eigens für die Feierlichkeiten von See zurück. Juri behielt sein Geheimnis für sich. Er stellte sich Rubins Überraschung und große Freude vor, der den Aufmarsch von der Tribüne aus anschauen würde, die für die Kapitänsfamilien reserviert war. Er malte sich aus, wie sich die dicke Unterlippe zu einem der seltenen Lächeln wölbte und Rubin seine Nachbarn mit dem Ellenbogen anstieß:

»Das ist mein Juri, ganz vorne in der dritten Reihe. Ein echter Oktobrist, Donnerwetter!«

Er prüfte sorgfältig seine Uniform, die kurze marineblaue Hose, die langen Kniestrümpfe und das weiße Hemd, die himmelblaue Mütze und vor allem die Medaille mit dem Bildnis von Lenin, und vergewisserte sich, dass deren Sicherheitsnadel gut auf Höhe des Herzens festgemacht war. Erst morgens um zwei Uhr schlief er ein, bis dahin murmelte er unablässig den Refrain vor sich hin:

Riesig ist mein Vaterland
Wald, Fluss, Feld, so weit das Auge reicht
Ich kenne kein andres Land
Das ihm in seiner Freiheit gleicht

Trotz eines kühlen Nieselregens, der die roten Papierblumen zerknitterte, die die kleinen Mädchen schwenkten, lief alles bestens. Kaum hatte der Lehrer sie in Reihen aufgestellt, ging es Juri besser, die Bauchschmerzen waren vergessen. Er war so konzentriert wie nie zuvor, und die Darbietung verging ihm wie im Flug. Er widerstand der Versuchung, zu seinen Eltern hinüberzuschauen, denn laut Anweisung sollten sie nach vorne blicken wie stolze Kinder der UdSSR.

Der Nachmittag war für die Militärparade reserviert. Juri war immer dabei gewesen, zuerst auf dem Arm seiner Mutter, dann auf den Schultern seines Vaters. In diesem Jahr fuhr Rubin ihn an: »Schluss damit! Du bist kein kleines Kind mehr. Stell dich hin und halt dich gerade, um unsere Truppen zu grüßen.«

Drei Stunden lang starrte er auf die Rücken der Leute vor ihm und konnte nur mit Mühe die Geschütztürme der Panzer ausmachen. Vor allem aber wartete Juri vergebens auf ein Lob oder auch nur eine kleine Bemerkung zu seiner tadellosen Leistung vom Vormittag. Er war durchgefroren und enttäuscht. Später würde er sich an dieses Erlebnis als den Beginn seiner Abneigung gegen Militärparaden erinnern.

Auch am späten Nachmittag entzog sein Vater sich ihm. Er war zur feierlichen Überreichung der Medaillen eingeladen: Tapferkeitsmedaille, Verdienstmedaille, in Ausnahmefällen der Rotbannerorden – Rubin mochte diesen Prunk. Es bot Gelegenheit, Beziehungen zu pflegen und einen ordentlichen Schluck auf Kosten der Partei zu trinken.

Währenddessen hatte Juri sich zu Hause aufgewärmt, wo die Nachbarn gute Wünsche, mit Kohl und Pilzen gefüllte Piroggen, Salat und Sülze austauschten. An diesem Tag schaute man nicht aufs Geld. Nachdem Juri sich gestärkt hatte, nahm er sich vor, auf seinen Vater zu warten, um endlich zu erfahren, wie sein Urteil ausfiel.

Rubin kam spät und betrunken nach Hause, als Reva, Juris Mutter, gerade damit fertig war, die Küche aufzuräumen. Er ließ sich auf das Ecksofa fallen und verlangte, dass sie das Essen wieder herausholte. Seine Frau war daran gewöhnt, dass er spätnachts nach Hause kam, und hatte einen Teil des Essens aufgehoben, das sie ihm nun teilnahmslos servierte.

»Ganz ehrlich, die Partei wird immer knauseriger. Von wegen Buffet! Nichts mehr da nach zwei Minuten! Und dieser Trottel von Anardow, der nie die Fangquote erreicht, hat uns die Verdienstmedaille weggeschnappt.«

Er setzte sich an den Tisch. Löffel für Löffel verschlang sein großer Mund den Kartoffelsalat, den er mit einem Schluck Wodka hinunterspülte. Juri setzte sich ihm gegenüber und lauerte auf eine günstige Gelegenheit. Als Rubin endlich wie ein sattes wildes Tier seinen Teller beiseiteschob, hielt er den Moment für gekommen.

»Hast du mich heute früh gesehen, Papa? Ich war an der Spitze der Reihe. Der Lehrer hat gesagt, dass ich das verdiene, weil ich besser singe und tanze als die anderen.«

Der Vater schlürfte in Ruhe einen letzten großen Schluck.

»Singen, tanzen!«, schimpfte er vor sich hin. »Bei Aufmärschen schön und gut, aber dabei bleiben darf es nicht. Ist was für Mädchen. Du hast Besseres zu tun. Mir wär's lieber, dass du auch mal eine verpasst kriegst und mir erzählst, dass du die Prügelei gewonnen hast.«

»Aber Papa …«, hakte der Junge nach.

»Was, ›Aber Papa …‹«, äffte sein Vater ihn nach.

Das für ihn typische Grinsen brachte seine Verachtung zum Ausdruck. Er betrachtete seinen Sohn, während er sich die Zähne säuberte.

»Sechs Jahre! In deinem Alter hatte ich anderes zu tun, als zu singen und zu tanzen. Du solltest allmählich damit anfangen, ein Mann zu werden. Schau dich doch an, dünn wie eine Bohnenstange und Muskeln wie Gummi.«

Wieder begutachtete er Juri auf eine Weise, die dem Kind unangenehm war.

Rubin war stolz gewesen, einen Sohn zu bekommen. Er hatte durchgesetzt, dass es ihr einziges Kind bleiben würde, um die Familie nicht über Gebühr zu belasten. Reva bekam als Sekretärin des Rüstungsbetriebs ein gutes Gehalt. Rubin hatte sich für das Baby nicht interessiert. Als Juri sprechen und laufen konnte, hatte er ihm Lieder beigebracht, die keinen Zweifel daran ließen, dass dem Feind die Brust aufgeschlitzt gehört, und die der Kleine nachgebrabbelt hatte. Dann strich der Vater ihm durchs Haar und nannte ihn »mein kleiner Bolschewik«. Manchmal warf er ihn auch so hoch in die Luft, dass ihm ganz schwindelig wurde, oder hielt ihn an einem Arm und einem Bein fest und drehte sich mit ihm. Das sorgte für halb erregtes, halb entsetztes Geschrei, das den Vater freute. Der Gedanke an das Alter des Jungen hatte Erinnerungen geweckt, von denen außer Anton niemand wusste.

»Vielleicht sollte ich mich ein bisschen mehr um dich kümmern«, sagte er nachdenklich. »Wahrscheinlich habe ich schon zu lange damit gewartet.«

Das Schweigen hielt an. Reva stocherte in den Töpfen herum, den Blick gesenkt, als ginge das Gespräch sie nichts an. Juri hätte alles dafür gegeben, damit sie ihn wenigstens dieses eine Mal verteidigte. Er spürte, dass er vor Wut gleich würde losweinen müssen. Seine Vorführung hatte nicht nur seinem Vater nicht gefallen, sondern sie hatte, wie er ahnte, auch verhängnisvolle Auswirkungen. Er hatte sich so sehr gewünscht, seinen Stolz mit seinen Eltern zu teilen. Er erwog, noch einmal nachzuhaken, spürte aber schon das Gewitter aufziehen, das er damit heraufbeschwören würde. Unzählige Male hatte er miterlebt, wie Rubin in Rage geriet, wenn seine Mutter es wagte, ihm zu widersprechen. Dann konnte es schon mal Ohrfeigen setzen. In dem gnadenlosen Blick, der ihn musterte, kündigte sich für Juri das Ende einer Welt an. Die Bauchschmerzen setzten wieder ein. Die Gedärme gluckerten, und er nahm alle Kraft zusammen, um sich nicht in die Hose zu machen. Seine Augen wurden feucht, und obwohl er unablässig zwinkerte, rollte schließlich eine Träne über seine Wange, dann eine weitere und noch eine.

»Das gibt's doch nicht, du heulst! Darf man wohl erfahren, warum? Singen, tanzen, heulen, das wird ja immer besser.«

Rubins Blick trübte sich ein wie vor einem Sturm, das ironische Lächeln wurde breiter.

»Na gut, dann wollen wir mal sehen, ob du auch wirklich ein Junge bist. Zieh dich aus und steig auf den Tisch, damit ich nachgucken kann.«

»Aber Rubin«, wandte Reva unbeholfen ein und schaute zu Boden, als der Blick ihres Mannes sie traf.

»Hopphopp, na los«, fuhr Rubin Juri an und schnappte ihn am Ärmel.

Jeder einzelne Augenblick dessen, was nun folgte, grub sich tief in Juris Erinnerung ein. Die Scham, in Unterhose auf dem Tisch zu stehen, begutachtet wie ein Tier bei einer Auktion, das höhnische Gelächter seines Vaters, der ihm in die Oberarme und die Waden kniff, und die unerträgliche Verzweiflung, die aus seiner Ohnmacht erwuchs. Mit den zarten Muskeln, dem bleichen Körper, der kaum an die Sonne kam und vor Angst mit Gänsehaut bedeckt war, glich das Kind im grellen Küchenlicht einem Hühnchen, das man zu früh schlachten wollte. Doch das Schlimmste kam noch. Rubin wollte ausprobieren, wie stark er war, und zwang ihn, Töpfe voller Wasser hochzuheben, ohne etwas zu verschütten. Ein aussichtsloses Unterfangen. Umso mehr als der betrunkene Rubin ihm dabei ständig lachend auf die Arme schnipste. Die Muskeln zitterten vor Anstrengung, dann wurde das Beben stärker. Das Wasser im Topf schaukelte, schwappte über und landete mit einem dumpfen Platschen auf dem

Tisch. Rubin grunzte spöttisch, nahm den Topf auf und reichte ihn seiner Frau:

»Vollmachen!«

Sie gehorchte wortlos, dann griff sie nach dem Wischlappen. Sie hatte schon vor langer Zeit die Hoffnung aufgegeben, seinen Willen beeinflussen zu können. Doch beim fünften Mal protestierte sie trotzdem.

»Hör auf, Rubin, du siehst doch, dass er es nicht schafft. Alles wird nass.«

Er lachte hämisch.

»Na gut, probieren wir was anderes. Schon mal was von Liegestützen gehört, mein Junge? Es gibt nichts Besseres für die Bauchmuskeln.«

Die Übung war ebenso unmöglich wie unsinnig. Anfänglich ging der kleine Junge mit so viel Ehrgeiz an die Aufgabe heran, dass sein einziger Gedanke war: durchhalten, durchhalten, durchhalten. Aber seine Muskeln ließen ihn jedes Mal im Stich, und er schlug mit der Nase auf den Linoleumboden.

Jedes Kind kennt das Gefühl der Scham, wenn es bei einem Fehler ertappt wird, wenn es zurechtgewiesen wird, wenn es den Hintern versohlt bekommt, weil es gegen die Regeln verstoßen hat. In dieser Scham steckt ein bisschen Wut und viel Ohnmacht, aber oftmals auch eine krankhafte Form der Einwilligung in die Strafe. Das Gefühl, das sich an diesem Abend in Juri breitmachte, war ein anderes, schonungslos und endgültig: Er hätte nicht so sein sollen, wie er war. Sein Körper, sein Wesen, er selbst, Juri, stieß auf Ablehnung. Er schämte sich schlicht dafür, dass er auf der Welt war.

Das Ergebnis der Prüfung war ein Körpertraining für Juri, das Rubin ausarbeiten und dessen Fortschritte er persönlich überprüfen würde, wenn er gerade nicht auf See war. Am nächsten Tag ließ er in der Werkstatt seines Fischkombinats aus Metallkästen Hanteln, die man mit Steinen füllen konnte, und aus alten Lappen einen Punchingball anfertigen. An den Abenden, an denen er zu Hause war, musste Juri, sobald er aus der Schule kam, eine Stunde lang trainieren, es sei denn, er kam auf die Idee zu weinen, dann dauerte es länger. Die Übungen wurden von Schubsern und Klapsen begleitet und, noch schlimmer, von spöttischen Bemerkungen. Für Zeiten, in denen er nicht da war, hinterließ der Vater dem alten Anton drastische Anweisungen. Diese Einheiten waren natürlich weniger hart, aber die Vorstellung, das gesteckte Ziel zu verfehlen, quälte beide so sehr, dass sie selbst im Traum nicht daran gedacht hätten, einmal eine Ausnahme zu machen.

Eine Stunde vor Schulschluss spürte Juri die Bauchschmerzen wieder einsetzen. Der Weg den Hügel hinauf zu den Wohnhäusern war vom freudigen Geschrei der sich selbst überlassenen Kinder begleitet, doch für ihn war es ein Leidensweg.

Am schlimmsten war es alle drei Wochen, wenn sein Vater zurückkam. Wenn er dann nicht gerade in der Schule war, begleitete er seine Mutter zu den Docks. Der Hafen war damals zu klein für die vielen Fischtrawler. Die schweren Schiffsrümpfe aus Stahl mit den Rostflecken lagen deshalb paarweise nebeneinander, und ohne die Angst, die ihn quälte, hätte Juri für diesen Anblick geschwärmt, der vom Selbstbewusstsein der UdSSR kündete. Der Wind trug das Rumpeln der Maschinen, das Klappern der Bleche, die Befehle und das Geschimpfe aus der Fischereihalle herüber, eingehüllt in einen hartnäckigen Ammoniakgeruch. Die Frauen der Seeleute standen beisammen, im Schatten der Fabrikmauern, in Stiefeln und schweren Wollmänteln, und sprachen kaum miteinander. Alle fürchteten sich insgeheim davor, dass ein schlechtes Fangergebnis ihnen einen Mann zurückbrachte, der sich nur betrinken und sie schlagen würde. Aber keine gab diese Befürchtung zu oder beklagte sich gar.

Reva war als Frau des Kapitäns noch mehr für sich. Sie stand immer an derselben Stelle, an der Hausecke, die dem Wind am meisten ausgesetzt war, abseits der Gruppe. Der äußere Abstand verkörperte in ihren Augen den unterschiedlichen sozialen Rang. Darin sollte sich niemand täuschen. Abgesehen davon suchten die anderen Frauen gar nicht ihre Nähe. Was hatten sie sich schon mit dieser eingebildeten Person zu sagen, die sie mit der Aufzählung ihrer kleinen Privilegien nur neidisch machen wollte? Sie hörte schon die Kommentare:

»Pah! Sie meint, mit ihrem schicken Mantel wäre sie besser dran! Aber ihr Mann ist genauso ein Säufer wie alle anderen!«

Das stimmte: Sie hatte sich getäuscht, bitter getäuscht. Und dabei hatte er ihr gefallen, dieser Rubin, dieser vielversprechende Kapitän, der bis spät in seinem Büro saß, ihr auf die Schenkel starrte und nicht lockerließ, indem er anzügliche Bemerkungen machte. Später, als sie sich im

Kino an ihn geschmiegt hatte, war sie von seinem straffen Körper überwältigt gewesen, dessen Schweißgeruch vom Eau de Cologne nur ansatzweise übertönt wurde. Sie roch darin das Abenteuer. Es war eine Ablenkung von ihrer tristen Arbeit, und die animalische Kraft, die darin lag, ließ sie erschaudern. Er redete drauflos und war lustig. Er hatte ihr versprochen, er wolle eine Familie gründen. Er werde für sie sorgen. Sie war stolz darauf gewesen, dass er sie gewählt hatte, fühlte sich geschmeichelt von den ein wenig neidischen Bemerkungen ihrer Kolleginnen. Sie hatte sich in dem Glauben gewiegt, die Liebe würde ihr Macht über ihn verleihen, ihr, die Macht über niemand hatte. Die Ernüchterung war ebenso groß gewesen wie ihre Hoffnungen.

Kaum hatte er Reva in seinen Besitz gebracht, strengte Rubin sich nicht mehr an. Nicht, dass er sie nicht mehr geliebt hätte, derlei Gefühle hatte er nie für sie gehegt. Er hatte sich anständig verhalten, er sorgte dafür, dass sie alles hatte, was sie brauchte, und er wollte eine Familie, aber keinen Klotz am Bein. Schon bald waren ihm Revas unbeholfene Versuche, ihm zu gefallen, und ihr Getue als treu ergebene Ehefrau auf die Nerven gegangen. Er wollte abends nicht zu Hause bleiben und hielt es für überflüssig, Ausreden zu erfinden, wenn er das Haus verließ. Außerdem war er Manns genug, um von Irina oder aus einer verborgenen Toreinfahrt zu kommen und hinterher zu Reva ins Bett zu steigen. Sie, die von einem gemeinsamen Leben geträumt hatte, davon, auszugehen, verrückte Dinge zu tun, verbrachte ihre Abende mit ihrem langweiligen Schwiegervater. Im Bett ging es ihr immer viel zu schnell, und auf ihre Kosten kam sie auch nicht. Monatelang hatte sie abgewartet. Doch eines Abends, als er wie so oft spät nach Hause kam und sie sich an ihn schmiegte, merkte sie, dass seine Hände und sein Haar nach Sex rochen. Plötzlich wurde ihr alles klar.

»Rubin, wo warst du?«

»Unterwegs mit Freunden«, hatte er gemurmelt, »und was geht dich das überhaupt an?«

»Vielleicht doch bei einer Frau?«

»Quatsch! Was spinnst du dir für Geschichten zusammen?«

Er hatte versucht, sie festzuhalten, sie hatte sich gewehrt, ihn beschuldigt, geweint, geschrien. Und dann die Ohrfeige. Ohne Vorwarnung. Sie hatte Reva den Atem verschlagen. Nicht so sehr wegen des Schmerzes, der hielt sich in Grenzen, sondern weil er die Hand gegen sie erhoben hatte. Als er sie danach nahm, ohne sich auch nur zu entschuldigen, und während ihre Wange noch kribbelte, begriff sie, wie einsam sie war. Sie zählte überhaupt nicht. Abgesehen von einem guten Auskommen hatte sie nichts zu erwarten von ihrer Ehe. Sie wurde nicht geschlagen, anders als die Frauen, die man nachts im Haus schreien hörte. Sie bekam höchstens mal einen Klaps, falls sie nicht schnell genug bereit war, wenn er nach Hause kam. Doch diese erste Ohrfeige quälte sie ihr Leben lang. Manchmal hielt sie sich die Hand an die Wange, die noch immer glühte, auch wenn es keinen Grund gab. Die erste Ohrfeige stand für ihre Niederlage als Frau und als Mensch.

Als Juri auf die Welt kam, hatte sie wieder Hoffnung. Sie schenkte Rubin einen kleinen Jungen, etwas, worauf er stolz sein konnte, dafür durfte sie doch wohl mit etwas Aufmerksamkeit rechnen. Das Gegenteil war der Fall. Rubin rümpfte bei dem Geruch von Windeln und saurer Milch noch mehr die Nase als bei dem von verfaultem Fisch. Immer, wenn das Kind weinte, schnaufte er gereizt und nahm es als Vorwand, noch häufiger als ohnehin aus der Wohnung zu fliehen. Mit dem Stammhalter, auf den er gehofft hatte, hatte alles seine Ordnung, nicht mehr und nicht weniger. Reva übertrug ihren Frust auf ihren Sohn, der zu nichts gut gewesen war, als ihren Bauch zu überdehnen. Wie Rubin und Anton verbannte sie die Gefühle, die kein Ventil fanden, aus ihrem Leben.

So stand sie also pflichtgemäß an der zugigen Hausecke, zusammen mit dem Knirps, dessen Zittern sie gespürt hätte, wenn sie ihm nur die Hand gegeben hätte.

Ein Sirenensignal kündigte das Einlaufen des Schiffes an. Schon während des Manövers hörte man Rubins Geschrei, der den besten Platz am Kai haben wollte, so nah wie möglich an der Fabrik, damit sein Fisch als Erstes ausgeladen wurde. Die anderen Schiffe warteten manchmal tagelang, und am Ende schmierten sie den Hafenmeister, damit sie die schon stinkenden Kisten löschen durften. War das Schiff vertäut, dauerte es noch eine halbe Ewigkeit, bis die Seeleute von Bord kamen, mit müdem Blick, mit Ringen unter den Augen, an guten Tagen aber mit hörbarem Stolz darauf, wie viel sie mitgebracht hatten. Rubin blieb als Kapitän bis zum Schluss an

Bord und empfing seinen Vorgesetzten zum Bericht, den der politische Offizier bestätigen musste. Also warteten Juri und seine Mutter häufig durchnässt im Schutz der Mauer. Das Warten zermürbte den Jungen, denn er war auf Prügel eingestellt. Genau daher rührte seine Liebe zu den Vögeln. Anfangs betrachtete er die Möwen nur, um auf andere Gedanken zu kommen. Stets hungrig, lungerten sie am Ende der Waschanlage der Fischfabrik herum und zankten sich mit gellendem Geschrei. Ihrem Treiben zuzusehen beruhigte ihn. Mit der Zeit begann er sich dafür zu begeistern. Wenn er am Kai ankam, suchte er sie, vergaß darüber die jammernden Frauen im Schatten und reckte sein Gesicht in den Regen, um sie im Flug zu verfolgen. Er dachte sich tausend Geschichten aus, meinte, sie vom einen zum anderen Mal wiederzuerkennen, gab ihnen Namen, stellte sich ihre Eigenarten vor, dachte sich Gespräche und Gefühle für sie aus. Die Vögel waren das, was er nie sein würde: starke, freie Wesen. Er begann, davon zu träumen, einer von ihnen zu sein. Er schloss die Augen, ließ den ungeliebten Körper hinter sich, breitete die Flügel aus und schwang sich von der Spitze der Ladebäume in den Himmel. Der Hafen unter ihm verlor seine Hässlichkeit. Der schmutzige Schnee am Kai verblasste. Die Schiffe erinnerten an Spielzeug, und die ganze Stadt war nur noch ein Fleck, ein herrenloses, zwischen das Weiß des schneebedeckten Waldes und das Schwarz des Meeres geratenes Artefakt. Von dort oben konnte er sich die Welt genau ansehen, sie beherrschen. Er spürte, wie der Wind sanft über seinen Bauch strich, ihm die Federn zerzauste, schwer auf seinen Muskeln lastete. Er wurde anmutig, geschmeidig und sah die neidischen Blicke der armen, an die Erde gefesselten Menschen. Meistens kehrte er der Stadt den Rücken und flog aufs offene Meer hinaus. Er stellte es sich aufgewühlt vor, doch er meisterte spielend die Wellen, die er mit der Spitze seiner Schwungfedern streifte. Wagemutiger als seine Artgenossen, bahnte er sich einen Weg zwischen den Wolken hindurch, stieg höher und flog, taumelnd vor Glück, geradewegs in Richtung Sonne. So merkte er nicht, wie die Zeit verging, die Kälte war weniger beißend, und vor allem verkroch sich die Angst in der hintersten Ecke seines Kopfes, verjagt vom trügerischen Glück.

Der glorreiche Flug wurde unweigerlich von einem Stoß in die Rippen beendet, und seine Mutter murmelte freudlos: »Da ist er ja.«

Der Bann war gebrochen. Zurück blieb das Kind mit den blau gefrorenen Lippen, das zitternd an der Wand stand. Eine selbstbewusste Gestalt kam die Gangway hinunter, blieb hier und da stehen, um mit dem einen oder anderen zu sprechen. Kapitän Rubin Antonowitsch genoss hohes Ansehen. Nur selten erreichte er nicht die vom Fischkombinat und vor allem von der Partei geforderte Fangquote. Wenn er an Land ging, war der Augenblick gekommen, diesen Vorteil auszuspielen, Aufmerksamkeit auf sich zu ziehen, Neid zu erregen, sich bejubeln zu lassen. Für ein paar Tage von der Angst vor einer Havarie oder schlechtem Fang erlöst, genoss er seinen Triumph und witzelte und schwatzte am Kai. Am Ende dieses festen Ablaufs tat er schließlich so, als entdecke er erst jetzt die zwei Gestalten, er küsste seine Frau auf die Stirn, dann betastete er Juris Oberarme. In seiner Hochstimmung sagte er in heiterem Tonfall:

»Na, mein Junge, ordentlich trainiert?«

Am Abend, bevor er noch einmal ausging, um in rauen Mengen Wodka zu trinken, überprüfte der Vater die Fortschritte. Die Stunde war anstrengend. Das Kind versuchte das Unmögliche und sank oft vor Erschöpfung zusammen oder musste sich übergeben. Anton mischte sich ein, wo er konnte, und gab vor, er habe anderes zu tun gehabt, als sich um das Training zu kümmern. Reva versuchte es noch nicht einmal. Wozu auch? An guten Tagen war es mit dem Training ausgestanden. An schlechten zerrte Rubin, wenn er mitten in der Nacht mit glasigem Blick und lallend nach Hause kam, den Jungen aus dem Bett, weil er vergessen hatte, dass der die Prüfung schon hinter sich hatte. Diese zusätzliche Lektion artete in Geschrei und Gürtelschläge aus. Am nächsten Tag würde das ganze Haus wissen, dass Juri gezüchtigt worden war, und darüber lachen, wie unsicher er auf seinen schmerzenden Beinen stand.

Während sein Vater trinken ging, hatte Juri sich angewöhnt, Zuflucht bei Irina zu suchen. Er fand es unerträglich, in der Wohnung bei seinem Großvater und seiner Mutter zu bleiben, die ihren Beschäftigungen nachgingen, als sei alles in Ordnung. Warum sagten sie nichts? Warum rührten sie sich nicht, wenn er jemanden brauchte, der ihn tröstete? Während er auf das Abendessen wartete, bei dem er ohnehin nichts würde essen können, ging er hinüber zu Irina. Sie ließ ihn, ohne nachzufragen, herein und drückte ihn an ihre hagere Brust.

Sie versuchte ihn abzulenken, indem sie ihm alte Geschichten erzählte, oder schaukelte ihn einfach auf den Knien, sang ihm zärtliche Balladen vor, die nicht gut zur sowjetischen Gesinnung passten. Nie ertappte er sie dabei, dass sie etwas Schlechtes über Rubin sagte. Er war es, der seine Beziehungen hatte spielen lassen, damit sie und ihre Mutter in den Genuss dieser Wohnung kamen, und der ihr so frischen Fisch schenkte, wie sie ihn in keinem Laden kaufen konnte. Die Hand, die einen füttert, beißt man nicht. Aber Juri hatte Irina ohnehin nie etwas Schlechtes über andere sagen hören. Sie nahm das Leben, wie es war, schicksalsergeben. Sie lehnte sich nicht auf, begnügte sich mit wenig, lächelte noch zufrieden über eine trockene Brotrinde. Später ärgerte Juri diese Unterwürfigkeit. Damals beruhigte ihn ihre Ausgeglichenheit. Bei Irina herrschte Frieden. Und was noch besser war, sie redete dem Jungen ein, dass sein hartes Trainingsprogramm nicht nur Nachteile hatte. Sie gratulierte ihm zu seinen breiten Schultern, die »eines jungen Pioniers würdig« waren. Ob aus Naivität oder aus Kalkül, Irina machte ihn wieder stolz. Tatsächlich stärkten die täglichen Übungen rasch die kindliche Muskulatur. Er behielt zwar seine schmale Gestalt mit dem ovalen Gesicht und der langen Nase, aber Brust und Bauch wurden kräftiger. Bei den Prügeleien war er jetzt nicht mehr jedes Mal der Unterlegene. Das machte ihn selbstsicherer.

Juri mochte es unkompliziert. Lieber gab er nach, als herumzuargumentieren, und erst recht, als sich zu schlagen. In seiner Klasse oder einer anderen Gruppe schwieg er und überließ es den anderen, sich gegenseitig zu provozieren. Schon früh entwickelte er anderen gegenüber eine Gleichgültigkeit, hinter der sich Vorsicht verbarg, und träumte davon, unsichtbar zu sein. Denn das einzige Mal, dass er sich hervorgetan hatte, der besagte 9. Mai, hatte in einer Katastrophe geendet. Später würde er sich seine Feigheit vorwerfen, sich fragen, woher die Unfähigkeit rührte, seinen Standpunkt zu verteidigen. Zwar hatte sein autoritärer Vater ihm beigebracht, nie zu widersprechen, doch auch unabhängig von seiner Beziehung zu Rubin entsprach es seinem Wesen, auszuweichen und zu verzichten. Der Umzug zur Siegesfeier hatte ein brennendes Mal auf Seele und Körper hinterlassen. Er igelte sich ein, leckte seine Wunden hinter einer Mauer aus Schweigen.

Die Vögel kamen ihm zu Hilfe. Mit ihrem Flug bevölkerten sie seinen Geist, während der unendlichen Wartezeit am Hafen machten sie ihn mit einem Flügelschlag zum König der Welt. Warum ließ er sie nicht mehr an seinem Leben teilhaben? Von den großen Häusern auf dem Hügel aus, auf dem Weg, der über das Brachland zur Schule hinunterführte, in der Stadt und sogar durch die schmutzigen Fenster der Turnhalle sah man sie recht häufig. Er schenkte ihnen seine ganze Aufmerksamkeit. Er bemerkte den Wechsel des Gefieders, in dem sich die nächste Jahreszeit ankündigte oder dass sie ausgewachsen waren. Er erkannte die einzelnen Arten wieder: die schlanken Seeschwalben mit dem gegabelten Schwanz oder den Kormoran mit dem dunklen Gefieder, der auf einem Pfahl thronte und seine Flügel trocknen ließ. Er saß lange in der Bibliothek, schaute sich die wenigen

Bücher zum Thema an und fütterte sein Gedächtnis mit den Merkmalen verschiedener Strandläufer, von Gänsen und Tauchern. Ihre Schönheit begeisterte ihn. Seine Finger fuhren über das Papier, streichelten den blassgelben Kopf des Basstölpels oder den schwarzen der Säger. Die meisten Arten waren ihm unbekannt, aber allein zu wissen, dass es sie gab, irgendwo dort auf der Erde, beruhigte ihn. Im Frühling und am Ende des Sommers erfüllte ihn der Flug der Gänse und Eiderenten mit unerklärlicher Freude. Sie konnten die ganze Welt sehen. Sie flogen über die Sowjetunion, über der die Sonne niemals unterging. Ihre riesigen V-Formationen durchbrachen die Grenzen wie Pfeile, ganz egal ob in ein Bruder- oder Feindesland. Er saß in der Ecke der Küche neben dem Fenster, ignorierte die Haarspaltereien des alten Anton und die Seufzer seiner Mutter und erfand ein zweites Leben, das in mancher Hinsicht durchaus realer war. Dort fühlte er sich unerreichbar für Niedertracht, Bosheit und Unverständnis. Nicht einen Augenblick zog Juri in Erwägung, seiner Familie davon zu erzählen. Schon eine kleine Spöttelei hätte sein Universum für immer zerstört.

●●●

Er zögerte es bewusst lange hinaus, den Pionieren beizutreten. Normalerweise wäre der Schritt bereits mit neun Jahren fällig gewesen. Aber die Zivilschutzübungen und die Aufmärsche, die er inzwischen hasste, schreckten ihn. Mit elf hatte er keine Wahl mehr. Da der Leiter seiner Oktobristen-Einheit damit drohte, seinen Vater zu informieren, fügte er sich und stellte seinen Antrag. Nur der Gedanke an die den Pionieren vorbehaltenen Sommerlager mitten in der Natur heiterte ihn auf. Dafür suchte er schon im Voraus Informationen zu Tundra-, See- und Waldvögeln zusammen.

Am 7. November, dem Jahrestag der Oktoberrevolution, sagte er schließlich halbwegs überzeugt sein Gelöbnis auf und versprach, »vorbildlich zu leben und zu lernen, um ein würdiger Bürger des sowjetischen Vaterlands zu werden«. Dafür durfte er sich das rote Tuch um den Hals binden.

Im darauffolgenden Sommer stürzte Juri, die Tasche über der Schulter, in den Bus mit den durchgesessenen Sitzen, um ins besagte Ferienlager zu fahren. Drei Wochen weit weg von zu Hause waren ein Luxus, den er bislang nicht kannte.

Das ehemalige Militärgebäude, in dem sie unterkamen, lag auf halber Strecke zwischen dem Dorf Tschernowko und dem Meer, nahe der norwegischen Grenze. Der Kasten grenzte auf der einen Seite an einen dichten Tannenwald, durch den ein Pfad in den kleinen Ort führte. In die drei anderen Richtungen erstreckte sich die von Lagunen und Tümpeln durchzogene Tundra bis zum Meer. Die Kaserne bildete ein U und umschloss einen teilweise überdachten Exerzierplatz. Im Erdgeschoss befanden sich die Küche und großräumige Versammlungs-, Arbeits- und Essenssäle, im oberen Stockwerk ebenso großräumige Zimmer, die als Schlafsäle dienten. Lediglich drei davon boten etwas mehr Privatsphäre für die Komsomolzen, die die Gruppe begleiteten. Juri bemerkte weder die rohen Betonmauern, auf denen sich Feuchtigkeitsspuren abzeichneten, noch die knarzenden Eisenbetten und auch nicht die Toiletten, die trotz literweise Reinigungsmittel immer nach Urin stanken. Er hatte nur Augen für die Wipfel der Bäume und den unendlichen Himmel, der sich über das flache Land erstreckte. Er hatte sein »Flugheft« mitgebracht, wie er es gerne nannte. Auf den ausgebleichten malvenfarbenen Umschlag hatte er einen Weißkopfseeadler gemalt, den er für den anmutigsten Vogel der Welt hielt. Ins Heftinnere hatte er alles übernommen, was ihm beim Herumstöbern in der Schulbibliothek in die Finger geraten war. Auf der ersten Seite fand sich eine anatomische Zeichnung des Vogels, die von seinen Fingerspuren schon etwas schmutzig war. Inzwischen entging ihm nicht einmal mehr das kleinste Detail eines Vogelkörpers, von Schulterfedern, Armdecken oder den verschiedenen Schwungfedern. Auf den folgenden Seiten waren unterschiedliche Flugarten aufgeführt, Schlagflug, Gleitflug, Rüttelflug, Sturzflug. Deutlich größere Schwierigkeiten hatten ihm die Zeichnungen der einzelnen Vögel bereitet. Er war ein miserabler Zeichner, und selbst die Ente konnte man nur schlecht erkennen. Das machte er aber wett mit der äußerst genauen Beschreibung und vor allem mit den typischen Vogelstimmen, die er besonders mochte. »Arrah« machte der Basstölpel, »ga-ga-ga« schnatterte die Graugans, während das Thorshühnchen ein scharfes »pit«, die Möwe ein schallendes »kjiau« und der Pitpit ein zartes »psie« ausstieß. Er träumte von einem Chor, in dem jeder Sänger einen Vogel nachahmte, und er wäre der Dirigent.

Sein Heft war immer mit dabei, während des Tages in der Tasche und nachts unter seinem Kopfkissen. Er hatte sich vorgenommen, darin all seine Beobachtungen zu notieren, die verschiedenen Arten, ihr Verhalten, Orte und Uhrzeiten. Ohne es zu merken, wurde Juri zum Ornithologen.

Tagsüber ließ das Ferienlager ihm wenig Zeit für seine Leidenschaft. Um sieben Uhr fielen die Kinder aus den Betten, und die kurz geschorenen Nacken reihten sich vor den Waschbecken auf. Wie das ganze Jahr über waren die Tätigkeiten der Pioniere in politische Bildung, Gemeinschaftsarbeit, Sport und Spiel aufgeteilt. Direkt nach dem Frühstück legte die Gruppe mit zwei Stunden Gymnastik im Hof los. Die meisten Kinder träumten davon, durch Geschicklichkeit oder Kraft auf sich aufmerksam zu machen. Alle hatten die Olympischen Spiele in Moskau von 1980 und den strahlenden Sieg der sowjetischen Mannschaft mit insgesamt fast zweihundert Medaillen im Kopf. Jeder stellte sich vor, Nikolai Andrianow zu sein, der Mann mit fünfzehn olympischen Medaillen. Die *Prawda*, die sie gemeinsam lasen, hatte ausführlich über die Anfänge des Kindes aus Wladimir berichtet, das in einfachsten Verhältnissen aufgewachsen war. Seit er zwölf war, hatte man sein Talent in der Pioniergruppe gefördert. Juri strebte keine sportliche Karriere an. Dank der Muskeln, die er sich zu Hause antrainiert hatte, war er gut im Turnen, beim Pferdsprung und am Stufenbarren. Besonders gerne wollte er aber das Bogenschießen lernen. Der Umgang mit richtigen Waffen stand erst in ein paar Jahren an, aber nichts sprach dagegen, schon einmal mit Pfeilen zu üben. Er stellte sich geschickt an. Sein Arm zitterte nicht, er konnte sich konzentrieren, hatte seine Atmung unter Kontrolle, bis er losließ. Er stellte sich vor, dass er sich mit dieser Fertigkeit selbst versorgen und allein durch Wälder und Berge streifen könnte, auf der Suche nach seinen geliebten Vögeln. Der Rest des Vormittags ging mit der Lektüre von Zeitungen und Büchern dahin, die überschwänglich von den Heldentaten großer Gelehrter, großer Künstler, großer Sportler und, selbstverständlich, großer Politiker seines Landes berichteten. Von einem großen Ornithologen kam ihm nie etwas zu Ohren.

Darum kamen die Vormittage fast nie dafür infrage, irgendwelche Vögel zu beobachten. Das holte er am Nachmittag nach. Die Kinder teilten sich in Gruppen auf, die abwechselnd im Dorf halfen oder am Strand spielten. Juri meldete sich immer freiwillig, um einen weit entfernten Weg aufzuschottern oder dabei zu helfen, ein spärlich bewachsenes Roggenfeld abzuernten. Er war sich sicher, dabei Stare am Himmel zu sehen, ein paar Meisen in blassgelbem Federkleid oder plumpe Raben. Er machte sich unauffällig davon und tat so, als suche er große Steine, lehnte sich an einen Baum und begann zu horchen. Er blendete die entfernten Stimmen seiner Mitschüler aus und konzentrierte sich auf den Gesang, der sich in einer Art natürlicher Kunst der Fuge wiederholte und antwortete. Meistens versuchte er die Töne, wie bei einem Flusslauf, bis zur Quelle zurückzuverfolgen, um den Vogel zu entdecken und ihn zu zeichnen. Manchmal saß er auch nur einfach so da, an den Stamm gelehnt, schloss die Augen und ließ seine Sinne schweifen. Mit dem Rücken nahm er jede Unebenheit der Rinde wahr. Unter seinen Händen spürte er das weiche Moos, einen Kiesel, der ihn in den Hintern pikte, einen Sonnenstrahl, der ihm zwischen den Blättern hindurch ab und zu warm auf die Nase schien. Er bemühte sich, das kleinste Summen, Rascheln, Kratzen der verschiedenen Insektenvölker zu erkennen, um zu verstehen, wie die Vögel sie aufspürten. Wenn er in dieser Stimmung war, gab es keine Zeit mehr, er glitt in einen meditativen Zustand, wie ein Buddhist. Er fühlte sich im Hier und Jetzt, als Teil der Welt, des Lebens.

Unweigerlich riss ihn das Geräusch von Holzpantinen, das nicht hierher gehörte, aus seinen Träumen:

»He! Juri! Pennst du? Wir sind fast fertig, wir suchen dich überall.«

Um sich herauszureden, gab er vor, sich den Knöchel gestoßen oder Bauchschmerzen zu haben. Und doch spürte er urplötzlich eine Mischung aus Hass und Verzweiflung in sich aufsteigen. Warum ließen sie ihn nicht in Ruhe? Warum musste man immer mit den anderen zusammen sein? Ihre Anwesenheit, ihre Gedanken, ihren Blödsinn ertragen? Schweren Herzens stand er auf und tat so, als humpelte er.

Ein paar Tage nach der Ankunft im Ferienlager entdeckte er am Ende der Stiege im ersten Stock eine Treppe, die nie benutzt wurde und zu einer eisernen Deckenluke führte. Beim Herumtrödeln auf dem Weg zur Morgentoilette wagte er sich hinauf. Die Metallluke war nur mit einer Querstange verschlossen, die sich entfernen ließ.

Wie er vermutet hatte, gab es hier einen Zugang zum ge-teerten, von einem Geländer eingefassten Flachdach. Der perfekte Beobachtungsposten.

Nahe dem neunundsechzigsten Breitengrad Nord wird es im Juli nicht dunkel. Der Himmel färbt sich al-lenfalls rosa, wenn eigentlich die Nacht anbrechen sollte. Schnell hatte Juri sich einen Plan ausgedacht, den er be-reits am selben Abend in die Tat umsetzte. Das Schwie-rigste war, nach einem langen Tag dem Schlaf zu wider-stehen. Er versuchte, sich auf das Rauschen des Windes zu konzentrieren, der an den Fenstern rüttelte, die sich gelöst hatten, hörte auf die vielen Geräusche der Kinder beim Einschlafen, wobei er probierte zu erraten, wer sich gerade am Hals kratzte oder beim Umdrehen die Stahlfe-dern unter der Matratze zum Quietschen brachte. Als er meinte, es sei ruhig genug, schnappte er sich die Kleider, die er in seinem Bett versteckt hatte, und streifte sie sich so leise wie möglich über. Es standen immer mal Kinder auf, um zur Toilette im Erdgeschoss zu gehen, sodass bei seinen Mäuseschritten und dem Knarren der Schlafsaal-tür niemand Verdacht schöpfte. Das Öffnen der Luke hingegen dauerte ewig. Vor Angst schwitzend zog er Mil-limeter um Millimeter daran, bis er schließlich hindurch-schlüpfen konnte.

Die Luft roch nach Humus und Sumpf. Zur einen Seite erwärmten sich Tannen und Birken unter einer sanften Sonne, die die Wipfel in einen goldenen Nebel hüllte. Zur anderen erstreckte sich die Tundra in gro-ßen fahlgelben Schollen und bot die unterschiedlichs-ten Grüntöne dar. Jede Lache, jeder Tümpel, jede Lagune und jeder Teich, jeder Bach und jedes Rinnsal glitzerte, und zusammen ergaben sie ein silbriges Netz, das weiter reichte, als das Auge gucken konnte. In der Ferne verschwamm das Meer zu einem lückenlosen, metallisch schimmernden Grau.

Juri setzte sich auf die Brüstung. Der Wind säuselte nur leise. Die weit entfernten Wellen ließen nur ein gedämpftes Tosen vernehmen. Aus dem Wald drang Piepsen und vereinzeltes Gebell von herumstreunenden Hunden. Die Friedlichkeit des Ortes erfüllte ihn, hüllte ihn sanft ein wie ein warmer Mantel. Juri, der zwischen Beton und Stahl groß geworden war, berauschte sich an dieser Ruhe, dem Unendlichkeitsgefühl.

Ohne Fernglas war der Beobachtungsposten nicht optimal. Abgesehen von ein paar Vögeln, die über ihn hinwegflogen, waren die anderen zu weit weg und nur als kleine helle Striche auf der Oberfläche der Teiche sichtbar. Die Enttäuschung wurde von der endlosen Landschaft aufgewogen, deren einziger Betrachter und in gewisser Weise Komplize er war. Zitternd blieb er dort sitzen, eine Träne im Augenwinkel.

Die Kälte kroch ihm unter die Haut, biss ihm in die Beine und ließ seinen Nacken steif werden. Er sträubte sich lange, aber als die Sonne, die den Horizont nur gestreift hatte, erneut aufstieg, ging er, wenn auch ungern, wieder hinunter und schlüpfte in sein Bett. Am nächsten Tag war er vollkommen erschöpft und überdreht. Er hätte gern der ganzen Welt von seinem Ausflug erzählt, aber er genoss es auch, das Geheimnis zu bewahren, das Erste, was nur ihm gehörte. Auch wenn er noch längst nicht in dem Alter für die erste Liebesnacht war, empfand er eine vergleichbare Aufregung.

Er gewöhnte sich an, jede zweite Nacht seinen Hochsitz zu erklimmen, und wurde so mutig, seine Decke mit hinaufzunehmen, um es sich gemütlicher zu machen. Manchmal schlief er dort oben ein, zusammengesunken am Rand des Daches. Beim Aufwachen durchfuhr ihn ein Glücksstoß. Er dachte sogar darüber nach, wegzulaufen und frei in der Natur zu leben. Er kam jedoch zu der Einsicht, dass er noch zu jung und zu wenig abgehärtet war, jedenfalls um im sibirischen Winter zu überleben. Er schwor sich, es eines Tages dahin zu bringen. Während seine Freunde davon träumten, Andrianow oder Gagarin zu werden, sah er sich als sowjetischen Davy Crockett.

Die Ferien neigten sich dem Ende zu. Juri schmiedete schon Pläne für den nächsten Sommer, als das Unvermeidliche geschah. Eines Abends hob sich die Luke zur Terrasse, und der runde Kopf von Luka erschien im Spalt.

»Na so was! Was machst du denn hier?«

Juri fürchtete, vor Schreck in Ohnmacht zu fallen. Er war ertappt und würde nicht nur von den Pionieren ausgeschlossen, auch sein Vater bekäme Bescheid, und es würde Schläge hageln. Er stotterte:

»Nichts, gar nichts, ich hab nur geguckt.«

Reflexartig hatte er sich zusammengekauert und die Decke bis ans Kinn gezogen, ohne zu wissen, dass seine Großmutter lange vor ihm dasselbe getan hatte.

Luka war einer der drei Komsomolzen, die die Gruppe betreuten. Die Stellung seines Vaters als Militär, der als einarmiger Held aus dem Großen Vaterländischen Krieg zurückgekehrt war, hatte seinen Aufstieg in der Jugendorganisation begünstigt. Für seine sechzehn Jahre war er eher klein. Alles an ihm war rundlich, seine braunen Augen, das Gesicht, auf dem noch ein paar Pubertätspickel sprossen, die Arme, die Oberschenkel, die nackten Waden unter der kurzen Uniformhose. Unwillkürlich mochten die Kinder dieses mütterliche Äußere, dem auch sein Charakter entsprach. Er ließ schon mal einen Streich durchgehen, spendete Trost bei kleinen Wehwehchen, ließ sich anmerken, wen er mochte, und betonte sein Entgegenkommen mit einem kleinen schrillen Lachen.

Er kletterte aufs Dach und näherte sich dem erstarrten Juri.

»War mir doch so, als hätte ich in den letzten Nächten Geräusche von hier gehört. Ich dachte, ihr trefft euch, um heimlich zu rauchen. Also, was machst du hier?«, fragte er noch einmal.

Juri schwieg. Er spürte, wie die Tränen über sein Gesicht rannen. Luka kam näher, hockte sich neben ihn und fasste ihn im Nacken.

»Na komm schon, Dussel, nicht weinen.«

Der besänftigende Tonfall beruhigte Juri, der mit zitternder Stimme antwortete: »Ich habe nach den Vögeln Ausschau gehalten. Und es ist so schön hier.«

Er fühlte sich nicht in der Lage, etwas anderes von sich zu geben als derlei Plattitüden. Wie hätte er das Prickeln der Freiheit, das er hier verspürte, in Worte fassen können?

Luka sah ihn mit seinen braunen Augen fest an und strubbelte ihm durch die kurzen Haare.

»Hier, nimm das Taschentuch. Hör auf zu weinen, Genosse!«

Er unterstrich das Wort »Genosse« mit seinem hohen Lachen.

»Erzähl mir mal, was du für Vögel siehst.«

Juri sah ihn aus dem Augenwinkel an, weil er eine Falle fürchtete. Vorsichtig zählte er auf, dass es an den Teichen Eiderenten, Kormorane, Lummen und sogar Sterntaucher und Eisenten gab. Je länger er sprach, desto lebhafter wurde er, ermuntert von der Aufmerksamkeit, die Luka ihm schenkte.

»Sieh an, du weißt ja ganz schön viel. Warum hast du nicht gefragt, ob du in den Ferien eine Vogelkundegruppe gründen kannst? Du hättest den anderen bestimmt viel beibringen können.«

Juri hätte nie gedacht, dass seine Liebe für die Vögel sich mit anderen teilen ließe, noch nicht einmal, dass irgendwer sich dafür interessieren könnte. Abgesehen von Forschern, die Bücher darüber schrieben, gefielen die gefiederten Wesen doch nur Jägern oder Kindern, die mit ihren Steinschleudern auf sie zielten.

»Für dieses Jahr ist es zu spät«, fuhr Luka fort, »aber nächstes Jahr machen wir das.«

Er holte weit aus und deutete auf die Landschaft.

»Du hast recht, es ist wunderschön.«

Er sprach nicht weiter, und beide waren ergriffen von der Stille. Dann sagte Luka mit einem Hauch Melancholie in der Stimme: »Ein schönes Land, ja. Wir haben ein sehr schönes Land, das so viel zu bieten hat, und wir beachten das oft gar nicht.«

Er zog den Jungen an sich. Einen Augenblick blieben sie schweigend so sitzen, verzückt, als hätten sie gerade eine Schatzhöhle entdeckt. Ihre Körper wärmten sich gegenseitig in der kalten Morgendämmerung. Juri dachte darüber nach, dass weder sein Vater noch seine Mutter ihn je so lange im Arm gehalten hatte.

●●●

Juris Leben hatte sich kaum verändert. Abgesehen von den Biologiestunden langweilte er sich in der Schule nach wie vor. Auch für die Aktivitäten der Pioniere konnte er sich nicht begeistern. Er war schlecht in Sport, war die Paraden, das Tanzen und Theaterspielen leid. Mechanisch leistete er die »sozialistische Solidarität«, die darin bestand, den öffentlichen Raum sauber zu halten oder Dinge für Kinder zu basteln, die im Krankenhaus lagen. Während seine Freunde albern kicherten, wenn der Wind unter die Röcke der Mädchen wehte, und Geheimnisse vermutlich anzüglicher Natur austauschten, interessierte er sich nicht für das weibliche Geschlecht. Nur die Vögel zählten. Das Phänomen des Vogelzugs faszinierte ihn. Woher nahm die anmutige Seeschwalbe die Kraft, zweimal im Jahr die halbe Erde von der Arktis bis zur Antarktis zu umrunden? Wie orientierten sich die Wildgänse oder die kleinen Strandläufer? Woher wussten sie, dass es Zeit wurde, loszuziehen? Fragen und Antworten notierte er in seinen kostbaren Heften.

Zu Hause veränderte sich wenig. Reva schien immer mehr den Halt zu verlieren. Sie verwelkte, ohne sich dagegen zu sträuben. Juri war der Einzige, der bemerkte, dass ihr blondes Haar ausblich, dass ihre grünen Augen nicht mehr strahlten und ihre Bewegungen sich verlangsamten. Das Einzige, was ihr Freude machte, das, wo sie brillieren konnte, war der Tauschhandel. In den Häusern, den Hinterhöfen und auf der Arbeit hatte sie ein Netz gesponnen. Stets trug sie eine Einkaufstasche mit sich herum und tauschte Fisch gegen Würstchen, einen Pullover gegen einen Lampenschirm, Stickgarn gegen Pantoffeln. Rubin verdiente zunehmend besser, und sie konnte es sich leisten, durch die Geschäfte zu bummeln. Dabei entdeckte sie immer wieder Dinge, die nur selten zu haben waren, kaufte gleich drei davon und tauschte zwei wieder ein. Statt mit menschlicher Wärme füllte sich die Wohnung mit Objekten, Vasen, Haushaltsutensilien, Kleidung. Einmal brachte sie sogar eine europäische Jeans mit, die sie von einem Lastwagenfahrer erstanden hatte, der regelmäßig nach Norwegen fuhr, aber Rubin verbot ihr, sie zu tragen, unter dem Vorwand, sie sehe damit aus wie eine Nutte. Widerwillig tauschte sie sie gegen Bettwäsche mit Blumenmuster, wobei sie verschwieg, dass auch diese aus Europa stammte. Materieller Besitz geriet zu einer Obsession, die in ihrem Herzen die Emotionen ersetzte. Ihre geliebten Sachen wurden nicht wütend wie ihr Mann, weinten nicht wie ihr Sohn, maulten nicht wie ihr Schwiegervater. Sie herrschte über sie, und nur hier hatte sie Macht.

Wenn Juri aus der Schule kam, kochte sie ihm Tee und strich ihm Brote, ohne ihn je zu fragen, wie sein Tag gewesen war. Sie ließ ihn seine Hausaufgaben machen, ohne sie sich anzusehen, und hinterher zum Training in Antons Zimmer gehen. Ihre Erziehung beschränkte sich darauf, für Essen, Kleidung und Sauberkeit zu sorgen. Schon der Gedanke an eine Umarmung war ihr fremd.

Anton wurde alt und hatte stets ein Buch in der Hand. Er interessierte sich sehr für die Kriege Napoleons und Stalins, deren Verdienste er Juri gegenüber rühmte, während dieser seine Hanteln stemmte.

Doch es gab ein Versäumnis zwischen ihnen. Nachts knipste Anton oft seine Nachttischlampe an, und aus seinem Bett sah Juri, wie er ein Heft unter der Matratze hervorholte und sich ins Schreiben vertiefte. Mehrmals hatte er ihn dabei schniefen gehört. Eines Nachmittags, als er allein war, nahm Juri das Heft an sich. Er entdeckte darin mit Bleistift geschriebene Gedichte, in denen tausendfach herumradiert und durchgestrichen worden war und es immer um eine Frau ging, deren Name nie genannt wurde. Gierig nahm er auf, wie herrlich ihre weiche Haut, ihre Schenkel und Brüste beschrieben waren. Beim Anblick des schrumpeligen Alten konnte er sich nur schwer vorstellen, dass er körperliches Begehren empfand. Ebenso stutzig machte ihn der Mut, der dieser Person zugeschrieben wurde, ja die Kühnheit. Anton schien sie ebenso zu verherrlichen wie zu missbilligen, wovon schwülstige Formulierungen wie diese zeugten: »O du Aufrechte, allein gegen Lüge und Tod ..., unermüdliche Kämpferin, verrückte Träumerin ..., du wolltest Leben bringen, doch hast Verzweiflung gesät ...«

Er stieß auch auf Anspielungen an eine schmerzliche Trennung: »Der abgebrochene Lauf unserer Liebe …, mein verratenes Täubchen …, meine Fee, ausgeliefert den Peinigern …, zu meiner ewigen Scham …«

Und schließlich Zeilen, die noch schwerer verständlich waren: »Kehrst du zurück aus dem Jenseits des Bösen …? Ich werde deinem Blick standhalten und dich um Verzeihung anflehen, o meine Bannerträgerin der Gerechtigkeit …«

Juri schloss daraus, dass sein Großvater eine Geliebte gehabt und unglücklich verliebt gewesen war. Mit seiner Großmutter brachte er die Zeilen nicht in Zusammenhang.

Er legte das Heft wieder zurück und brannte darauf, Anton nach dieser Unbekannten zu fragen. Er stellte sich eine zierliche junge Frau mit flachsfarbenem Haar vor. Aber worin bestand der Verrat, wer waren die Peiniger, und was war das Böse, von dem sie zurückkehren würde? Er malte sich aus, wie sie eines Tages an der Tür klingeln würde, um mit ihnen zu leben. Zum ersten Mal wurde ihm klar, dass er nicht alles wusste von den Menschen, die ihm nahestanden. Ihr scheinbar ereignisloses Leben barg womöglich dunkle Seiten. Er hatte Mitleid mit seinem Großvater wie mit einem schüchternen Liebhaber. Dieser Mann hatte gelitten, litt noch immer. Aber was hatte er unternommen, um seine angebetete Heldin zu beschützen, abgesehen von seinen Gedichten? Weil Juri sich nie traute, seine Neugier einzugestehen, versäumte er es, mehr über Klara zu erfahren.

Im Alltag waren Anton, Reva und Juri mit ihren eigenen Dingen beschäftigt und schenkten sich gegenseitig kaum Beachtung. Die Situation mit Rubin hatte sich beruhigt. Er fuhr immer weiter hinaus auf See, sodass die Abstände zwischen seinen Aufenthalten an Land größer wurden. Und selbst wenn er zu Hause war, verschwand er häufig, um andere Kapitäne oder ein hohes Tier aus der Partei zu treffen. Er kam betrunken zurück und verkroch sich ins Bett, ohne sich für die sportlichen Fortschritte seines Sohnes zu interessieren. Zuneigung suchte Juri auf der anderen Seite des Hausflurs. Dort setzte er sich neben Irina auf das grün-weiß karierte Sofa. Nur ihr hatte er seine Liebe zu den Vögeln und die Abenteuer im Ferienlager gestanden. Der Entdeckung der Terrasse und Lukas plötzlichem Auftauchen hatte sie gelauscht, als wäre es ein Krimi.

Nach den Ferien hatte Juri den jungen Mann, der sich um die Pioniere einer anderen Schule kümmerte, nur selten gesehen. Bei Gemeinschaftsfesten wie dem 9. Mai kam Luka zu ihm und begrüßte ihn mit einem freundschaftlichen Stoß in die Rippen. Er erkundigte sich, wie es ihm ging, und sagte, er habe sein Versprechen für den Vogelkundekurs nicht vergessen.

Im Kalender, den die Porträts großer sozialistischer Führer zierten, strich Juri die Tage bis zum Sommer aus, wie ein Gefangener in Erwartung seiner Entlassung. Endlich, an einem grauen Julimorgen, drängten sich die aufgeregten Kinder in den uralten Bus und fuhren Richtung Westen.

Luka sprach Juri nicht an, entweder um ihn wütend zu machen oder aus Berechnung. Nach der Ankunft ließ er den gesamten Tag verstreichen, ohne ihn auch nur anzuschauen. Juris Hoffnungen schwanden. Er war dumm gewesen, an diesen schönen Traum zu glauben. In der Kantine hallte das Geklapper des Metallgeschirrs, als ein kleiner Junge kam, um ihn zu holen.

»Du sollst zu Luka Bogdanowitsch in den ersten Stock kommen.«

Mit schwerem Herzen klopfte er an der Zimmertür des Betreuers. Gleich würde das Urteil fallen. Vögel hätten in der Erziehung eines guten Kommunisten nichts zu suchen.

Das Zimmer sah aus wie die Klosterzelle eines Mönchs: Bis zur Höhe von einem Meter waren die Wände dunkelgrau gestrichen, darüber hellgrau, ein Bettgestell aus Eisen, ein zerkratzter Schreibtisch mit lauter eingeritzten Vornamen, zwei Metallstühle und ein Schrank aus knorrigem Pinienholz. Mitten im Zimmer lag noch eine Tasche mit Kleidung herum, daneben stand eine kleine Offizierskiste. Luka versteckte seine Freude hinter einem strengen Blick.

»Juri Rubinowitsch, jetzt geht es an die Arbeit. Mach die Kiste auf!«

Während Juri seiner Anweisung folgte, schaute Luka ihm zu, wie Vater oder Mutter, die gespannt verfolgen, wie ein Geburtstagsgeschenk ausgepackt wird, und dem Aufblitzen der Sprachlosigkeit im Gesicht entgegenfiebern, die der Freude vorausgeht. Er wurde nicht enttäuscht. Schon beim ersten flüchtigen Blick sah Juri die drei Futterale mit Ferngläsern, und sein Herz blieb stehen. Geschenke gab es nicht in seiner Welt. Er ballte die Fäuste,

um nicht zu weinen. Er griff nach einer der ledernen Um-
hängetaschen, warf einen fragenden Blick zu Luka und
öffnete sie. Zeiss-Ferngläser 10 × 42. Man konnte sich
nichts Besseres erträumen als die berühmte Marke aus
Ostdeutschland! Behutsam strich er über den schwarzen
Kunststoff, wagte aber nicht, hindurchzusehen.

»Willst du es nicht ausprobieren?«, drängte Luka ihn.

Juri hatte schon einmal ein Fernglas benutzt, bei para-
militärischen Übungen mit den Pionieren. Doch derart
schlechte Geräte mit zerkratzten Gläsern zählten nicht.
Hier spürte er, dass er ein Bündnis schloss, dass er sein
Leben einer Sache widmete, wie ein Mönch sein Gelübde
ablegte. Langsam trat er an das gardinenlose Fenster,
nahm das Fernglas an die Augen und genoss den Kontakt mit den kalten Okularen. Da war die Welt, unmittelbar, geschenkt. Er konnte den ganzen Hof überblicken,
sah die zerrissene Tasche eines Jungen, den Staub, den er
beim Rennen aufwirbelte, die Kratzspuren auf der Bank,
auf der ein kleines Mädchen ein Buch von Michailow
mit zerschlissenem Umschlag las. Er selbst war verborgen, nah und fern zugleich, geschützt durch die Distanz.
Er hatte schon lange seine eigene Welt gefunden, die der
Vögel, doch von Weitem konnte er sie kaum auseinanderhalten, kam er ihnen nahe, scheuchte er sie auf, und
so entging ihm vieles. Heute fand er endlich seinen Platz.
Juri blieb unendlich lange stehen und beobachtete. Die
Stille im Zimmer hob sich ab vom Geschrei der Kinder
unten. Schließlich hörte er den Holzfußboden knarren.
Luka kam zu ihm herüber und fasste ihn an der Schulter.
Er wusste, dass er dem Jungen eine Riesenfreude machen

würde, aber er hatte nicht mit der Ernsthaftigkeit gerechnet, mit der Juri sich jetzt seiner endlosen Beobachtung hingab. Seine sanfte Stimme hallte in dem kahlen Raum.

»Wir werden viel Spaß haben, nicht wahr?«

Luka drückte Juris Schulter fester, und so blieben sie stehen, aneinandergelehnt, hinter dem Fenster, vor dem sich die Welt auftat.

Dieser Sommer war bezaubernd.

Luka, der sportliche Betätigung vermied, nutzte den Umstand, dass er das kulturelle und naturkundliche Programm und allen voran die Ornithologiekurse verantwortete, als Vorwand, um nicht bei den Kriegsspielen mitzumachen. Auf dem Weg zu einem perfekten jungen Kommunisten kam der Kultur eine zentrale Stellung zu. Mitte der Achtzigerjahre hieß das, dass man sang, tanzte und schon in jungen Jahren Gedichte schrieb, zunächst zum Lobpreis der Sowjetunion, später auch zu, wie es hieß, freieren Themen. Die Machthaber jagten der Jugend hinterher, bei der sich der Einfluss des Westens allmählich bemerkbar machte. Ein Umweltbewusstsein schimmerte nur bei einigen Wissenschaftlern durch. Luka selbst hätte kein Wort zu den Schäden sagen können, die auf den Bergbau, die Abholzung der Wälder, die Überfischung oder die Verschmutzung zurückzuführen waren, derer sich sein Land im Namen der sozialistischen Ökonomie schuldig machte. Aber der Gedanke, dass die UdSSR mit ihren seltenen Arten und großartigen Landschaften ein einzigartiges, herrliches Land war, fügte sich problemlos in die herrschende Ideologie. Schnell war eine Gruppe von etwa zehn Kindern zusammengestellt und eine Ecke in einem Arbeitsraum mit ein paar vogelkundlichen Büchern, den wertvollen Ferngläsern sowie Stiften und Papier hergerichtet, um zu zeichnen, Notizen zu machen, das Leben der Vögel darzustellen. Immer am späten Nachmittag fand sich die Runde zusammen, um sich ein Thema vorzunehmen: das Fliegen, den Vogelzug, die Familie der Laridae oder das Verhalten der Schmarotzerraubmöwe. Juri freute sich wahnsinnig. Weil er den anderen voraus war, übernahm er die Rolle des Lehrers. Die neue Verantwortung erfüllte ihn mit Stolz. Das schüchterne, beinahe mürrische Kind blühte auf. Er wollte seine Kameraden unbedingt faszinieren und entdeckte, wie viel Freude es machte, wenn der Funke der Begeisterung übersprang. Dass der Blick der anderen auf ihn gerichtet war, versöhnte ihn endlich mit sich selbst. Wenn er sah, wie sie die Köpfe über die Aufgaben beugten, die er ihnen gegeben hatte, wurde ihm ganz warm ums Herz.

Sooft es ging, machte die Gruppe sich auf zu den Stellen mit der besten Sicht, jenen Lagunen, die die Tundra mit dem Meer verbanden. Organisches Material auf den groben Sand- und Kieselstränden zog eine Vielfalt an wirbellosen Tieren an, die als Nahrungsquelle dienten. Entfernte man sich ein wenig vom Meer, sorgte das allmählich weniger salzhaltige Wasser für ein vielfältiges Ökosystem. Die Kinder trafen hier sowohl auf Wasser- als auch auf Landvögel.

Der Nachmittag begann mit einem mindestens halbstündigen Spaziergang. Juri erlebte diesen Auftakt wie eine Reinigung. Er liebte es, weit zu laufen, vorneweg oder auch hinterher, um sich ein wenig von der Gruppe abzusetzen. Was andere vollkommen eintönig fanden, ließ ihn ins Schwärmen geraten. Die Tundra gehörte ihm. Zwischen Zwergweiden, -birken und -espen, die oft mehr Wurzeln als Äste hatten, hätte Juri gerne haltgemacht, um jeden Baum vor Wind und Kälte zu schützen. Ein Stück weiter sanken die Schritte in einem dicken, leuchtend grünen Moosteppich ein. Wenn er weit genug von seinen Kameraden entfernt war, ließ er es sich nicht nehmen, sich voller Freude in diesem feuchten Flaum zu wälzen. Unvermittelt blieb er vor dem kräftigen Gelb des Arktischen Mohns stehen, dem Fuchsienrot von Weidenröschen oder Steinbrech, dem weichen Schopf der für die Sumpflandschaft typischen Wollgräser. Lieber als die jetzt Anfang August noch grünen Früchte der Heidelbeeren, Kranichbeeren oder Moltebeeren mochte er Wacholderbeeren, die seinen Mund mit ihrem pfeffrigen Geschmack erfüllten. Manchmal, wenn er vorneweg ging, sah er einen Fuchs oder ein Nagetier Reißaus nehmen, einen unscheinbaren grau geflügelten Schmetterling davonfliegen. Die Tundra sprach alle seine Sinne an.

Dann waren sie am Ziel. Mit Blick auf einen Tümpel hielt die Gruppe an. Gebeugt wie Indianer auf der Jagd, schlichen sie sich an, glitten hinter die dürren Bäume und legten sich schließlich flach auf den Boden. Auf diesen Moment waren sie alle ganz versessen. Den Geschicktesten gelang es, vorsichtig ihr Heft herauszuholen und eine flüchtige Skizze hineinzukritzeln. Flogen wegen einer falschen Bewegung Taucher oder Säger auf, prasselte ein Konzert aus Geschrei und Pfiffen auf den Tollpatsch ein. Dann schüttelten sich die Kinder schnaubend wie Pferde, die man vom Halfter gelassen hat. Sie verfolgten sich rund um den Tümpel oder ließen Kieselsteine um die Wette übers Wasser hüpfen. War der Nachmittag warm genug, erlaubte Luka ihnen zu baden. Im Nu zogen sich alle aus. Die im Gegensatz zu den gebräunten Armen und Beinen weißen Oberkörper ließen sie wie eine seltsame Säugetierart wirken. Schlammbedeckt kamen sie wieder aus dem Wasser, mit brennenden Muskeln und vor Freude hüpfendem Herzen.

Wenn die anderen in den Schlafsaal gingen, stahlen Luka und Juri sich auf die Terrasse. Das Licht war nur unmerklich rosiger als am helllichten Tag, und die Vögel folgten weiter ihren unsichtbaren Bahnen. Manchmal tauschten sie sich wie Gelehrte über Aussehen und Verhalten dieser oder jener Art aus und genossen das Gefühl der Überlegenheit. Diese Expertengespräche waren allein ihnen vorbehalten.

Waren die Fachsimpeleien beendet, blieben sie dort sitzen, aneinandergelehnt, still und glücklich. Manchmal holte Luka eine Decke herauf, unter der sie sich zusammenkuschelten. Dann wurde das Gespräch persönlicher. Luka war Ukrainer, weil seine Mutter daher stammte. Sein Großvater mütterlicherseits hatte sich von Anfang an der Sache der Bolschewiki angeschlossen. Darum war die Familie von der fürchterlichen Hungersnot Anfang der Dreißigerjahre verschont geblieben, doch danach war es noch schlimmer für sie gekommen.

Luka sprach unaufgeregt, als er von den Schrecken erzählte, ebenso wie er ein paar Minuten vorher den Flügelschlag beschrieben hatte. Es ging um den Einmarsch der deutschen Truppen, die Jagd auf die Roten, um Rache, um Folter; um ein in Panik versetztes Kind, das hinter einer Hecke versteckt mit ansehen musste, wie brutal Männer sein können, wenn sie unter ihresgleichen sind; um den Tod, der seine Familie ausgelöscht und seine Mutter für den Rest des Lebens geprägt hatte. Selbst die Liebe eines schönen Kapitäns der Roten Armee konnte die Albträume und Schreie der Mutter nicht unterbinden, die Luka beinahe jede Nacht weckten.

Der junge Mann hatte den Schrecken des Krieges geerbt. Er ertrug weder Streit noch Beleidigungen. Juris melancholische Sanftmut hatte ihn direkt berührt. Er wollte ihn beschützen und nahm ihn unter der Decke oft in den Arm.

Abgesehen von Irina war Luka der Einzige, dem Juri von der Küchenszene und den auferlegten Übungen erzählte. Sie hatten Juris Lage ausgiebig erörtert und waren zu dem Schluss gekommen, dass Geduld seine einzige Waffe war. Eines Tages wäre er groß und unabhängig, dann würde das Leben beginnen. Anschließend setzten sie die Unterhaltung fort, machten aber immer weniger Worte und wachten schließlich mitten in der Nacht auf, unter der vom Tau feuchten Decke beinahe umschlungen. Heimlich schlichen sie nach drinnen. Sie sahen nichts Verwerfliches in ihrem Verhalten und ahnten doch, dass sie ihr Geheimnis besser für sich behielten.

●●●

Der folgende Sommer war für die beiden Freunde der letzte. Juri wurde bald vierzehn, und das Programm der Pioniere sah für den Sommer des nächsten Jahres andere Aktivitäten vor. Luka beendete mit achtzehn das Gymnasium und würde an die Universität von Kasan gehen, wo sein Vater, der im Frühjahr dorthin berufen worden war, schon die Lage sondierte. Ihre gemeinsamen Tage waren gezählt, was schwer auf den Momenten lastete, die sie zu zweit verbrachten. Den Winter über hatten sie sich wie im Jahr zuvor wenig gesehen, doch die Aussicht auf das Ferienlager hatte ihnen über das Warten hinweggeholfen. Mit der Trennung vor Augen wurde ihnen klar, wie sehr sie sich verbunden fühlten. Vor allem Juri war am Boden. Ein Leben ohne Luka, ohne auf ihn zu warten, ohne zusammenzuzucken, wenn er in der Ferne seine Gestalt erblickte, wäre ein Leben voller Leid.

Die Gruppe der Vogelkundler machte zwar weiter wie bisher, aber die beiden empfanden eine Art Dringlichkeit. Wenn sie auf der Lauer lagen, spürten sie die Blicke des anderen auf sich. Wenn sie sich von den Vögeln abwandten, sahen sie sich gegenseitig an, bis sie den Tränen nahe waren.

In der ersten Monatshälfte verbrachten sie sämtliche Abende auf der Terrasse unter dem Vorwand, ihre Beobachtungen duldeten keinen Aufschub. Dann begann es zu regnen. Lange graue Vorhänge hingen über der Tundra. Aus den Wolken sprühte Nieselregen, der durch die wattierten Jacken drang. Juri dachte, passend zu ihrer Gemütslage weine auch der Himmel.

Eines Abends schlug Luka Juri vor, mit auf sein Zimmer

zu kommen, weil man auf der Terrasse nicht sitzen konnte. Sie könnten die Vögel durchs Fenster beobachten. Doch sie merkten schnell, dass der Blick aus dem ersten Stock nicht weit genug reichte, und setzten sich aufs Bett, um über die Zukunft zu reden. Der regenverhangene Himmel sandte ein dämmriges Licht aus. Sie sprachen mit gedämpfter Stimme, denn ihnen war bewusst, dass es unpassend gewesen wäre, einen Pionier auf dem Bett eines Komsomolzen anzutreffen. Luka malte seinem Freund eine rosige Zukunft aus, damit der sich nicht sorgte: Juri würde ein glänzendes Abitur machen und Biologie studieren. Er hatte sich erkundigt, in Stalingrad gab es eine Fakultät, deren Studiengang auch Ornithologie umfasste. In drei Jahren hätte Luka den Magister in Soziologie. Auch er könnte für seine erste Stelle nach Stalingrad berufen werden. Juri senkte den Kopf, damit Luka die Tränen nicht sah, die ihm in die Augen stiegen. Er wusste, dass er log, um ihn zu beruhigen. Es wurde immer später, und eine Anspannung machte sich breit, die schließlich das Gespräch verstummen ließ. Stille erfüllte das Zimmer. Luka nahm Juris Hand, und Juri wandte sich ihm zu. Das etwas plumpe Gesicht, auf das der beginnende Bartwuchs einen Schatten warf, die sinnlichen Lippen, der Hals, die runden Schultern und die dunklen, im schwachen Licht leuchtenden Augen – vielleicht sah Juri sie zum letzten Mal. Eine Woge aus Liebe und Traurigkeit erfasste ihn, und er warf sich Luka an die Brust, als suche er in ihrem Inneren Zuflucht. Er schluchzte leise. Als hätte er darauf gewartet, nahm Luka ihn in den Arm und fing an, ihn zu streicheln. Zuerst den Kopf, wie eine Mutter, die ihr Kind besänftigt, dann den Nacken, den Rücken, und schließlich gab er ihm einen Kuss auf die Schläfe. Dann packte sie die Leidenschaft. Sie drängten sich aufeinander und küssten und streichelten sich jetzt blind: Schultern, Wangen, Rücken, Augen, Hälse, Arme, alles, was ihre Lippen erreichen konnten. Juri hatte ein Signal gegeben, auf das beide intuitiv gewartet hatten. Weder der eine noch der andere hatte sexuelle Erfahrungen oder sich je vorgestellt, so etwas könne mit einem anderen Jungen passieren. Die Umarmung überforderte, überwältigte sie. Doch trotz aller Hingabe traute sich keiner von beiden in die Nähe ihrer erigierten Glieder.

Nach einer Weile löste Luka sich und schob Juri von sich, ließ die Hände aber auf seinen Schultern. Ihre von Tränen und Speichel feuchten Gesichter glänzten im Halbdunkel. Aus ihren Augen sprach neben der triebhaften Lust, die sie noch immer quälte, auch das Befremden, um nicht zu sagen die Apathie, gepaart mit Angst und Scham.

Die Zeit kroch dahin. Sie verharrten reglos in dem tristen Zimmer wie zwei Grabfiguren. Von draußen waren das Stühlerücken, das Klappern der Schritte auf der Treppe, das Rufen der anderen Kinder zu hören. Sie erkannten, dass sie anders waren, abgeschnitten von der ganzen Welt, aber durch ihr Geheimnis fest miteinander verbunden. Die Erregung wich einer ungeheuren Traurigkeit. Das Terrain, auf das sie sich beinahe vorgewagt hätten, war ihnen verboten. Ihre Sehnsüchte würden niemals zu ihrem Recht kommen. Sie kannten die Ausdrücke »Schwuchteln«, »Tunten«, »Schwule«, hatten sie sogar selbst manchmal im Streit benutzt, um jemanden zu demütigen. Sie wussten, dass sich dahinter ein Verhalten verbarg, das Anstoß erregte, das einen aus der Gesellschaft ausschloss, auf eine Stufe mit den Tieren stellte. Die Gewalttätigkeit dieses Urteils traf jetzt auch sie und erschütterte sie zutiefst. Die Liebe, die sie empfanden, war nicht die, über die sich Romane seitenlang auslassen, sondern eine, die man versteckt und von der man gleichsam geheilt werden muss.

Schließlich stand Juri auf und ging rückwärts aus dem Zimmer, ohne den Blick von seinem Freund zu wenden, der nichts unternahm, um ihn zurückzuhalten.

Für die letzten drei Tage im Ferienlager meldete Juri sich krank. Tatsächlich übergab er sich und hütete das Bett. Luka blieb möglichst lange draußen im Regen mit seiner Gruppe, die immer lustloser wurde. Die beiden Jungen sprachen kein Wort mehr miteinander und stiegen für die Rückfahrt nach Murmansk in unterschiedliche Busse.

● ● ●

Als Juri später das Ende seiner Kindheit zu datieren versuchte, drängte sich dafür dieser Sommer 1986 auf. Zurück zu Hause, schwankte er zwischen Verzweiflung, die ihn ans Bett fesselte und zu ersticken drohte, und dem festen Vorsatz, sich ganz dem Lernen hinzugeben, um etwas gegen die Niedergeschlagenheit zu tun. Es gelang ihm nicht, den Druck zu lösen, der schwer auf seiner Brust lastete. Morgens, wenn er die Augen öffnete, hatte er ein paar entspannte Sekunden, dann überrollte ihn alles wieder: Erinnerungen, Überschwang, Schuldgefühle und körperliche Schmerzen – niemals würde er Luka vergessen; denn weil es diese Liebe nie geben würde, könnte auch nichts sie ersetzen; Juri würde weder Frau noch Kinder haben; er würde Körper und Seele wie eine Vestalin hüten und ein Feuer schüren, das sich nicht entzünden ließ. Er malte sich aus, wie er als Kämpfer für die reine Liebe ausgelaugt auf dem Totenbett lag. Luka käme zu spät herbeigeeilt, und sie würden einen letzten herzzerreißenden Blick austauschen. Lauter sentimentale Geschichten gingen ihm durch den Kopf. Aber das Einzige, was diese schwülstigen Gedanken bewirkten, war, dass er litt.

Um seine Traurigkeit zu überlisten, suchte er sich einen ungleichen Verbündeten: Michail Sergejewitsch Gorbatschow. Im Jahr zuvor war dieser mit vierundfünfzig Jahren gleichsam noch junge Mann in der Nachfolge des dahinsiechenden Andropow an die Spitze des Zentralkomitees der Kommunistischen Partei gewählt worden. Gorbatschow wusste um den wirtschaftlichen Rückstand und die ineffektive Bürokratie, die sein Land zermürbten. Er war zu Reformen entschlossen, die, wie man heute weiß, die ganze Welt veränderten. Neben den Umwälzungen, die er einleitete, ging er auch ganz alltägliche Probleme an. Eines seiner ersten Vorhaben trug nicht eben zu seiner Beliebtheit bei: Er hatte beschlossen, den notorischen Alkoholismus zu bekämpfen, indem er den Wodkapreis um dreißig Prozent erhöhte und die Hälfte der Verkaufsstellen schloss. Rubin war wütend darüber.

Allein das hatte ihn Juri sympathisch gemacht, der sich noch immer fürchtete, wenn sein Vater betrunken nach Hause kam. Auch Reva freute sich darüber und fand ihre Lebensfreude wieder. Die Quasi-Prohibition brachte nämlich den illegalen Handel in Schwung. Überall in der UdSSR begann man, aus allem Möglichen Schnaps zu brennen. Zucker war ein gefragtes Nahrungsmittel geworden. Reva trieb immer irgendwo welchen auf und ließ ihn von Juri aus einem Keller in ihre Wohnung bringen und von dort aus in einen anderen Keller, wobei sie bedeutende Gewinne einstrich. Außerdem hortete sie unetikettierte Flaschen eines seltsamen Gebräus, das sie an die darbenden Nachbarn weiterverkaufte. Einen Teil davon zweigte Rubin für sich ab. Dies waren die einzigen Momente, in denen Juri den Eindruck hatte, dass seine Mutter für seinen Vater existierte. Sie verwandelte sich von der folgsamen Ehefrau in die Geschäftsfrau. Ohne jedes Mitgefühl für die, die sie ausnahm, feilte sie an ihrer Strategie. Ihre größte Genugtuung war es, dass sie schließlich mehr verdiente als Rubin. Doch es war zu spät, um ihre verletzte Würde wiederherzustellen.

Dank Gorbatschow wehte ein anderer Wind in der UdSSR. Das politische Tauwetter wirkte sich vor allem auf die Gespräche aus, die nun ungezwungener wurden. Von den Eckbänken in den Küchen waren jetzt unverhohlene Klagen über die Behörden zu vernehmen. Man widersprach den Weisungen der Partei immer deutlicher. Man tauschte gegenseitig Westzeitschriften aus, in denen Fotos davon zeugten, dass der Kapitalismus durchaus nicht zum Scheitern verdammt war.

Dass *Doktor Schiwago* erscheinen durfte, war für Juri wie ein Schock. Er las nicht besonders viel, doch die Großen in der Schule waren begeistert von dem Buch, das bei ihnen wie eine Bombe eingeschlagen hatte, weshalb er es sich besorgte. Er war nicht nur ergriffen von dem Abenteuer zwischen Juri und Lara, sondern er lernte auch einen Teil der Geschichte seines Landes aus einer Perspektive kennen, die er bislang nicht für möglich gehalten hatte. Ohne mit der Wimper zu zucken, hatte er die Legende der großen Führer Lenin und Stalin akzeptiert, vom glorreichen Aufbau des Sozialismus, vom Großen Vaterländischen Krieg. Wann immer er Rubin über die Behörden schimpfen hörte, ging es um diesen oder jenen unfähigen Beamten, nie um das System an sich. Anton verstummte gar, sobald sich in einer Unterhaltung Protest regte, und Reva profitierte still und leise von den Schlupflöchern, die die Doktrin ließ. Zum ersten Mal stellte Juri das, was man ihm beigebracht hatte, infrage, und ihm wurde schwindelig bei dem Gedanken, es könne in Teilen unwahr sein. Und welches Ausmaß mochten diese Unwahrheiten haben?

Er ging nicht mehr zu den Pioniertreffen, und niemand machte ihm einen Vorwurf daraus. Stattdessen lief er die Bucht entlang und beobachtete die Vögel oder schlenderte durch die Stadt. Auch in Murmansk waren die Veränderungen spürbar. In den Hinterhöfen, wo sich der Schwarzmarkt etabliert hatte, siedelten sich kleine Geschäfte an, die nun erlaubt waren; Friseursalons, Klempner oder Elektriker, Trödler und Spelunken nahmen die Straßen in Besitz. Die Preise dort waren deutlich höher als in den staatlichen Geschäften, aber es gab alles. Jeder wollte endlich einmal einen Wasserhahn austauschen oder sich verführerische Dessous gönnen, die illegal aus Deutschland eingetroffen waren. In den Unternehmen wurde mehr geklaut und in die eigene Tasche gewirtschaftet, nicht zuletzt, weil die Angst vor Sanktionen abnahm. Als der Schnee im Frühjahr 1986 taute, hatten die Menschen in der Sowjetunion den Eindruck, ein jahrzehntelanger Winter ginge zu Ende.

Zu dieser Zeit begann sich Rubin wieder für seinen Sohn zu interessieren. Er würde Seemann werden wie sein Vater. Daran hatte er niemals im Geringsten gezweifelt. An einem Morgen im Mai musterte er Juri, seine für Heranwachsende typische gebeugte Haltung, die ersten Anzeichen von Bartwuchs am Kinn, und beschloss, dass es an der Zeit war, die Ferien dafür zu nutzen, dem Jungen »Seebeine« angedeihen zu lassen. Zunächst ängstigte sich der junge Mann davor, mit hinauszufahren. Doch als er erfuhr, dass in der Nähe der Bäreninsel gefischt werden sollte, rund um Spitzbergen und bis nach Franz-Josef-Land an der nördlichen Grenze der UdSSR, war er begeistert. Die Monate Juli und August würden großartig werden. Alles, was das Nordpolarmeer an Seeschwalben, Lummen, Wildgänsen und Strandläufern zu bieten hatte, würde sich dort zum Nisten einfinden. Weil er Zucker ausgeliefert hatte, bekam er von seiner Mutter ein paar Rubel und machte sich auf zum Schwarzmarkt, um ein Fernglas zu kaufen. Anfang Juni packte er voller Vorfreude seinen Seesack.

• • •

Im Hafen von Murmansk herrschte lebhaftes Treiben, selbst wenn die Küstenschiffe sich wegen der überfischten Fanggründe nicht mehr an den Kais drängten. Bis in die Siebzigerjahre hinein hatte sich das Fischereiinstitut an die Thesen von Konstantinow gehalten und gemeint, Fisch sei unerschöpflich. Danach hatte man zur Kenntnis nehmen müssen, dass der Fang zurückging und die Fische kleiner wurden. Selbst beim illegalen Fischen in norwegischen Gewässern lohnte sich die Sache nicht mehr. Daraufhin hatten die Fischkombinate größere Schiffe losgeschickt, die weiter aufs Meer hinausfuhren. Da manchmal mehrere Dutzend sowjetische Schiffe auf wenigen Quadratmeilen arbeiteten, hinterließen sie ausgelaugte, unfruchtbare Fanggründe. Die Fabrikschiffe und die sie begleitenden Kutter saugten die Fische wie Staubsauger auf.

Zu den schwindenden Ressourcen kam die Entwicklung des internationalen Rechts hinzu. Es erlaubte den Küstenstaaten, ihr Hoheitsgebiet auf zweihundert Meilen auszudehnen, fast vierhundert Kilometer. Für die Russen war das ein harter Schlag, denn sie hatten es sich zur Gewohnheit gemacht, sich sogar in den Gewässern vor den Küsten Kanadas und der USA zu bedienen. Kurzum, der wirtschaftliche Aufschwung bekam ordentlich Gegenwind, doch wie am Vorabend eines Wetterumschwungs war ein geübtes Auge nötig, um am noch blauen Himmel die feinen Federwolken zu erkennen.

Als Juri an diesem Julimorgen an den Hafen kam, wurde er vom sonoren Brummen Dutzender Dieselmotoren empfangen, von Lastwagen, die hier Fisch, dort

Eis abluden. Das Funkensprühen beim Schweißen, das Hämmern der Schmiede, das Kreischen der Dreh- und Portalkräne hätten glauben machen können, alles sei in bester Ordnung. Es wurde vergrößert, repariert, modernisiert, schnell, immer schneller, damit Murmansk, die Perle des Nordens, den Status als wichtigster Fischereihafen der Welt behielt. Doch in dieser Geschäftigkeit lag bereits etwas Verzweifeltes. Auch mit dem größten Krafteinsatz ließ sich nicht wettmachen, was niemand sehen wollte: die Erschöpfung eines Ozeans, dessen Ressourcen man weitestgehend verschwendet hatte.

Die *305*, der riesige Gefriertrawler seines Vaters, thronte im Zentrum des Gedränges. Motorengeknatter, Geschrei, Gelächter und die strahlende Sonne machten vergessen, dass es vier Uhr morgens war. Rubin war bereits seit dem Vorabend an Bord. Die Fahrt sollte zwei Monate dauern. Zwei Monate, in denen sie keine Möglichkeit hätten, sich mit Nachschub zu versorgen. Wenn auch nur die kleinste Kleinigkeit fehlte, hätte das negative Auswirkungen auf das Erreichen der Quote, auf die Zufriedenheit des Kombinats und der Partei und letztlich auf die Karriere des Kapitäns.

Das Schiff war nicht alt, höchstens fünfzehn Jahre, aber derart viel im Einsatz gewesen und derart nachlässig gewartet worden, dass es ein Kraftakt war, es seeklar zu machen. Jedes Mal machte Rubin im letzten Augenblick einen Riesenaufstand im Büro des Kombinats. Er forderte zusätzliches Fanggerät, verlangte, ein weiteres Besatzungsmitglied mitnehmen zu dürfen, reklamierte das Einschreiten des Politoffiziers, um jene Männer auszutauschen, die zu betrunken oder zu krank an Bord gekommen waren. Sein Erster Maschinist, Anatoli, klärte ihn über die »bürokratischen Fehler« bei den Bestellungen auf: zu wenig Kisten mit Bolzen, Bleche, die dünner waren als bestellt, gebrauchte Ersatzteile, die nur notdürftig überlackiert waren. Bis zum letzten Augenblick kämpfte, wetterte, drohte Rubin. Er hatte also anderes zu tun, als sich um seinen Sprössling zu kümmern, und wollte auf keinen Fall den Eindruck erwecken, dass er ihm eine Sonderbehandlung zukommen ließ. Die verlangte Juri auch gar nicht.

Er kannte das Schiff bereits, weil er es sich schon oft mit seinem Vater angeschaut hatte. Doch dieses Mal schritt er die Gangway voller Stolz hinauf, den er nur schlecht verbergen konnte. Er war nicht mehr das kleine Kind, das kurz vorbeikam, sondern ein echter Matrose. In der sowjetischen Verherrlichung des Proletariats kommt dem Matrosen ein besonderer Platz zu. Steht der Bauer für den Sieg über die Erde, so repräsentiert der Matrose die Herrschaft über die wilde Natur. Die Kolchosbäuerin mit dem sonnengebräunten Gesicht entspricht dem Fischer in triefend nassem Ölzeug. Das Herabrieseln des Korns hier und der Fischschuppen dort symbolisiert dasselbe: den Überfluss. Stählerne Steven, an den Mast schlagende rote Fahnen, zerfurchte Gesichter, all diese ebenso simplen wie effektvollen Bilder hatten Juris Kindheit geprägt. Und auch wenn er wusste, dass es sich um die Kulissen einer proletarischen Operette handelte, entfachte es seine Abenteuerlust.

Die *305* strahlte Macht aus. Mochte der Rumpf über die volle Länge von vierundachtzig Metern noch so verrostet und die Oberfläche verbeulter sein als eine sibirische Skipiste nach dem Winter, ging von der schieren Masse doch etwas Beruhigendes aus. Die Narben wie bei einem alten Boxer, die Schweißnähte, die in großer Eile, vielleicht mitten im Sturm, entstanden waren, kündeten davon, dass dieser Haufen Metall bereits allem widerstanden hatte. Solange es solche Spinner wie Rubin gab, die es führten, würde es weiterleben und die Männer der Besatzung wie Spielzeug hin und her werfen, es würde grunzen, beben, knirschen, aber durchhalten. Die hochmoderne Kommandobrücke blickte auf ein langes Arbeitsdeck mit zwei Portalkränen. Am Heck überragte der dritte, kleinere Kran die Heckaufschleppe, über die die Schleppnetze eingeholt wurden. Zwei wuchtige Schornsteine rahmten die Decksaufbauten ein. Die Kommandobrücke war mit großen Fenstern ausgestattet, um die Manöver zu überwachen, doch je weiter man Richtung Deck und in die Reichweite der Wellen kam, desto kleiner wurden die Bullaugen. Bekamen die Offiziere, die unter der Brücke einquartiert waren, in ihren Kabinen noch Licht, so war das in der Küche und im Speisesaal schon weniger der Fall. Der Schiffsrumpf schließlich hatte keinerlei Öffnung, aus Sicherheitsgründen angesichts der Fahrten durchs Eis.

Das Schiff war im Wesentlichen nichts als eine große Fabrik, auf der die Fische filetiert, verpackt und tiefgefroren wurden. Mit dreißig Tonnen täglich über zwei Monate Fangzeit hinweg glich die *305* einem modernen Moloch, den man mit Fischfleisch und Menschenschweiß sättigen musste.

Juri meldete sich an Deck, und kaum dass er seinen Namen genannt hatte, lachte der Wachhabende hämisch und sagte:

»Ach ja! Juri Rubinowitsch Bondarew, der Sohn vom Alten! Es stimmt also, was man sich erzählt hat. Melde dich bei Bootsmann Serikow, der ist für die Decksjungen zuständig. Er wird sich um dich kümmern!«

Serikow. Das war keine gute Nachricht. Juri war dem dicken Kasachen schon begegnet, der im Geist so schwerfällig war wie mit den Fäusten schnell, offenbar sein einziges Mittel, um Befehle durchzusetzen. Genau darum mochte Rubin ihn.

»Bei ihm spuren die Jungs, das erspart uns Dummheiten, und es ist sicherer für alle«, fügte der Wachhabende noch hinzu.

Je weiter man ins Innere des Schiffes hinunterstieg, desto weniger Luft schien es zu geben. Sie war erfüllt von einer Mischung aus Gerüchen nach Schimmel, ungewaschenen Menschen, Zwiebeln, verrostetem Metall, Fisch und Diesel. Diese Ausdünstungen schienen ein Eigenleben zu besitzen. Je nachdem, wo man sich gerade befand, trat der eine oder andere Geruch stärker hervor, wanderte die schmalen Gänge entlang, kroch in die Kojen und den Schlaf der Männer. Die Neonröhren, die ununterbrochen leuchteten, verströmten ein grünliches Licht, das einzelne Tropfen der Feuchtigkeit an den Wänden schimmern ließ. Fast neunzig Matrosen teilten sich, auf Zwölferkabinen verteilt, diesen kalten Schiffsbauch. Wenn man von draußen kam, wollte man alles, nur nicht hierbleiben. Noch wusste Juri nicht, dass ihm dieser Ort eines Tages einladend erscheinen und er sich danach sehnen würde.

Um Serikow zu finden, musste man nur dem Gebrüll mit dem schleppenden Akzent folgen. Die Stimme hallte von den Metallwänden wider, wobei sie anschwoll und sich verzerrte. Der Minotaurus rief nach seiner Beute.

Juri fand ihn in einer der Kabinen. Er war kein Riese, aber groß und dick. Sein Hals hatte Speckfalten, die sich auch unter dem kurzen Bart zeigten. Sein Gesicht war schrundig, durchzogen von Falten, altem Hautausschlag und Narben. Zwei schwarze Augen unter buschigen Brauen schienen ständig in Alarmbereitschaft. Serikow war der Inbegriff einer Schreckgestalt. Gerade hatte er den Seesack eines Decksjungen ausgeschüttet. Unterwäsche, Hosen und abgetragene Jacken lagen auf dem Fußboden verstreut. Mittendrin prangten Gläser mit Butter, ein paar Fleischkonserven, Seife und Würstchen, der Anlass für das Geschrei. Alle Seeleute verabscheuten das karge Essen an Bord. Dem Brauch nach war es den Kombinaten erlaubt, einen Teil des Soldes vorzuschießen, damit die Mannschaft sich vor der Abfahrt mit Leckereien und Tabak eindecken konnte. Serikow hatte sich einen Teil der Lebensmittel abgegriffen, und seine Antwort auf den Protest des Jungen war an dessen Wangenknochen abzulesen, der bereits blau wurde.

»Räum deinen Kram auf, und zwar etwas plötzlich!«, donnerte er, während er sich drei Würste unter den Arm steckte. »Ansonsten werf ich deine ganzen Sachen einfach über Bord!«

Er wandte sich um, entdeckte Juri, dem er am Kai schon oft über den Weg gelaufen war, und schnitt eine Fratze. »Da haben wir ja den feinen Herrn Sohn! Dein Vater hat mir aufgetragen, dir unseren Beruf beizubringen. Ich werde ein besonderes Auge auf dich haben.«

Er versetzte Juri einen Stoß in die Rippen, sodass er gegen die Wand prallte.

»Du bist in der drei. Letzte Koje, Steuerbord unten.«

Juri trat in die Kabine, die von zwei nackten, von der Decke baumelnden Glühbirnen erleuchtet wurde. In der Mitte waren ein langer Tisch und zwei Bänke am Boden festgeschraubt. Auf beiden Seiten befanden sich dreistöckige Kojen, vor denen auf halber Höhe ein Brett angebracht war, damit man nicht hinausfiel, wenn das Schiff rollte. Zur Schiffswand hin gab es Spinde mit Schiebetüren, in die man seine Sachen stopfen konnte und die einen dürftigen Schutz gegen den kalten Stahl bildeten. Die Nischen, die schon seit mehreren Fahrten von denselben Matrosen belegt wurden, waren an sich wellenden Fotos und Wimpeln von Sportvereinen zu erkennen, die den Raum ein wenig auflockerten. Beidseits der Tür entlang der Heizung gab es Garderobenhaken und eine große Holzkiste zum Trocknen von Matrosenhemd, Ölzeug und Stiefeln.

Angesichts des muffigen Geruchs von Tabak, Feuchtigkeit und Dreck wäre Juri am liebsten wieder umgekehrt. Einen Moment lang ärgerte er sich, dass er auf den Vorschlag seines Vaters eingegangen war. Doch dann dachte er wieder an Luka, an seine braunen Augen und das Beben, das sie in ihm ausgelöst hatten. Alles war besser, als sich zu quälen und im Kreis zu drehen. Das Meer, das Leben als Fischer, das Abenteuer würden ihn von den Erinnerungen heilen.

Als die *305* sich vom Kai schob, ertönte die durchdringende Schiffssirene. Ein paar Hände winkten den Frauen zu, die sich entlang der Fabrik drängten, aber die meisten Matrosen machten sich schon nichts mehr daraus. Mit Handgriffen, die ihnen bereits in Fleisch und Blut übergegangen waren, schossen sie die Trossen auf, banden alles fest, was auf Deck hin und her rutschen konnte, und schlossen die Ladeluken ohne einen Blick zurück auf das, was sie hinter sich ließen. Sie waren ein paar Tage vorher nach Hause gekommen, hatten sich reichlich betrunken, mit ihren Frauen geschäkert oder sie angeschrien. Jetzt fuhren sie erneut hinaus und hofften lediglich auf ein nicht allzu wildes Meer und einen guten Fang. Schon lange träumten sie von nichts anderem mehr als von einer warmen Koje.

Juri hingegen versuchte, sich diese Abfahrt so genau wie möglich einzuprägen. Seine einzige Erfahrung mit dem Ozean rührte von Ausflügen an die Ufer der Kola-Bucht her oder vom Strand im Sommer in Tschernowko. Vom offenen Meer kannte er nur die geheimnisvolle Anziehungskraft des nebelverhangenen Horizonts der Barentssee. Wie damals, als er davon träumte, ein Vogel zu sein, der über Grenzen fliegt, verkörperte die hohe See Freiheit für ihn. Zwar hatten die Erzählungen seines Vaters, die sich immer nur um Tonnen von Fisch, um Salzwasser und um Metallschrott rankten, nichts Aufregendes. Aber er hatte auch die Geschichten über die Rettung der *Tscheljuskin* in den Dreißigerjahren verschlungen, über die Heldentaten der Seeleute, die sich während des Großen Vaterländischen Krieges einen Weg durch die Nordostpassage gebahnt hatten, und alle möglichen staunenswerten Berichte von Besatzungen und ihrem Kampf mit dem Eis. Er fühlte sich bereit, seinen Platz in diesem Abenteuer einzunehmen.

Juri hatte nicht viel Zeit, die Abfahrt zu genießen. Kaum waren die Leinen eingeholt, widmete sich Serikow dem, was er als seine Aufgabe betrachtete: die Decksjungen zu drangsalieren. Man konnte meinen, er schliefe nie, denn er saß sowohl den Matrosen der Steuerbordwache im Nacken wie denen der Backbordwache, egal zu welcher Tages- oder Nachtzeit. Eigentlich war das Leben an Bord in sechsstündige Wachen eingeteilt. Jeder Matrose übernahm zwei davon, also zwölf Arbeitsstunden am Tag, aber deutlich mehr, wenn ein Schaden am Schiff oder ein besonders ergiebiger Fang dies erforderten. Die acht Decksjungen nahmen in Vierergruppen an dieser Routine teil. Sie mussten alles sauber halten und tausend andere Dinge erledigen: Meldungen weitergeben, Werkzeug herbeischaffen, in der Küche helfen, das Essen servieren, die Messer schärfen, den Rost klopfen … Das Säubern eines Schiffes von fast neunzig Meter Länge, das immer wieder mit Schuppen, Blut und Schleim überzogen wurde, grenzte ohnehin an Ausbeutung. Durch Serikow wurde die Arbeit auch noch widerlich und erniedrigend. Er beschimpfte seine Leute und verlieh seinen Befehlen mit einem Stoß in die Rippen oder einer Ohrfeige Nachdruck. Nichts war je schnell oder sauber genug.

»Vom Deck muss man hinterher essen können. Na los, prüf mal nach, leck es ab!«, brüllte er und schubste einen der Jungen. Tatsächlich mussten sie mehrere Minuten lang unter Serikows feistem Lachen den Boden ablecken. Vor allem durfte man nicht den Kopf heben, bevor es erlaubt war, sonst musste man noch einmal von vorn beginnen.

Einmal hatte Serikow auf den Boden gespuckt: »Schau mal, hab ich's doch gesagt, dass es nicht sauber ist. Los, schrubben!«

Niemals würde Juri den fischigen Geschmack nach Metall und Farbe vergessen. Ganz am Anfang suchten die Jungen noch nach Unterstützung im Blick der anderen Matrosen. Doch was hatten sie damit zu tun? Hatten sie nicht selbst genug zu schaffen mit ihrer eigenen Arbeit? Und sollten sie die Aufmerksamkeit des verrückten Serikow wirklich auf sich ziehen? Das Einzige, was dabei herauskam, waren Schläge. Sie selbst hatten all das auch durchgemacht, die Ungerechtigkeit und Demütigung. Dabei lernt man, wie das Leben ist, zumindest das an Bord eines sowjetischen Fischtrawlers. Also sahen die Männer bestenfalls angewidert dabei zu, wie brutal die Kinder behandelt wurden.

Juri hatte keinerlei Kontakt zu seinem Vater. Er hatte instinktiv begriffen, dass es unmöglich war, sich zu beschweren. Rubin war Gott an Bord. Gott selbst war nicht so gütig gewesen, seinem Sohn in der Stunde der Qual beizustehen, warum sollte es also anders sein, wenn Gott nun ein sowjetischer Kapitän war … Außerdem wäre eine solche Bevorzugung für den »Alten« unvorstellbar gewesen.

Juris unmittelbare Nachbarn in der Kabine waren zwei brutale Kerle, die gerade die Fischereischule absolviert hatten und schon jetzt darauf aus waren, es möglichst ruhig anzugehen, sowie der Junge, dessen Seesack Serikow ausgekippt hatte: Viktor. Juri hatte ihn spontan unter seine Fittiche genommen. Er schien aus dem Kaukasus zu kommen, war extrem dünn und hatte schwarzes Haar, das seine Gesichtsfarbe hervorhob, die zu einem kränklichen Grün tendierte. Er war Waise und von einem Heim ins nächste geschickt worden, eines schrecklicher als das andere. Er wusste, was Schläge und Erniedrigungen sind. Im Alter von fünfzehn Jahren schaffte der Staat sich diese Kinder vom Hals, indem er sie in unbeliebte Berufe steckte. Es wurde gemunkelt, dass die Leiter der Waisenhäuser es sich bezahlen ließen, wenn sie frischen Nachschub lieferten. Viktor war zweifellos nicht dumm, aber schlicht nicht gefordert worden. Man hatte ihm lediglich beigebracht, die Flagge zu hissen und den Hof zu fegen. Sein Misstrauen hatte ihm geholfen, aber ihn auch einsam gemacht. Nie lächelte er. Er murmelte eher, als dass er sprach, ohne den anderen dabei anzusehen, aus Angst, man könne ihn für unverschämt halten. Mit seinem feinen Gespür für Freundschaft und Feindschaft hatte er rasch ein Urteil über Juri gefällt und sich ihm angenähert. Er deichselte es so, dass er für dieselben Dienste eingeteilt wurde, und suchte in allem Juris Zuspruch.

Juri fühlte sich durch dieses Vertrauen geschmeichelt. Dass ein Mensch sich auf ihn verließ und um seine Zustimmung bat, wertete ihn vor sich selbst auf. Doch auch wenn das Gefühl, Viktor überlegen zu sein, durchaus angenehm war, ging damit eine Form von Verantwortung einher. Wenn er ihm einen flehenden Blick zuwarf, konnte er nicht umhin einzuschreiten. Viktor wurde zu einer Art Haustier, das erste Wesen, über das er Macht hatte, wenn auch mit der Verpflichtung, ihn zu beschützen.

Die Barentssee ist ein schmales Meer. Im Westen verteidigten die Norweger ihre Fanggründe, und im Osten mied man die Gebiete wegen der Atomversuche auf der Doppelinsel Nowaja Semlja besser. Blieben die hohen Breiten, die wenig kontrollierte Umgebung von Spitzbergen und das weit entfernte Franz-Josef-Land, wo eine »Breitenprämie« lockte. Normalerweise nutzten die Schiffe die Gewässer unweit der Bäreninsel, einer kleinen Insel zwischen der UdSSR und Spitzbergen, und zogen dann weiter in die fischreichen Gebiete, wo die vom Nordpol kommenden Strömungen und der wärmere Golfstrom aufeinandertreffen. Diese Kreuzung verschiedener Strömungen war zwar besonders fischreich, aber auch eine Zugbahn für Tiefdruckgebiete und die Heimat des Nebels.

An den ersten beiden Tagen verhinderte gutes Wetter, dass die Jungen seekrank wurden, und sie begannen ihre Ausbildung. Juri, der das Schiff schon kannte, half Viktor dabei, sich im Gewirr der Gänge zurechtzufinden. Letzterer war kräftiger, als seine magere Gestalt vermuten ließ, und half dabei, die schweren Wasserschläuche zu bewegen. Es gab keinerlei Pause während der sechsstündigen Wache, das hatte Serikow genau im Blick. Darauf folgte eine Mahlzeit, fast immer irgendeine Fischkonserve minderer Qualität, dazu Kohl und Kartoffeln. Wer sich aus seinen eigenen Vorräten versorgen wollte, bestach die Köche, damit sie seine Fleischkonserven aufwärmten, und schlang sie hastig in einem der Gänge hinunter, um keinen Neid zu wecken. Die Offiziere wurden in ihrer eigenen Messe bedient. Die Alltagskost war dort kaum besser, aber alle aßen reichlich von den eigenen Vorräten. Den Decksjungen, die zunächst servieren mussten, bevor sie selbst essen durften, lief angesichts der Würstchen das Wasser im Munde zusammen. Wenn sie zu spät in die Mannschaftsmesse kamen, mussten sie sich mit den Resten zufriedengeben und legten sich oft hungrig in die Koje.

Juri ließ es sich nicht nehmen, Viktor voller Freude sein Fernglas zu zeigen. Dem erschien der Gedanke, Vögel zu beobachten, abwegig, da sich Tiere für ihn in die drei Kategorien »essbar«, »gefährlich« und »nutzlos« einteilen ließen. Das Federvieh hätte er einfach der ersten Gruppe zugeordnet, aber der Respekt gegenüber seinem neuen Freund verbot ihm jeglichen Kommentar.

In den ersten Tagen gab es ohnehin keine Gelegenheit, das wertvolle Gerät zu benutzen. Sobald die kargen Hügel verblasst waren, hatte sich dichter Nebel gesenkt. Ein milchig gelbes Licht strahlte aus dem Nichts, die Wellen tauchten für einen winzigen Moment grau oder grün auf und verschwanden sogleich wieder. Kaum hatte Juri ein paar Eissturmvögel ausgemacht, die vor dem Bug aufflogen, hatte der Nebel sie auch schon wieder verschluckt. Ganz selten tauchte die Sonne auf, blass und kalt, und ließ das von Perlen aus Tau bedeckte Metall leuchten, ehe sie wieder verschwand, als habe es sie nie gegeben. Alles schien unwirklich, und weil der Sommer zu einem einzigen Tag zusammenschrumpfte, wusste man nie, wie spät es war. Das Schiff war verloren, auf sich gestellt, eingesperrt in seinem Kokon, auf dem Weg zu einem Ziel, das niemand kannte. Die Neuen fühlten sich wie in einem Gefängnis ohne Mauern und Gitter, das sich bis ans Ende der Welt erstreckte. Nichts, woran das Auge sich festhalten konnte, nichts vermittelte das Gefühl, dass irgendwo etwas anderes existierte, dass Autos durch Städte fuhren, dass Bauern Heu ernteten, dass Spaziergänger sich in der Sonne bräunten. Alles war verschwunden, es gab nur sie, die geschlossene Gesellschaft auf dem Schiff, und die Routine, die sich einstellte, eintönig, im Einklang mit dieser abwesenden Meereslandschaft.

Am dritten Tag wurde mit dem Fang begonnen. Keiner der Seeleute kannte die genaue Position des Schiffes. Die Offiziere gingen nicht davon aus, dass das von Belang war. Sie arbeiteten. Ganz gleich wo, die Laderäume mussten gefüllt werden. Der Politoffizier, den man aus unerfindlichen Gründen Politruk nannte, hatte sie zusammengetrommelt, um ihnen einen einschläfernden Vortrag über Arbeitseifer zu halten. Alle machten sich darüber lustig, hüteten sich aber, es sich anmerken zu lassen. Wer an Bord der *305* kommandiert wurde, konnte sich glücklich schätzen, und mit einer schlechten Beurteilung würde man schnell auf ein kleines Schiff zurückgeschickt, um sich in den überfischten Küstengewässern abzuplagen. Sergej Oulianow, ihr Politruk, glich einem Fettklops, den man in eine altmodische Uniform gezwängt hatte. Er hatte schütteres Haar, stotterte leicht und verbrachte seine Zeit damit, sich an Deck oder in den Gängen herumzutreiben, und versuchte, Gespräche mitzuhören oder jemandem Informationen über diesen oder jenen zu entlocken, wobei er auch auf Lügen baute, um an die Wahrheit zu gelangen. Natürlich wurde über ihn gespottet. »Dicker, fauler Sack« war noch die freundlichste Bezeichnung, aber so etwas wurde nur hinter verschlossener Tür gesagt und vor Leuten, derer man sich sicher war.

Mit diesem Morgen war Juri seiner Illusionen beraubt. Die ersten Tage kamen ihm im Nachhinein wie ein netter Spaziergang vor. Das Abenteuer, von dem er geträumt hatte, war nichts anderes als Schinderei. Wenn alle vier Stunden der Motor zweimal vernehmlich aufheulte, wusste man, dass die Netze eingeholt wurden. Noch lange später hatte Juri Albträume von diesem Fauchen eines hungrigen Tieres. Begleitet vom Kreischen von Metall, das unter Spannung steht, wurden die Kurrleinen, jene Drahtseile, die das Schiff mit dem Netz verbinden, auf Trommeln gerollt. Die Männer erschienen, schlossen ihr Ölzeug und verdrückten sich wie große gelbe Insekten auf ihre Posten, wobei sie mechanisch ihr Messeretui zurechtrückten, den Blick bereits zum Heck gerichtet. Ein paar Minuten stand die Zeit still, eine letzte Ruhepause vor der Schlacht. Wie ein Trupp Soldaten, der den Feind abschätzt, hielten die Matrosen den Atem an. Es herrschte Stille, bis das gewaltige Netz an der Oberfläche auftauchte. Ob groß oder klein, dick oder dünn, jung oder alt, für ein paar Minuten waren alle gleich. Angespannte

Gesichter, gekräuselte Augenbrauen, stechender Blick – Neandertaler auf der Jagd, die eine Antilope umzingelten. Manche schlugen die Faust in die Handfläche, andere wippten nervös mit dem Fuß oder blieben, ganz im Gegenteil, völlig reglos, wie bei einem kataleptischen Anfall. Jedes Aufholen des Netzes wirkte sich auf ihren Arbeitslohn aus, und der Wunsch, die Quote so schnell wie möglich zu erreichen, hatte sie fest im Griff. Doch aus den angespannten Körpern sprach vor allem eine uralte Gier, die tiefe Befriedigung beim Anblick eines Berges von lebendigem Fleisch, das auf das Deck niederprasselt, und das Gefühl der Macht, die darin lag, Lebewesen aus der Tiefe heraufzuziehen, die ihren Messern ausgeliefert wären. In diesen Momenten waren sie durch den Gemeinschaftsgeist eines Rudels verbunden.

Große und kleine Möwen, Seeschwalben und Eissturmvögel, die aus dem Nichts auftauchten, schlossen sich zu einem wirbelnden Geleitzug zusammen. Ihr Gekreische machte die Spannung noch greifbarer, indem es den Moment wie ein antiker Chorgesang hervorhob. Endlich kam das Netz an die Oberfläche, und der Maat, der die Arbeiten beaufsichtigte, sprach das Urteil. Wenn er grummelte: »Mit Mühe ein Steert!«, machten die Männer mürrische Gesichter. Es würde reichen, das Netz ein einziges Mal auf die Höhe des Krans hochzuziehen, um es zu leeren. Magere Beute. Sie wichen den Blicken der anderen aus, um ihre Enttäuschung zu verstecken. Etliche Kommentare prangerten den unfähigen Alten an, der nicht in der Lage war, die richtigen Stellen zu finden. Dann setzte die Arbeitsroutine ein, schon jetzt unter Hochdruck, damit man schnell fertig war und von Neuem hoffen konnte.

Wenn der Maat beim Anblick des riesigen, zappelnden Wulstes hinter dem Schiff hingegen schrie: »Mindestens zwei Steerte, vielleicht auch drei!«, schimpfte die Besatzung zwar, weil es dazugehörte, »das schaffen wir nie«, aber eine unbändige Freude ließ die Augen erstrahlen, die nun wieder aus erhobenen Häuptern blickten. Mit flinken, kraftvollen, präzisen Handgriffen stürzten sie sich in die Arbeit. Anfangs passte sich Juri bereitwillig dem Verhalten der anderen an. Es tat gut, mit ihnen im Einklang zu sein, sich als Teil des lebendigen Körpers zu fühlen, den die Besatzung bildete, ein Matrose unter vielen, ein Fischer unter vielen. Selbst wenn jeder gute Fang die Decksjungen bis zum Letzten forderte. Kaum hatte sich der Steert des Netzes geöffnet, ergoss sich eine Flut von glänzenden Tieren über das Deck, begleitet vom hellen Zischen der Schuppen. Eine formlose Masse drängte in alle Richtungen, schnappte nach Luft, setzte sich in einem atavistischen Aufwallen zur Wehr. Die Fische glitten einer über den anderen und schlangen sich umeinander. Die Schwänze schlugen verzweifelt, die Augen quollen hervor, die japsenden Mäuler verformten sich grotesk, die Körper bäumten sich auf, peitschten in die Luft, krümmten sich. Der Überlebenswille ergriff jedes Tier in Gestalt einer letzten, fruchtlosen Panik. Die Männer hatten keinerlei Sinn dafür. Wie in einer einstudierten Choreografie stürzten sie sich auf die edelsten Fische – Kabeljau, seltener Steinbutt, Schellfisch oder Rotbarsch – und schrien nach Kisten für den Fang. Die Decksjungen sputeten sich, wobei sie sich ihren Weg durch die wimmelnde Masse bahnten und dabei mitunter bis zu den Oberschenkeln darin versanken, sodass sie aussahen wie Meereszentauren. Anschließend mussten sie die vollen Kästen bis zum Laufband ziehen, das die Tiere auf die Tische im Inneren beförderte, wo sie zerlegt wurden. Das Pensum war gewaltig. Manchmal gerieten die Jungs durch eine Welle aus dem Gleichgewicht und rutschten auf dem Schleim aus. Kippte dabei eine Kiste um, überschüttete Serikow sie mit Flüchen oder versetzte ihnen einen Fußtritt, der sie mit dem Kopf voran in die klebrige Masse schleuderte. Sie halfen auch beim Aussortieren und warfen den Beifang wieder über Bord, der mit den essbaren Fischen ins Netz gegangen war: kleine Krustentiere, Quallen, Seepferdchen, Muscheln, im Gemenge zerquetschtes Getier. Schließlich schleppten sie die schweren Wasserschläuche heran, um das Deck zu schrubben.

Manchmal, wenn Juri sich streckte und das erschöpfte Kreuz rieb, war er verblüfft über den Kontrast zwischen innen und außen. Rund um das Schiff legte der ruhige, geräuschlose Nebel seine Schleppe aus gedämpften Farben aus. Da war nur Leere und unermessliche Weite. An Bord schrien die Männer, wimmelten die Fische, kreischten die Vögel. Es war eine Atmosphäre wie auf einem Schlachtfeld. Das Gelb des Ölzeugs, die Regenbogenfarben der Fischschuppen, das Blinken der Messerklingen, das feucht glänzende, verrostete Deck, all die grellen Farben betonten die Gewalt des Geschehens.

Juri genoss es, auf der Seite der Sieger zu stehen. Wenn er sich seinen Weg durch die kompakte Masse bahnte, spürte er den Widerstand an seinen Stiefeln, ehe die Körper beiseiteglitten wie ein Fluss, der auf einen Felsen trifft. Das Leben, das sich auf dem Deck krümmte, gehörte ihm. Er ertappte sich dabei, dass er einem Fisch, der sein Maul aufriss, als wolle er seine Eingeweide ausspeien, einen Tritt versetzte, und ihm kam der Gedanke, dass das dumme Tier bekam, was es verdiente: die Beute des Stärkeren zu sein. In manchen Augenblicken fühlte er das Gegenteil. In der kurzen Zeit, in der die Tiere sich auf dem Deck drängten, ihre schillernden Farben zu einem Graublau verblassten und sie vom Lebewesen zum Rohstoff wurden, empfand er Bedauern. Der Tod, der sich vor seinen Augen vollzog, entsetzte ihn. Er hätte sich gerne auf den schönsten oder größten Fisch gestürzt, ihn über Bord geworfen und als silbernen Blitz in die Freiheit entkommen sehen. Vor allem, wenn haufenweise unerwünschte Arten mit dem Wasserschieber zurück ins Meer befördert wurden, empörte er sich innerlich über die Vergeudung, die manchmal die Hälfte des Fangs betraf. Er stellte sich vor, der erboste Ozean würde sich eines Tages rächen, weil man seinen Reichtum verschwendet hatte. Darum murmelte er ein Entschuldigungsgebet.

Doch solche Gemütszustände hielten nicht lange an. Er musste aufs Zwischendeck, die Messer der Männer schärfen, die die Fische filetierten, die Kisten in die Kühlräume bringen und sich beim Verstauen Frostbeulen holen.

Oberstes Ziel war es, das Netz so schnell wie möglich wieder ins Wasser zu bekommen. Dann ging alles von vorne los, denn um den Fang nicht zu sehr zu zerquetschen, wurde das Netz unter allen Umständen nach vier Stunden wieder hochgeholt. Vier Stunden, um manchmal tonnenweise Fisch zu verarbeiten! Um ihn zu sortieren, zu waschen, auszunehmen, in Kisten zu füllen und einzufrieren, das Deck und die Geräte zu säubern! Oftmals waren sie kaum fertig, wenn die Kurrleinen schon wieder aufgerollt wurden. Nach ihren sechs Stunden Wache schwankten die Decksjungen vor Erschöpfung. Sie mussten den Offizieren noch die Mahlzeit servieren und selbst hastig etwas essen, bevor sie in ihre Kojen sanken und in einen animalischen, traumlosen Schlaf fielen.

»Musst dich in Acht nehmen«, meinte Viktor nach ein paar Tagen, »sonst krepierste.«

»Sich in Acht nehmen« – ein Ausdruck, den Viktor in der gefängnisgleichen Welt des Waisenhauses schon früh gelernt hatte. Er zeigte Juri, wie man langsamer ging, nicht mit voller Kraft an einer Kiste zog und dabei trotzdem den Eindruck erweckte, sich ordentlich anzustrengen, oder wie man sich zum Rauchen auf der Toilette versteckte. Hier und da ein paar Minuten rauszuschlagen machte die Arbeit zwar nicht angenehmer, gab einem aber das Gefühl, Widerstand zu leisten, nicht bloß ein Arbeitstier zu sein, sondern sich einen Freiraum zu schaffen, selbst zu entscheiden.

Die beiden Jungen hatten eine Reihe von Zeichen vereinbart, um sich gegenseitig aufzumuntern oder vorzuwarnen, wenn Serikow kam. Deutete Viktor an, mit zwei Fingern eine Zigarette zu halten, stahlen sie sich auf die winzigen, stinkenden Toiletten, um an den abscheulichen Papirossa zu ziehen, die noch aus Kriegszeiten stammten und die Viktor vor der Abfahrt beschafft hatte: ein Drittel Tabak, zwei Drittel Pappe. Sie brannten schnell herunter, bescherten ihnen aber ganz besondere Momente. Sie hielten sie wie die Erwachsenen zwischen Daumen und Zeigefinger, kniffen die Augen zusammen wegen des Rauchs und lachten leise glucksend, um sich nicht zu verraten. Doch solche Pausen waren zu selten. Ansonsten arbeiteten sie unentwegt.

Es war Wind aufgekommen. Der Nebel löste sich auf, plötzlich reichte der Blick weiter, die Sonne begann zu wärmen, dann kippte das Wetter wieder, und der Nebel schloss sie erneut ein. Die Männer, die eine Zeit lang auf den Horizont geschaut hatten, ließen die Köpfe wieder hängen und blickten auf die Fischkisten. Die leichte Brise ließ das Schiff rollen, was den Decksjungen die Arbeit erschwerte. Wo die alten Hasen das Gleichgewicht hielten, indem sie leicht in die Knie gingen, stolperten sie, kamen ins Straucheln, rutschten aus und fingen sich am Ende immer einen Fußtritt von Serikow ein.

Nachdem er eine Woche lang geschuftet hatte, machte sich Niedergeschlagenheit in Juri breit. Das Leben in Murmansk, der gemächliche Schulalltag, das Bummeln durch die Stadt, selbst die triste Stimmung zu Hause in der Wohnung fehlten ihm. Ein Buch zu lesen war vollkommen utopisch. Die Müdigkeit übermannte ihn stets, längst bevor er es auch nur aufschlagen konnte. Und was die Vögel anging, so hatte er kaum die Zeit, sie auch nur aus dem Augenwinkel wahrzunehmen. Der Alltag war immer derselbe und immer uninteressant: eine harte

Hand, die einen aus dem Schlaf riss, feuchte Kleidung, stundenlanges Herumhantieren mit den toten Tieren, das Blut, der Schleim, die fade riechenden Innereien … Das Leben eines Galeerensträflings. Und wenn er bedachte, dass er nach dem Willen seines Vaters diesen Beruf ergreifen sollte, lief es ihm kalt den Rücken hinunter.

»Geht das zwei Monate lang so weiter?«, beschwerte er sich bei Viktor.

Der schaute ihn fassungslos an.

»Was denkst du denn? Dass wir Ferien kriegen?«

»Nein, aber eine kleine Pause.«

Viktor zuckte mit den Schultern. Warum eine Pause? Sie waren dazu da, den Laderaum so schnell es ging mit der größtmöglichen Menge frischem Fisch vollzustopfen.

»Wir haben Glück, dass das Netz noch nicht gerissen ist. Dann könntest du dich beschweren. Dann kannst du deine Koje vergessen, bis es repariert ist. Der alte Sok hat erzählt, einmal haben sie vier Tage nicht geschlafen. Die Kerle standen komplett neben sich, sodass einer sich das Messer in den Arm gerammt hat, nicht in den Fisch. Wahrscheinlich hat er's nicht mal gemerkt. Nur richtig schlechtes Wetter kann uns retten. Weißt du, was man zum Wind sagt? ›Komm, lang ersehnter Wind, wir wollen Urlaub!‹«

Die Vorstellung, dass ein Sturm der einzige Ausweg war, begeisterte Juri nicht gerade. Als er sich nach einer anstrengenden Wache schlafen legte, dachte er an Luka. Sein Freund war aus seinen Gedanken verschwunden, so sehr war er beschäftigt. Er bat ihn um Entschuldigung. Er erinnerte sich an die schöne Zeit ihrer Streifzüge durch die Tundra, die Stunden auf dem Dach unter der Decke. Er spürte, wie sein Glied steif wurde, und schämte sich. In gewisser Weise ließ auch Luka ihn im Stich. Er vergrub das Gesicht im Kopfkissen, das von seinem nassen Wuschelkopf ganz salzig war, und begann, lautlos zu weinen.

Die Decksjungen hatten wenig Kontakt zu den anderen Matrosen. Juri zumindest war die immer gleichen Gespräche schnell leid: die Frauen, die sie gehabt hatten, die sie haben würden oder hätten haben können, der erbärmliche Lohn, die mehr oder weniger wohlgelittenen Kapitäne, die unglaublich vielen Fische, die man früher fing, die Havarien, die Stürme. In den ersten Tagen hatte er zugehört und das Gefühl gehabt, damit ins wahre Leben einzutreten, in die Welt der Erwachsenen. Nach und nach verachtete er die borniertn Typen immer mehr. Außer dem alten Sok, der Rubin auf all seinen Fahrten begleitet hatte, mochte er kaum einen. Der war eines Tages von einem Scherbrett erwischt worden, das ihm die Schulter zertrümmert hatte. Seither war er behindert und half in der Küche. Er war der Einzige, der ihn gefragt hatte, woher er kam und was er mochte. Sie hatten sogar über *Doktor Schiwago* geredet, das Sok auch gelesen hatte. Er hatte durchklingen lassen, dass er viel über diese Zeit wusste. Aber sie konnten sich nur im Vorbeigehen unterhalten, wenn sie zwischen Speiseraum und Küche hin- und herliefen, um die Teller zu holen. Die Ermüdung trug dazu bei, dass Juri sich nicht mehr länger als nötig mit den Dingen aufhielt. Jede verlorene Minute ging vom Schlaf ab. Wie sehr man durch die Arbeit abstumpfte, machte sich auch bei den anderen

Matrosen bemerkbar. Die Gespräche in der Messe wurden seltener und die Karten gar nicht mehr herausgeholt. Alle zogen so schnell wie möglich ihr Ölzeug aus, grummelten noch ein paar Worte und ließen sich in ihre Koje fallen. Die Gespräche der Männer beschränkten sich auf Anweisungen, die sie sich zuriefen, damit beispielsweise niemand vergaß, die Maschinen alle sechs Stunden ein- und auszuschalten.

Juri wusste nicht mehr, welcher Tag gerade war, doch es mussten ungefähr zwei Wochen vergangen sein. Der Wind blies jetzt regelmäßiger und vertrieb den Nebel. Es war Mitte Juli, die Sonne wärmte, und die Männer schwitzen in ihrer Regenkleidung, die sie aber anbehalten mussten, weil sie ständig mit dem Fisch in Berührung kamen. Juri war gerade mit dem Sortieren des Fangs beschäftigt, als er hinter sich Gemurmel hörte. Ausnahmsweise klang es nicht so eintönig wie sonst.

»Da ist sie ja!«

»Endlich mal irgendwas zu sehen.«

»Na los, die Arbeit wird nicht weniger. Haltet euch ran, Leute, starrt keine Löcher in die Luft!«

Er sah auf. Am Horizont tauchte ein großer Felsen auf. In die Arbeit vertieft, hatte er gar nicht bemerkt, dass das Ensemble der Vögel größer geworden war. Neben den auf hoher See heimischen Arten wie Eissturmvögeln und Möwen erblickte er zahlreiche Seeschwalben, Lummen und Vögel mit schwarzem oder weißem Gefieder, die er nicht zuordnen konnte. Endlich würde das Fernglas zum Einsatz kommen, und er musste sich beherrschen, um nicht sofort loszulaufen und es zu holen. Aufgeregt flüsterte er Viktor im Vorbeigehen zu: »Nach der Wache schauen wir uns die Vögel an.«

Mit Bedacht suchten sie sich ihren Beobachtungsposten so aus, dass sie ihre Ruhe hatten, und ließen sich vor dem schmalen Küchengang nieder, wo niemand hinkam. Das Schiff hatte sich der Insel genähert, deren Steilküste aus etwa fünfhundert Metern ins Meer hinabfiel. Sie war weder so glatt noch so majestätisch wie eine Granitküste, sondern bot ein heilloses Durcheinander aus Türmchen, Pfeilern, Höhlen, Bruchsteinen und Kuppen in unglaublichen Formen. Wind und Regen hatten sie zerfressen und Gänge ausgehöhlt, die sich an manchen Stellen von einer Seite zur anderen bohrten. Die Felsen glichen einer Ruinenstadt, massiv und zerbrechlich zugleich. Rundherum hüllte ein Federwirbel das Gestein ein. Aus der Ferne war jeder Vogel nur ein Punkt in diesem lebendigen Vorhang, der sich von oben nach unten und von unten nach oben bewegte. Endlich erfüllte sich das, wovon Juri geträumt hatte, als er an Bord gegangen war. Er stellte die Okulare richtig ein. Da waren sie: Papageitaucher, Eissturmvögel, Lummen, Möwen, zu Tausenden, vielleicht Zehntausenden. Jede Vertiefung im Stein, die sich als Nistplatz eignete, war bewohnt. Im ständigen Wechsel von Abflug und Anflug sauste ein ganzes Volk geschäftig hin und her. Er verharrte lange, sprachlos, ohne zu wissen, worauf er das Fernglas noch richten sollte. Viktor, der schon darauf brannte, das Glas zum ersten Mal zu benutzen, zog ihn am Ärmel.

»Und, was siehst du? Lohnt es sich?«

Juri überließ ihm das Fernglas und half ihm dabei, es mit dem Fokussierrad passend einzustellen.

»Hm, da ist ein Spatz. Und was bringt dir das, sie zu beobachten?«

Juri wusste nicht, wie er darauf reagieren sollte. Wie konnte er seinem Freund erklären, dass das, was sie da sahen, unglaublich war und Hunderte von Wissenschaftlern ein Vermögen für dieses Schauspiel bezahlt hätten?

»Ich zähle sie«, gab er zurück und nahm ihm damit das Fernglas wieder ab. »Du nimmst mein Heft und schreibst auf, was ich dir sage. Aber pass auf, keine Fehler machen, das hätte schlimme Folgen.«

Ohne zu verstehen, warum ein Fehler so schlimm wäre, stimmte Viktor sofort begeistert zu. Die Augen dicht am Okular, nannte Juri Vogelnamen, die er einzeln buchstabierte, sowie Zahlen. Das war keine leichte Aufgabe angesichts der vielen Arten und der ständigen Bewegung der Tiere. Je mehr er sich konzentrierte, desto weniger war er noch ein malträtierter Decksjunge. Wie damals, als er auf die Rückkehr des Schiffes gewartet und vom Kai aus die Vögel beobachtet hatte, flog und tauchte er mit ihnen, ließ sich von ihren Federn streifen und vom Wind tragen. Er war wieder groß, schön und frei.

Sie blieben ewig dort stehen, ohne zu ahnen, dass Serikow sie schließlich gefunden hatte und beobachtete. Zunächst hatte er versucht zu verstehen, was die beiden da anstellten, und sich dann gefreut, ihnen einen ordentlichen Schrecken einjagen zu können. Gierig stürzte er sich auf seine Beute. Mit einem gezielten Fußtritt brachte er Viktor zu Fall, der Juri mit sich riss. Der grobschlächtige Kerl brach in Gelächter aus, kniete sich auf Viktors Rücken, sodass der nicht aufstehen konnte, und packte Juri am Ohr.

»Was treibt ihr hier?«

Die beiden verunsicherten Jungs wanden sich, um zu entwischen. Serikow, der sich jeweils einen unter jeden Arm geklemmt hatte, schleuderte sie gegen die Reling.

»Na los, raus damit, oder ich mach euch Beine!«

Er lachte die ganze Zeit, und in den Mundwinkeln bildeten sich ein paar Bläschen.

Als die Fassungslosigkeit verflogen war, spürte Juri, wie ihn Wut überkam.

»Aber wir haben doch gar keine Wache! Wir dürfen machen, was wir wollen ...«

»Gar nichts dürft ihr!«, schnitt Serikow ihm brüllend das Wort ab, und seine Miene verfinsterte sich unversehens. »Ihr dürft schuften und das Maul halten! Wenn ihr keine Wache habt, ab in die Falle. Ansonsten ist hinterher nichts mit euch anzufangen, ich kenn euch doch. Und das Fernglas, wo habt ihr das geklaut?«

Er zog so fest daran, dass der Riemen riss und eine blutige Spur auf Juris Hals hinterließ. Der Junge stürzte sich darauf, um es sich zurückzuholen, doch eine Ohrfeige schleuderte ihn erneut zu Boden.

»Wir zählen die Vögel«, murmelte Viktor, der bereits eine unterwürfige Haltung angenommen hatte und mit gesenktem Blick und hängenden Schultern dastand.

»Geben Sie mir mein Fernglas zurück, es gehört mir!«

Juri hatte sich nicht mehr im Griff. Er hatte gearbeitet, ohne zu murren, und sich diese Pause seiner Meinung nach mehr als verdient. Niemand hatte das Recht, ihm sein einziges Vergnügen zu nehmen. Seine Wut kochte über. Er ging noch einmal auf Serikow los, in der Hoffnung, sein Fernglas wiederzubekommen. Serikows Faust traf ihn in der Magengrube. Später hatte er keinerlei Erinnerung daran, was genau danach passiert war. Es hagelte Fußtritte auf den Kopf, auf Rücken, Beine und Brustkorb. Nicht die üblichen Klapse, mit denen er angetrieben werden sollte, sondern Tritte, hinter deren Brutalität System steckte, die ihm wehtun sollten. Juri versuchte, sich zu schützen, indem er sich anspannte, doch der Fuß erwischte ihn hinterhältigerweise immer genau da, wo er ihn nicht erwartete. Die Schmerzen empfand er körperlich ebenso wie seelisch. Die Schläge demütigten ihn. Serikow behandelte ihn wie einen Fußabtreter. Einen Moment lang fühlte er sich wieder so wie damals auf dem Küchentisch und hörte Rubins höhnisches Gelächter. Es dauerte eine Ewigkeit, dann ließ Serikow ohne ersichtlichen Grund plötzlich von ihm ab. Schließlich hörte Juri zwei Dinge: wie der Kasache »dummes Arschloch« rief und das Geräusch des Fernrohrs, das über Bord geworfen wurde und ins Wasser fiel.

Benommen ließ er sich wie einen alten Lappen von Viktor, der sich vorsichtshalber auf Abstand gehalten hatte, aufsammeln und in seine Koje geleiten. Ein paar Matrosen pfiffen, als sie vorbeikamen.

»Haste Prügel gekriegt? Hast wohl Blödsinn angestellt.«

Jede Faser seines Körpers brannte. Der alte Sok brachte ihm eine Fettcreme, die nach Blumen roch. Er brummelte vor sich hin, sie sei das einzig Gute, was er »von dort« mitgebracht habe, und rieb Juri damit behutsam ein. Vor lauter Erschöpfung ließ der alles mit sich machen, doch die Wut ließ ihn nicht los. Sie loderte in seinem Innern wie die Wunden auf der Haut.

Eine Stunde lang blieb er liegen, um zu verschnaufen. Er hörte das Schnurren des Motors, das Knirschen der Maschinen an Deck, das sich bis ins Innerste des Schiffes übertrug. Nichts hatte sich geändert, niemand scherte sich darum, dass er dalag, am Boden zerstört. Vielleicht war es das Beste zu sterben, in diesem blassgrauen Ozean zu verschwinden. Wenn eine Möwe dem Schiff ganz nah folgte, glaubten die alten Matrosen, sie sei der Geist eines im Meer verschwundenen und als Vogel wiedergeborenen Seemanns. Welch verlockendes Schicksal!

Aber nicht doch! Den Gefallen würde er dem Dreckskerl Serikow nicht tun. Im Gegenteil, der würde dafür bezahlen!

Kurz vor seiner Wache gelang es ihm, sich aus der Koje zu quälen, und er stieg hinauf zur Kommandobrücke. Als Decksjunge war er bisher nur hierhergelangt, um Kaffee zu bringen. Alles war still, abgekoppelt von dem Durcheinander der Männer und Fische auf dem unteren Deck. Die Hände des Matrosen an der Absperrung bewegten sich kaum. Der Offizier hatte sich im Wachstuhl niedergelassen und schien zu schlafen. Das Surren der elektronischen Geräte verstärkte die beruhigende Atmosphäre noch. Lediglich eine Stimme aus dem Radio störte die Ruhe ab und an.

Juri nahm seinen Mut zusammen und bat darum,

seinen Vater zu sehen. Der Bootsmann betrachtete das von blauen Flecken übersäte Kind mit der aufgeplatzten Lippe. Jeder an Bord wusste, dass er der »Sohn des Alten« war. Er quälte sich aus dem Lehnstuhl und verschwand wortlos. Fünf Minuten später tauchte Rubin auf. Er wirkte kleiner und massiger als sonst, er schien fest mit dem Boden verbunden und schwang wie selbstverständlich mit den Schiffsbewegungen mit. Sein fahler Teint bildete einen auffälligen Kontrast zu den gegerbten Gesichtern an Deck. Mit den geröteten Augen und den dunklen Ringen darunter und den vom vielen Rauchen verfärbten Lippen verkörperte er die kräftezehrende Jagd auf den Fisch wie kein anderer. Von ihm hingen der Lohn, die Ruhepausen, die Sicherheit Dutzender Männer ab, genau wie seine eigene Zukunft. Wenn eine Havarie oder schlecht gewählte Fanggründe den Erfolg zunichtemachten, wenn ein griesgrämiger Politruk ihn in seinem Bericht als überaltert beschrieb, dann warteten auf den Kais genügend Ratten, die auf seinen Posten scharf waren.

Er baute sich direkt vor seinem Sohn auf, und sein nikotingeschwängerter Atem breitete sich aus. Im selben Augenblick begriff Juri, dass er gerade eine Dummheit beging.

»Und?«

Die tiefe Stimme klang sachlich, aber schroff. Der Offizier und der Matrose schauten demonstrativ durch die Bullaugen nach draußen.

»Serikow …«

»Bootsmann Serikow«, verbesserte Rubin.

»Bootsmann Serikow hat mein Fernglas ins Meer geworfen und mich geschlagen. Das durfte er nicht.«

Juri versagte die Stimme. Leise wiederholte er: »... durfte er nicht.«

»Bootsmann Serikow ist für die Decksjungen zuständig. Er macht seine Arbeit und hat mein Vertrauen.«

»Aber ...«

»Ihre Wache fängt gleich an, Juri Rubinowitsch, ich rate Ihnen, nicht zu spät zu kommen.«

Rubins Oberlippe wölbte sich nach oben, als er sein typisches schadenfreudiges Grinsen aufsetzte. Juri, der nicht wollte, dass die Sache so schnell und so ungut erledigt war, blieb wie angewurzelt mit gesenktem Kopf stehen.

»Hau ab.«

Jetzt klang die Stimme drohend. Juri zuckte zusammen. Er kannte diesen Ton, der Schläge ankündigte. Seine Niederlage war besiegelt. Er wich zurück, um einer möglichen Ohrfeige auszuweichen. Der Offizier und der Matrose hatten die ganze Zeit aufmerksam den Horizont beobachtet.

Im Flur traf er auf den Politruk Sergej Oulianow, der den Durchgang versperrte. Der Politkommissar hatte einen sechsten Sinn für jede noch so kleine Regung, die verdächtig war. Eine Beschwerde hier, eine Aufsässigkeit dort, aus allem zog er Vorteil. Hatte er die Prügelszene mitbekommen oder gehört, dass der Alte zu ungewohnter Zeit seinen Platz verlassen hatte? Wie durch einen Zufall war er zur Stelle, auf den Lippen sein schmieriges Lächeln.

»Na, Juri Rubinowitsch, gibt es ein Problem? Kommen Sie und erzählen Sie es mir. Ich werde sehen, was ich tun kann.«

Der Politruk war neben dem Kapitän der Einzige, der eine eigene Kabine hatte. Alles hier war grau, die Wände, die Einrichtung, die zum Quadrat gefaltete Bettdecke, der schlechte Abzug des Gorbatschow-Porträts und selbst das wattige Tageslicht, das durch das Bullauge drang. Nirgendwo lag irgendetwas herum, weder Akten noch Bücher, noch Kleidung, noch Privatfotos. Man hätte meinen können, die Kabine sei unbewohnt. Diese Neutralität weckte Vertrauen, die Kabine wirkte wie der perfekte Beichtstuhl. Juri konnte nicht mehr. Er packte aus. Er erzählte nicht nur die Geschichte mit dem Fernglas, sondern auch von den unzähligen Erniedrigungen, den Schlägen, den Schikanen. Natürlich wusste er, was ein Politruk war, das Auge der Partei, der Mann hinter den Akten, der über Lebenswege entschied. In seiner Naivität setzte er darauf, dass er hier einen Verbündeten gegen Serikows Brutalität und die Gleichgültigkeit seines Vaters finden würde. Sergej Oulianow würde sich die beiden vorknöpfen, ihnen ein wenig Angst machen, und alles würde wieder in Ordnung kommen.

Kaum eine Stunde später wurde Juris Leben zur Hölle.

Serikow ließ ihm keine Ruhe mehr. Ihm wurden die schwersten Kisten zugeteilt, die eisigsten Stunden im Laderaum. Der Bootsmann ließ ihn jede Ecke tausendmal putzen. Er ohrfeigte ihn zwar vor der restlichen Besatzung nicht mehr als die anderen, aber er rächte sich, indem er Juri in einen abgeschiedenen Gang lockte, angeblich der Arbeit wegen. Dort schlug der Kasache ohne Vorwarnung und ohne mit der Wimper zu zucken, hart und präzise zu, als sei das eine ganz gewöhnliche Verrichtung. Die Fäuste ließen nicht einmal den Kopf oder den Schritt aus. Das Schlimmste für Juri war, dass Serikow ihn von Viktor trennte. Sobald sie sich einander näherten, stürzte er sich auf sie. Sein Freund antwortete nicht mehr auf die geheimen Zeichen. Diese Feigheit traf Juri tief. Er verstand nicht, dass Viktor durch die jahrelang erlebte Hackordnung kein anderes Ziel kannte, als zu überleben. Juri wurde zu den beiden anderen Decksjungen abkommandiert, den kleinen Halbstarken, die man offensichtlich gegen ihn aufgestachelt hatte und die darin wetteiferten, seinen Eimer, seinen Wetzstein oder seinen Besen zu verstecken.

Um seine Rache zu vollenden, verbreitete Serikow das Gerücht, Juri habe sich beim Politruk über alles und jeden beschwert. Wegen dieser Rotznase von Kapitänssöhnchen bekämen nun alle einen schlechten Bericht. Wer weiß, vielleicht würden sie bei der nächsten Fahrt zurückgestuft, vielleicht würde ihr Urlaubsantrag abgewiesen, ihr Wohnungsgesuch auf die lange Bank geschoben?

Die gesamte Mannschaft begann, Juri zu tyrannisieren. In der Messe bekam er einen fast leeren Teller. Seine eigenen Lebensmittel verschwanden ebenso wie seine wärmste lange Unterhose. Während er schlief, schlitzte jemand mit dem Messer seinen Stiefel auf. Seither hatte er immer einen nassen Fuß. Wenn er einem Matrosen begegnete, musste Juri damit rechnen, dass der ihm einen Stoß mit dem Ellenbogen versetzte oder ein Bein stellte.

Lediglich Sok flüsterte ihm eine Ermutigung zu oder steckte ihm ein Stück Brot in die Tasche. Doch war er sehr darauf bedacht, dabei nicht aufzufallen, und diese Heimlichtuerei traf Juri fast noch mehr als die Angriffe der anderen.

Die Strafmaßnahmen hielten an. Kein Wort, kein freundschaftlicher Blick durchbrach die monotone Schinderei im Rhythmus der Wachen unter einer Sonne, die nicht unterging. Er ertrug die Schikanen und legte sich anschließend in seine Koje, wo er still vor sich hin weinte. Anfangs unterhielt er sich in Gedanken mit Luka und erzählte ihm von seinem Unglück. Doch die Erinnerung an den Freund verstärkte seine Einsamkeit nur noch. Er dachte ernsthaft daran, sich das Leben zu nehmen.

•••

Das Schiff hatte die Gegend rund um die Bäreninsel verlassen und fuhr hinauf Richtung Norden. Die schwachen Winde, die sie bislang begleitet hatten, wurden von unbeständigem Wetter abgelöst. Mehr oder weniger ausgeprägte Tiefdruckgebiete trugen schwere Regengüsse und kräftigen Wind heran, die sich mit Phasen der Windstille abwechselten. Abseits des Golfstroms kam die Kälte. Das Meerwasser wurde eisig, und selbst wenn man sich daran gewöhnte, schwollen die Hände an. Die Fingerkuppen sprangen auf und bekamen viele kleine Schnitte, die nicht heilten und bei jeder noch so kleinen Berührung schmerzten. Das Schubbern des Ölzeugs auf der Haut hinterließ Spuren. Rund um Hals und Handgelenke bildeten sich Ekzeme. Die Männer maulten, wenn auch mehr der Form halber, denn in den Norden vorzudringen bedeutete die Aussicht auf eine Prämie. Sie hätten durchaus noch Schlimmeres hingenommen für ein paar Rubel mehr.

Juri hasste das schlechte Wetter. Alles fiel schwerer. Jedes Mal, wenn das Schiff in der Dünung rollte, geriet der riesige Fischhaufen in Bewegung, rutschte von einer Seite auf die andere und riss dabei die Männer mit. Die zähe Masse glitt zwischen ihre Beine und drohte sie zu Fall zu bringen. Um das Gleichgewicht nicht zu verlieren, machten die Matrosen die Bewegung, die der Seegang vorgab, instinktiv mit.

Juri gelang es nicht, diesen Rhythmus zu verinnerlichen. Er sah die aufsteigende Welle nicht kommen, bewegte sich im falschen Augenblick und zappelte herum, um sich zu halten. Dabei entwischten der Kiste einige wertvolle Fische, die mit aufgerissenem Maul wegglitten, als lachten sie über seine Unbeholfenheit. Das schlechte Wetter brachte auch kalten, prasselnden Regen mit sich, der sich wie eine Lawine aus kleinen Murmeln über sie ergoss. Er peitschte einem ins Gesicht, manchmal so stark, dass man kaum die Augen offen halten konnte, sickerte in den Kragen und die Ärmel, durchnässte einen bis auf die Unterhose. Zunächst hielt die Bewegung die Männer noch warm, und die durchdringende Feuchtigkeit war lediglich unangenehm. Doch sobald sie eine Pause einlegten, packte die Kälte sie. In der schlecht belüfteten Kabine trocknete gar nichts. Man legte sich durchnässt schlafen und tränkte nebenbei das Bettzeug mit Salz. Beim Aufwachen musste man wieder in die noch immer feuchten Kleider schlüpfen, die kratzten und die tausend kleinen Wunden wieder aufbrechen ließen.

Juri empfand vor allem Angst. Während des ersten kurzen Sturms hatte er mit Viktor noch versucht, die Erwachsenen nachzumachen. Wie Rekruten, die nie an der Front waren, versuchten sie, ihre Furcht mit Worten zu bannen: »Hast du die Regenwolken gesehen? Das kann ja heiter werden. Da braut sich ganz schön was zusammen …«

Stürmen die Stirn zu bieten hieß, sich zu den Helden zählen zu dürfen. Doch anders als Viktor, der sich dem großen Schiff vertrauensvoll überließ, rang Juri vergebens um diese Haltung. Jedes Mal, wenn das Schiff in ein Wellental fiel und alle Spanten ächzten, hielt er in der bangen Erwartung die Luft an, es könnte den Rumpf zerreißen oder das Schiff kentern lassen. In seinen Albträumen sah er sich mit offenem Mund auf der Wasseroberfläche treiben, so tot wie die Tiere, mit denen er herumhantierte. Vom Schleppnetz ausgebremst, geriet das Schiff aus dem Takt, sodass die Wellen über das Heck einstiegen. Erst am Fuß der Brücke machten sie halt. Juri hoffte die ganze Zeit, sie würden das Netz abwerfen, fliehen, auf Südkurs gehen und erleben, wie die See sich ebenso schnell wieder beruhigte, wie sie in Aufruhr geraten war. Doch das war unmöglich. Um die Quote zu erreichen, fischte Rubin so lange weiter, wie der Sturm es zuließ. An Deck war die Gefahr allgegenwärtig. Das schwere Fanggerät holte im Rhythmus der Wellen aus und drohte alle, die sich ihm in den Weg stellten, niederzustrecken. Zwei Männer waren bereits verletzt worden. Sich auf den Beinen zu halten war ein echtes Kunststück. Juri schleppte sich schließlich unter Hohngelächter auf Knien dahin. Der Fisch rächte sich.

Als der Wind mit fast fünfzig Knoten wehte, sah Rubin ein, dass es an der Zeit war, das Netz einzuholen und beizudrehen. Die Matrosen jubelten. Eingehüllt in ihre Decken, vergaßen sie für ein paar Stunden Kälte, Anstrengung und Müdigkeit. Nur die Männer auf der Brücke mussten sich durchbeißen.

Sie bekamen drei Stürme ab, die von Mal zu Mal heftiger wurden. Eine Woche lang verlief das Leben auf dem Schiff wie in Zeitlupe. Die Männer warteten geduldig in der Kajüte und rauchten, bis man die gegenüberliegende Wand nicht mehr sehen konnte. Sie drängten sich rund um den Tisch, die Wodkaflasche wegen des Schlingerns zwischen die Beine geklemmt, und spielten Karten oder erzählten sich die immer gleichen Frauengeschichten. Mit den geröteten Gesichtern, der abgerissenen Kleidung und dem bärbeißigen Grummeln, das mit dem Spielverlauf die Runde machte, wirkten sie wie eine Horde aus dem Mittelalter.

Für Juri waren das die schlimmsten Momente. Er rollte sich in seiner Koje zusammen, außerstande, ein Auge zuzutun, und horchte, wie die Wellen donnernd das Schiff überspülten. Angst floss durch seine Adern und lähmte ihn. Die Brecher würden die Schiffshaut zerschlagen und eisiges Wasser hereinströmen lassen. Sie würden alle in dieser dunklen Kabine sterben. Er meinte zu ersticken.

Er hätte schreien mögen, aber kein Ton kam aus seiner Kehle. Die Stunden krochen dahin. Als die Bewegungen des Schiffes endlich weniger chaotisch schienen, ließ das zweimalige Aufheulen des Motors alle hochschrecken und wieder an die Arbeit gehen. Verstört quälte er sich aus seiner Koje.

Jene Matrosen, die Juris Angst bemerkt hatten, machten sich einen Spaß daraus, schaurige Geschichten über Schiffsuntergänge zu erzählen und sich dabei mit Blick auf Juris Koje zuzuzwinkern. Eines Tages, als er nach seiner Wache in die Kabine kam, wurde er von einer Stimme aus dem Halbdunkel begrüßt: »Puh, hier stinkt's nach Scheiße!«

Gelächter wurde laut. Seine drei Bücher, die beiden wertvollen Ornithologiehandbücher und *Doktor Schiwago,* lagen zerfleddert und mit Kot beschmiert auf seiner Koje. Offensichtlich hatte jemand Seiten herausgerissen, sich damit den Hintern abgewischt und alles andere beschmiert. Er bekam einen Brechreiz.

In diesem Augenblick fasste er den Entschluss, Serikow zu töten. Warum war er nicht längst auf diesen Gedanken gekommen? Er war einfach und Erfolg versprechend. Dann wäre Schluss mit den Demütigungen, und das Schiff hätte einen Folterknecht weniger.

Die Entscheidung beruhigte ihn. Die Vorstellung, den Hünen in seinem eigenen Blut schwimmen zu sehen, erfüllte ihn mit einem seltsamen Gefühl, einer beinahe sexuellen Erregung. Er wendete das Wort »Mord« hin und her und ließ es sich genüsslich auf der Zunge zergehen. Am Ende würde er dieses Ungeziefer zertreten. Fast sah er sich schon auf der Leiche tanzen. Dann gewann die Vernunft wieder Oberhand. Selbstverständlich durfte er sich nicht erwischen lassen. Wenn er im Gefängnis endete, täte er damit seinem Peiniger einen Gefallen.

• • •

Eine Woche mit Flaute gab ihm Gelegenheit, sich einen Plan zurechtzulegen. Um seine Tat als Unfall zu tarnen, musste er auf schlechtes Wetter warten, wenn alle vorrangig mit sich selbst beschäftigt waren. Ein schwerer Gegenstand, der sich losreißt, einen Matrosen verfehlt und an die gegenüberliegende Wand prallt, fällt kaum auf. Wenn er verschiedene Lösungen durchging, spürte er die Beleidigungen und Schläge weniger. Endlich stand sein Plan. Als das Barometer fiel, die Wellenberge anwuchsen und der Wind um die Brücke zu heulen begann, war Juri bereit.

Mitte August verdüsterte sich der Himmel nachts nun wieder. Es wurde zwar nicht stockfinster, aber man sah wie durch Milchglas. Auf dem Zwischendeck, das nur nach achtern hin offen war, war es düster, aber noch nicht so sehr, dass die Scheinwerfer eingeschaltet wurden. Die Männer ließen sich von der Macht der Gewohnheit leiten und wussten, wie viele Schritte oder Armlängen es bis zu ihrem Posten waren. Juri blieb bei ihnen, als die Sortierarbeit draußen abgeschlossen war. Er schärfte die Messer und sammelte die heruntergefallenen Fische auf, um sie zurück auf das Laufband zu legen. Die Männer arbeiteten einander gegenüber an schweren Edelstahltischen, und in der Mitte schluckten die weit offen stehenden Mäuler der Laderaumluken die Fischkisten. Ein Rand von kaum zwanzig Zentimeter Höhe verhinderte, dass man zwei Stockwerke tief abstürzte, dorthin, wo der Fisch verstaut wurde. Serikow hielt sich oft hier auf, weil er von hier aus sowohl die Arbeit auf dem Zwischendeck als auch in den Lagerräumen im Blick hatte. Das Schiff wurde heftig hin und her geworfen. Zwei Männer hatten sich schon das Messer in die Hand gerammt und arbeiteten mit einem blutigen Taschentuch als Verband weiter. Serikow brüllte. Juri ging unauffällig rückwärts bis zu einem Tisch, der nur im Bedarfsfall aufgestellt wurde. Er war lediglich mit einer Eisenstange am Schiffsrumpf befestigt. Wenn man ihn aufbauen wollte, musste man das zu viert tun, so schwer war er. Serikow stand genau in seiner Flucht, am Rand des Loches, und er schrie noch immer. Niemand bemerkte den Jungen in seiner Ecke. Er zog die Stange so weit zurück, dass sie den Tisch gerade noch hielt. Er war so konzentriert, dass er den Seegang im ganzen Körper spürte, und wartete auf einen günstigen Moment. Das Schiff neigte sich stark zu der Seite, auf der er stand, und er wurde gegen die Wand gedrückt. Er löste den Tisch und entfernte sich, so schnell er konnte. Das Schiff pendelte zur anderen Seite, und die Bewegung ging auf den Tisch über. Er traf Serikow von hinten und schleuderte ihn in den Laderaum, dann ging es weiter in Richtung der gegenüberliegenden Tische, wobei er einen der Männer, die die Fische filetierten, nur knapp verfehlte. Jetzt war es vorbei mit dem Tyrannen.

Fast zumindest. Nach viel Geschrei, Befehlen und Gegenbefehlen wurde der Rammbock gesichert und Serikow aus dem Laderaum gezogen. Er war nicht tot. Allerdings wirkte er deformiert. Sein linker Arm war aus dem Gelenk am Schlüsselbein gesprungen und baumelte herunter, seine Beine bildeten einen seltsamen Winkel, was auf einen vielfachen Beckenbruch schließen ließ. Vor allem hatte er hinten am Kopf einen riesigen Bluterguss, der ihn ins Koma versetzt hatte. Zum ersten Mal seit vielen Wochen schrie Serikow nicht mehr.

Juri fühlte sich wie in Trance. Er konnte sich kaum vorstellen, dass er die mörderische Tat wirklich begangen hatte. In dem ganzen Durcheinander kümmerte sich niemand um ihn. Der Einzige, der ihn entdeckte, war sein Vater, der eilig von der Brücke heruntergekommen war.

In der sowjetischen Fischereiflotte war ein Schiffsarzt nicht vorgesehen. Drei Tage später starb der Kasache an seiner Hirnblutung, ohne vorher noch einmal zu Bewusstsein zu kommen.

Der Maat untersuchte den Vorfall und stellte fest, dass der Tisch schlecht befestigt gewesen war. Serikow wurde in die Kühlkammer zu den Fischen gelegt, denn die Vorschriften besagten, dass der Leichnam eines auf See verstorbenen Seemanns zurück in die Heimat gebracht werden musste. Das Verbrechen war perfekt. Juri war schwindelig vor Glück.

Drei Tage später wurde er zu Rubin gerufen. Der erwartete ihn draußen auf dem Absatz der Notfalltreppe im toten Winkel, der von der Brücke aus nicht einsehbar war. Juri bekam eine gewaltige Ohrfeige, die ihn nach hinten warf. Dabei schlug er sich die linke Schläfe an der Ecke eines Stahlgeländers auf. Sie wechselten kein Wort. Die offizielle Erklärung lautete: Er hatte eine Stufe verfehlt.

●●●

Als Juri von Bord der *305* ging, hatte er die Monate auf See und die Tat, die ihn zum Mörder machte, in seinem tiefsten Innern begraben. Mörder. Er konnte das Wort nicht mehr aussprechen. Er musste vergessen. Auf einem Schiff waren seltsame Dinge passiert, eine Verkettung von Gewalt, Angst und Wahn, die er zu keinem Zeitpunkt hatte kontrollieren können. Er wusste, dass er für diesen Bruchteil einer Sekunde verantwortlich war, in dem er den Tisch entriegelt hatte. Aber hatte er eine Wahl gehabt? Serikow hätte nicht zugelassen, dass er lebendig zurückkehrte. Es handelte sich also nur um Notwehr. Das Schicksal hätte das Schiff auch etwas weniger stark rollen lassen können, was den Lauf der Dinge geändert hätte. Es gab keinen Grund, weshalb der Rest seines Lebens durch diese kleine Handbewegung zerstört sein sollte. Zumindest kehrte er mit dem Beweis zurück, dass die Berufswahl, die Rubin für ihn vorgesehen hatte, zu einer Katastrophe führen würde. Dieser Gedanke gab ihm endlich die Kraft, sich zu wehren.

Daraufhin änderte sich das Kräfteverhältnis zwischen Vater und Sohn unterschwellig. In den nächsten Jahren wohnte Juri weiterhin bei seiner Familie, aber sie gingen sich aus dem Weg. Rubin betrachtete ihn nach wie vor mit seiner verächtlichen Lippe, doch er erhob nie wieder die Hand gegen ihn und sprach nicht noch einmal von einer Laufbahn als Seemann.

Eine Frage ließ Juri keine Ruhe: Wie hatte Rubin die Sache mit Serikow durchschaut? Wie hatte er gespürt, dass die Wut seines Sohnes, den er für einen Schwächling hielt, ausreichte, um einen Mord zu begehen?

Irgendwie wusste sein Vater es. Wenn er ihn nicht verraten hatte, dann, weil er Gefahr gelaufen wäre, großen Ärger zu bekommen, als Vater und als Kapitän. Die Ohrfeige war eine Nachricht, aber sie war schwer verständlich. War es eine Art männliche Initiation? Hatte er versucht, ihn seinerseits umzubringen, indem er ihn die Treppe hinunterschleuderte? Wäre er imstande gewesen, um der Gerechtigkeit willen seinen eigenen Sohn zu töten? Ohne es genau zu wissen? Ohne zu versuchen, ein Geständnis zu bekommen?

Juri nahm den Alltag aus Schule und Schwarzhandel für seine Mutter wieder auf. Wenn Rubin an Land war, richtete er es so ein, dass er das Abendessen verpasste, oder schloss sich mit seinen Büchern in seinem Zimmer ein. Er bemerkte, dass Anton nachts noch immer heimlich das Heft unter dem Bett hervorholte. Wieder war er versucht, ihn darauf anzusprechen. Aber er wollte es nicht darauf anlegen, Anton in eine Krise zu stürzen. Sein Bedarf an Aufregung war gedeckt. Letztlich ging diese Frau seines Großvaters ihn nichts an.

Während die Familie im Stillstand verharrte, war im Land das Gegenteil der Fall. Im November 1989 fiel die Berliner Mauer, was zunächst unbemerkt blieb. In den ersten Tagen berichtete keine Zeitung darüber, und als die Neuigkeit sich herumsprach, waren alle zu sehr damit beschäftigt, etwas von der letzten Zahnpasta oder den letzten Stücken Seife abzukriegen, die es noch im Land gab.

Nach der Euphorie über Gorbatschows Liberalisierung erwiesen sich die ersten Schritte in der Welt des Kapitalismus als beschwerlich. Die Dinge wurden im selben Maße knapp, wie die Preise auf dem Schwarzmarkt stiegen. Die Raketenfabriken stellten nun Waschmaschinen her, um dem Kaufrausch zu begegnen, aber es fehlte an den Dingen des täglichen Bedarfs. Lauter gerissene Kerle eröffneten Geschäfte, in denen sie vor aller Augen verkauften, was ganz offensichtlich aus staatlichen Vorräten stammte. Niemand protestierte, und wenn die Behörden hellhörig wurden, setzten ein paar Rubel oder eine Flasche Shampoo den Nachforschungen ein Ende. Die Partei funktionierte wie eh und je. Die Leute gingen vorsichtshalber weiter zu den Versammlungen, für den Fall, dass der Wind sich erneut drehte. Doch das gesamte Gefüge erwies sich mehr und mehr als leere Hülle. Durch die meisten Familien ging ein Riss. Die Kinder drängten ihre Eltern, aus der Partei auszutreten, die Nachbarn stritten sich, wenn die einen in ihren Küchen verbotene Lieder schrien, während die anderen über den Niedergang der Werte jammerten.

Im September 1990 schrieb sich Juri an der Fakultät für Biologie in Sankt Petersburg ein, was er zum Teil seiner Mutter zu verdanken hatte, die es schaffte, der Frau des Rektors Strümpfe und Mäntel aus Europa zu besorgen. Rubin missbilligte das Leben als »fauler Student« und kündigte an, den Sohn in keiner Weise finanziell zu unterstützen. Das war ohnehin nicht nötig. Juri war inzwischen ein Strippenzieher auf dem Schwarzmarkt, sodass er gut leben konnte.

Gleich zu Beginn seines Studentenlebens versuchte Juri, wieder Verbindung mit Luka aufzunehmen. Nachdem er seine Gefühle überwunden hatte, war er gespannt darauf zu erfahren, wie es seinem Freund mit den Umwälzungen durch Glasnost ergangen war, die das Leben so vieler Menschen auf den Kopf gestellt hatten. Er kontaktierte Nastya, Lukas leicht verrückte Mutter. Zuerst antwortete sie nicht auf seine Briefe. Als er sie schließlich in der schicken Vorstadt von Murmansk besuchte, fing sie an zu weinen, als er seinen Namen nannte. Nur mit Mühe verstand er, dass Luka nach Kasan gegangen war, um Jura zu studieren, aber nicht mehr lebte. Alarmiert und ein wenig beunruhigt, konsultierte er mehrere studentische Vereinigungen und fand schließlich eine ehemalige Kommilitonin, die sich bereit erklärte, ihn in Sankt Petersburg zu treffen, wo sie gerade ein Praktikum machte.

Es dauerte eine ganze Weile, bevor die junge Frau, eine große Blondine mit angeknabberten Fingernägeln, in dem lauten Café, in dem sie sich verabredet hatten, erzählte, was sie wusste. Die Tränen, die Juri in die Augen traten, als er von seinem Freund sprach, ließen ihr Misstrauen schwinden. Sie berichtete, dass Luka, »... der nicht wie alle anderen war ... na ja, du weißt schon, was ich meine ...«, abends oft durch die Parks gestreift war.

Dort hatte er eine unschöne Begegnung gehabt, eine dieser Gruppen von Glatzen, die immer mehr wurden. Angetrieben von der Wut über das, was sie den Verfall ihres Landes nannten, gaben sie wahlweise Juden, Ausländern oder Schwulen die Schuld daran. Wehe dem, der ihnen in die Finger geriet. Sie hatten ihn mitgenommen, eingesperrt und sexuell misshandelt. Das Mädchen verbarg das Gesicht in ihren Händen, während sie sprach.

Die Polizei verwandte nicht viel Zeit darauf, nach solchen Vermissten zu suchen. Luka war verstört und mit Wunden übersät am Ufer der Kasanka gefunden worden. Er wurde ins Krankenhaus gebracht, wo er sich drei Tage später aus dem Fenster gestürzt hatte.

Juri verkraftete den Schock besser, als er erwartet hatte. Trotzdem konnte er an manchen Abenden nicht einschlafen, weil er sich vorstellte, wie sein Freund brutalster Gewalt ausgesetzt war. Dann zwang er sich, ein Buch zu nehmen und zu lesen, um die Gedanken zu vertreiben, bis er vor Müdigkeit einschlief.

Er wusste inzwischen, dass er sich nur für Männer interessierte. Die Freiheit, die auf dem Campus herrschte, erregte und ängstigte ihn zugleich. Da er sich nicht traute, andere Männer anzusprechen, befriedigte er sich selbst und dachte dabei an seinen alten Freund. Wenn er sich ihre letzten Momente in Tschernowko ins Gedächtnis rief, malte er sich fieberhafte Umarmungen aus.

Doch letztlich erforderten die sich überschlagenden Ereignisse, der rasante Wandel der Lebensverhältnisse und dessen Auswirkungen auf den Alltag sowie seine Leidenschaft für die Ornithologie seine ganze Aufmerksamkeit. Er ließ das Bild des rundlichen Komsomolzen in seiner Erinnerung verblassen.

Er studierte mit Begeisterung, und es gelang ihm, ein Doktorandenstipendium für die USA zu erhalten. Ohne vorher noch einmal nach Murmansk zurückzukehren, packte er eines Julimorgens seinen Koffer. Dort begann ein neues Kapitel: eine neue Lebensweise, eine neue Sprache, neue Beziehungen, eine neue Arbeit. Hals über Kopf stürzte er sich hinein.

Juri

Der Verrat

Das Kratzen von Metall auf Metall, das leise Schwingen der Tür beim Hineinstecken des Schlüssels, das noch immer doppelte Klicken des Riegels, das saugende Geräusch der sich vom Rahmen lösenden Tür, das Reiben des Windstoppers auf dem Fußboden und schließlich der dumpfe Klang beim Schließen. Ein leichter Schwindel überkam Juri, als er nach so vielen Jahren wieder in die Wohnung der Familie trat. Er hätte nie für möglich gehalten, dass er sich noch so genau an diese belanglosen Geräusche erinnerte. Er dachte daran zurück, wie genau er auf den Abstand geachtet hatte, in dem sie erklangen, auf die unterschiedliche Wucht. Sie kündigten den überdrüssigen Schritt des alten Anton an, Revas Trippeln oder die bedrohliche Ankunft von Rubin. Sie waren ein Teil von ihm.

Juri blieb einen Augenblick an die Tür gelehnt stehen. Es hing ein Staubgeruch in der Luft, der ewige Kohlmief gepaart mit Uringestank. Sein Vater hatte sich nie auch nur im Geringsten für Haushaltsdinge interessiert, und Irina hatte mit dem Alter wohl davor kapituliert. Eine klebrige Schmutzschicht hatte sich über die Wohnung gelegt und in den Zimmerecken und auf den Möbeln gesammelt, in den Tapeten festgesetzt und die Fenster getrübt. Langsam ging er durch die Räume: die Küche, das Kabuff mit der Toilette, das Zimmer, das er sich mit Anton geteilt hatte, und das seiner Eltern. Es fiel ihm schwer, seine Erinnerungen und die Realität auseinanderzuhalten. War das tatsächlich er, der beinahe siebzehn Jahre an diesem trostlosen, heruntergekommenen Ort gelebt hatte? Hatte er wirklich hier gelebt? Er hatte sich hier aufgehalten, sein Bett hier gehabt, seine Kleider im Schrank. Er hatte hier mit drei anderen Menschen zu tun gehabt, von denen er damals abhängig war, ohne dass er einen Sinn darin erkannt hätte. Es gelang ihm nicht, sich an die unbedeutenden Kleinigkeiten zu erinnern, die zur Jugend gehörten, die Lachkrämpfe, die Witze, die Familienanekdoten. Die »gute alte Zeit« rief nichts in ihm wach. Ein Fluch hatte diese vier Wesen in sich selbst eingemauert und daran gehindert, das zu werden, was so normal und in der Kindheit doch so unverzichtbar war: eine Familie. Hatte das Schicksal seiner Großmutter irgendetwas damit zu tun?

Er legte sich auf sein Bett. Die dicke braune Decke mit den roten Streifen lag noch immer darauf. Wie damals kratzte sie an seinen Händen. Der Riss, der sich quer über die Zimmerdecke zog, war größer geworden, und er dachte daran, wie er sich geheimnisvolle Zeichen darin vorgestellt hatte, die nur für ihn bestimmt waren.

Zwei Wochen war Juri jetzt schon in Murmansk. Er hatte seinen Urlaub verlängert, ohne recht zu wissen, warum. Nach wie vor besuchte er Rubin jeden Abend. Aber sie hatten sich nicht viel zu sagen. Juri brachte ihm Zeitungen mit, die er nicht las, und meistens tat er so, als schliefe er. Jeden zweiten Tag rief Juri Stephan an. Sein

Freund fragte ihn, wann er zurückkäme, und Juri griff zu einer Notlüge und behauptete, er warte auf Post, die jederzeit ankommen könne. Er hatte an den FSB geschrieben, ans Archiv, an die Oblaste von Murmansk und Sankt Petersburg und die Akte von Klara Sergejewna Bondarew angefordert – ohne Antwort.

Eines Morgens stieß er erneut die Tür von Memorial auf. Die drei Parzen waren noch immer da, wühlten sich durch die Leben vergessener Menschen und setzten sie wieder zusammen. Er wagte nicht, sie zu fragen, wer von ihnen diese Woche den Preis für die absurdeste Geschichte gewonnen hatte. Olga, die ihm Klaras Akte gegeben hatte, zeigte sich überrascht.

»Sie sind ja immer noch da!«

»Ich weiß nicht mehr, wo ich noch suchen soll, ich habe an alle Behörden geschrieben, die Sie mir genannt haben. Aber keine Antwort …«

Die Frau bot ihm an, sich zu setzen. Sie war aus den Albträumen aufgetaucht, die sie den ganzen Tag lang las.

»Sie sind hartnäckig. Das ist selten. Normalerweise fragen die Familien nur einmal an, der Form halber. Sie geben sich mit wenig zufrieden: ein Sterbedatum, der Name eines weit entfernten Lagers, wo es nur ein Sammelgrab gibt.«

Sie betrachtete ihn wie eine Grundschullehrerin einen fleißigen Schüler.

»Bleiben Sie noch lange?«

»Ich weiß nicht.« Er zögerte. »Ich fühle mich ein bisschen hilflos mit dieser Geschichte. Ich bin zurückgekommen, um meinen kranken Vater zu sehen, aber jetzt …«

Juri hatte keine Lust, dieser Fremden sein ganzes Leben zu erzählen. Er schwieg, und so war sie es, die weitersprach:

»Hören Sie, ich muss nächsten Monat nach Sankt Petersburg. Ihre Großmutter ist ja dahin verlegt worden, sodass man bestimmt dort suchen muss. Ich hab Verbindungen … private … Ich kann versuchen, Informationen zu bekommen, auch geheime. Das ist kompliziert. Ich mache das nicht jedes Mal, aber wenn es Ihnen so wichtig ist …«

Sie deutete ein Lächeln an, dann verdüsterte sich ihre Miene wieder.

»Aber, wissen Sie, die Informationen, die ich bekommen könnte, sind möglicherweise nicht angenehm. Wenn Sie Ihre Großmutter geliebt haben, könnte es ein Schock sein, zu erfahren, dass sie auf schreckliche Weise gestorben ist.«

»Ich habe sie nicht gekannt, und man hat mir fast nichts von ihr erzählt. Aber ich habe den Eindruck, dass die Sache wichtig für mich geworden ist. Ehrlich gesagt weiß ich gar nicht, warum.«

Sie schaute ihn aufmerksam an.

»Ach so! Dann werde ich mich auf die Suche machen.«

Er bedankte sich, hinterließ ein Bündel Dollarscheine auf dem Schreibtisch und ging.

● ● ●

Ab und zu besuchte er Irina. Es berührte ihn, wie sehr die alte Frau sich freute, ihn zu sehen. Er brachte ihr Tee, Zucker und Würstchen mit, auf die sie ganz versessen war. Er hatte es gewagt, ihr ein neues Teeservice zu kaufen, als Ersatz für die angeschlagenen Tassen. Aber sie hatte sich nicht getraut, den Kasten zu öffnen, der noch immer in Folie verpackt auf einem Regal thronte.

»Es ist so hübsch, zu hübsch, man darf es nicht beschädigen …«

Er ließ sie von früher erzählen, von ihrem Leben in der Fischfabrik, den Jahren der großen Kälte, als die Äste der Bäume in den Parks aufplatzten und man die toten Säufer stocksteif gefroren in den Rinnsteinen auflas. Immer wieder kam sie auf Rubin zu sprechen, der so gut zu ihr und ihrer Mutter gewesen war. Nie sprach sie von Anton oder Reva, und Juri vermutete irgendwelche Eifersüchteleien oder Feindseligkeiten.

Eines Abends kam ihm die Idee, sie nach Klara zu fragen. Er ging zu ihr mit der Akte des MGB. Kaum hatte sie die beigefarbene Mappe gesehen, die sorgfältige Schrift und vor allem die draufgestempelten Initialen, fing die alte Frau zu zittern an.

»Mein Gott, mein Kleiner, wer hat dir das gegeben? Du musst aufpassen …«

Sie setzte ihre Tasse ab und rieb nervös die Hände aneinander. Sie senkte den Kopf, um zu vermeiden, die Akte anzusehen, als sei sie verhext. Siebzig Jahre später war die Angst noch immer da. Das MGB gab es nicht mehr, ebenso wenig den KGB, aber ihre Schatten lagen noch immer bedrohlich über allem.

Juri erklärte ihr die Schritte, die er eingeleitet hatte. Zum ersten Mal sprach sie mit ihm nicht wie mit einem geliebten Sohn. Sie starrte auf ihren Tee und brummelte, dass das zu nichts führe; am Ende gebe es nur Ärger; man solle die Toten in Ruhe lassen. Je mehr sie vor sich hin murmelte, desto mehr gewann Juri den Eindruck, dass Irina irgendetwas wusste. Sie hatte Anton und Rubin kennengelernt, als sie damals im Rotlichtviertel ankamen. Sie konnte Klara nie begegnet sein. Trotzdem konnte sie im Laufe der Jahrzehnte irgendetwas mitbekommen haben, Gesprächsfetzen oder ein unbedachtes Wort. Juri entschied sich, seiner Vermutung auf den Grund zu gehen. Es fiel ihm zwar nicht leicht, die alte Frau zu bedrängen, doch er ließ sich von seinem Gefühl leiten.

»Hat Papa dir erzählt, wann sie sie verhaftet haben?«

Irina schaute sich um, als fürchte sie, jemand höre ihr zu.

»Ich weiß nicht … Er war sicher noch zu klein und hat bestimmt geschlafen … sie sind mitten in der Nacht gekommen … das sind alte Geschichten, mein Kleiner … an denen sollte man nicht rühren …«

Sie hatte angefangen zu flüstern. Um sie zu ermutigen, erzählte Juri ihr von dem Gespräch, das er mit Rubin im Krankenhaus geführt hatte. Rubin, ihr lieber Rubin, ihr Beschützer, wollte nicht sterben, ohne das Schicksal seiner Mutter zu kennen. Hatte sie irgendetwas gehört? Was erzählte man sich im Rotlichtviertel? Hatten die Leute, die deportiert und zurückgekehrt waren, Klara vielleicht getroffen? Hatte Anton sich ihrer Mutter Efira anvertraut?

Als er den Namen Anton aussprach, schreckte sie plötzlich auf. Dann herrschte langes Schweigen.

»Anton?«, sagte er schließlich leise. »Wusste Anton etwas?«

Irina antwortete nicht, strich mit den Fingerspitzen die alten Falten der Wachstuchdecke glatt. Die alltäglichen Geräusche, das Gurgeln aus den Rohren, Geschrei und Geknatter von draußen, lasteten umso schwerer auf der Stille zwischen ihnen. Je länger sie anhielt, desto deutlicher kamen ihm wieder die Verse seines Großvaters ins Gedächtnis: »Mein verratenes Täubchen … Ich werde dich um Verzeihung anflehen …«

»War er es? War es seine Schuld?«

Jetzt rannen Tränen über die Wangen der Alten, versickerten zwischen den Falten wie Regen in zu trockener Erde. Sie seufzte tief.

»Es war, wie es war. Man hatte keine Wahl. Wenn sie wollten, dass du etwas sagst, dann hast du es gesagt. Ich weiß nicht, warum sie sie auf dem Kieker hatten. Vielleicht war sie aufsässig, zu aufsässig … Er war schwach. Das wussten sie. Das spürten sie. Immer.«

Sie sprach abgehackt, stieß die Worte regelrecht aus.

»Sie haben ihm Angst gemacht. Bestimmt. Seine Arbeit … Rubin … Sie konnten alles machen. Sie davonjagen. Rubin nicht mehr zur Schule gehen lassen. Sie einsperren. Sie haben sogar Kinder mitgenommen!«

Irinas Tränen flossen jetzt in Strömen, aber sie schluchzte nicht. Eine stete Spur glitzerte auf beiden Wangen. Sie hatte aufgehört, das Wachstuch glatt zu streichen, und konzentrierte all ihre Energie auf das Geheimnis, das sie so lange für sich behalten hatte und nun offenbarte.

»Als Anton ins Rotlichtviertel zog, war er drauf und dran durchzudrehen. Er wollte sich umbringen. Efira musste ihm versprechen, dass sie sich um deinen Vater kümmern würde. Aber die anderen, die brauchten ihn noch, damit er ihnen steckte, was im Labor passierte. Sie hofften, dass die schlechten Kommunisten ihn bemitleiden würden, weil seine Frau verhaftet worden war, dass sie mit ihm reden und ihm von ihren Verschwörungen erzählen würden. Ihm würde man nicht misstrauen. Manchmal kam er abends rüber zu Mama. Sie dachten, ich würde im Alkoven schlafen, aber ich habe alles gehört. Anton hat geweint und gesagt, er sei ein Dreckskerl, er verdiene es nicht, zu leben. An anderen Tagen haben sie die Schuld bei Klara gesucht, die nicht an sie gedacht hatte, die immer nur gemacht hatte, was ihr passte. Hätte er nicht klein beigegeben, würden sie jetzt alle drei in irgendeinem Lager sterben. Aber meistens, wenn er von ihr gesprochen hat, hat er gesagt, wie schön sie war und wie mutig. Im Flüsterton hat er Geschichten von ihr erzählt, und ich habe die Luft angehalten, um ihn besser zu verstehen. Sie waren sich nähergekommen, weil sie angeboten hatte, ihm dabei zu helfen, seine Semesterarbeit zu Ende zu schreiben. Für solcherlei Großzügigkeit war sie bekannt. Sie selbst schloss gerade ihre Doktorarbeit ab und hatte eigentlich anderes zu tun, als sich mit den Hausarbeiten anderer zu befassen. Und doch steckten sie abends unter der Lampe ihrer Studentenbude die Köpfe zusammen. Sie schien ihm so bewundernswert, so intelligent, dass er sie für unerreichbar hielt. Sie war es, die die ersten Schritte machte. Er konnte sein Glück nicht fassen. Sie lachte darüber und lobte seine Sanftheit, die für einen Mann außergewöhnlich sei. Er bewunderte die Energie, mit der sie sich auf einem Gebiet durchsetzte, das ansonsten Männern vorbehalten war. Zum Schluss weinte er immer und wiederholte, er sei ein Dreckskerl und verdiene es nicht, zu leben.«

»Hat er gesagt, was sie getan hat? Warum man sie verhaftet hat?«

»Ich weiß nicht. Ich habe, glaube ich, verstanden, dass es um ein Opfer ging, das sie für jemand erbracht hat, der weder dein Vater noch dein Großvater war, ein anderer Mann. Vielleicht war er darum wütend. Oder eifersüchtig. Auf jeden Fall war es besser, nicht zu viel über diese Dinge zu reden. Er muss blindes Vertrauen in Efira gehabt haben, um ihr das zu erzählen. Er war so unglücklich, so niedergeschlagen, so verloren. Alles hat ihm Angst gemacht. Ich glaube, wenn er sich in einem Loch hätte verstecken und sterben können, hätte er es gemacht. Aber da war Rubin, also hat er durchgehalten.«

Juri nahm die Hände der alten Frau in seine. Sie waren kalt und zitterten wie verängstigte Vögel. Irina weinte noch immer und ließ einer sehr alten Verzweiflung freien Lauf, die zu jenen zählte, die nie enden. Bis zu diesem Tag war sie allein damit gewesen, hatte sie in sich vergraben, und nun merkte sie, dass sie noch immer unverändert da war.

Juri empfand keine Wut, eher Enttäuschung. Seine ganze Kindheit über hatte Anton ihm etwas vorgemacht. Die ständige Niedergeschlagenheit, die Gedichte, das waren nicht die eines untröstlichen Witwers, sondern die

167

eines untröstlichen Verräters. Er hatte nicht nur seinen Enkel angelogen, sondern vor allem seinen Sohn. Einen Moment lang verspürte Juri Mitleid. Er versuchte, sich die Situation vorzustellen. Dank der Rückkehrer wussten die betroffenen Familien schnell über die Behandlung im Gulag Bescheid. Anton hatte sich Brot in den Mund gesteckt in dem Wissen, dass sie hungerte. Er hatte sich von der Sonne wärmen lassen in dem Wissen, dass sie fror. Er hatte warmes Wasser über seinen Körper fließen lassen, während sie sich mit Ungeziefer herumquälte. Wenn, was nicht häufig vorkam, der Name Klara gefallen war und sich sein Gesicht verdüstert hatte, hatte er dann um sie oder aus Scham geweint? Und er selbst, Juri, was hätte er an Antons Stelle getan? Hätte er sich den Männern in Schwarz widersetzt oder seine Liebe verraten? Hätte er später seinen Verrat zugegeben oder gelogen, um seinen Platz unter den Lebenden zu behaupten? Diesen unangenehmen Fragen wich er rasch aus. Auch Diskussionen darüber, ob man Folter standhalten konnte, hatte er immer für theoretisches Geschwätz gehalten.

Plötzlich wurde Irina unruhig. Sie zog die Hände zwischen Juris Händen hervor und trocknete die Augen, als würde sie nach einem Albtraum wieder in der Wirklichkeit Fuß fassen.

»Du sagst es ihm aber nicht! Rubin hat nie davon erfahren. Das würde ihn umbringen.«

Sie klammerte sich an Juris Arm, krallte ihre Hand hinein.

»Dein Vater ist ein Mann, dem Ehre viel bedeutet, das würde er nicht ertragen. Für ihn war die Familie immer am wichtigsten, du, Reva, Anton. Aber das würde ihn umbringen, würde ihn umbringen, würde ihn umbringen ...«

Sie wiederholte das Ende des Satzes zwanghaft wie eine Litanei. Juri dachte, Rubin würde ohnehin sterben. Er war sich der väterlichen oder kindlichen Liebe seines Vaters nicht sicher, aber er glaubte wie Irina, dass es sinnlos wäre, ihm davon zu erzählen. Er beruhigte sie.

Es wurde Abend. Der Tag war wolkenlos gewesen, und auf die Wohnungen auf dem Hügel fiel ein Licht, das ihre Gesichter in zartes Rosa tauchte. Sie saßen sich am Tisch gegenüber und wirkten beide erschöpft, wie nach einem langen Kampf. Sie blieben eine Weile so sitzen. Erst als das Licht im Zimmer verblasste, löste Juri sich vorsichtig aus seiner Haltung, stand auf, küsste die alte Frau auf die Stirn und ging.

Draußen hatte sich eisige Luft über die Stadt gelegt. Im leichten Bodennebel und dem Schnee brach sich das Licht und bildete um jede Straßenlaterne einen Hof. So war Murmansk schön. Die Dunkelheit verbarg die Flecken an den Gebäuden und den herumliegenden Müll. Die abweisende Architektur verschwand. Oben vom Hügel aus gesehen, ließ das dunkle Wasser der Bucht die beleuchteten Umrisse der Stadt hervortreten. Am gegenüberliegenden Ufer spiegelten sich Lichtpunkte aufs Vortrefflichste. Darüber war der Horizont in Schwarz getaucht, und der Blick konnte sich erst wieder an den Sternen festhalten. Die Stadt erschien wie eingekreist. Juri stellte sich die Erde als ein Staubkorn im dunklen Universum vor. In einem verborgenen Winkel kauerten sich dort seit Jahrtausenden Menschen zusammen und wärmten sich am Feuer. Wie lange würden sie noch überleben?

Er entschied sich, wieder in die Stadt hinunterzugehen, und wählte eine Abkürzung, die er als Jugendlicher immer genommen hatte. Die Wege wurden ganz offensichtlich nach wie vor genutzt, und die Fußstapfen bildeten eine braune Spur im Schnee, die ihm half, sich zu orientieren. Trotzdem stolperte er mehrmals, weil der Weg mit Abfall übersät war: Plastik, alte Reifen, ausrangierte Haushaltsgeräte … Das Viertel spuckte von oben seinen Unrat in Richtung Stadt aus. Zu seiner Zeit wäre nichts weggeworfen worden. Alles wäre wiederverwertet, repariert, auseinandergebaut worden, bis hin zur allerletzten Schraube. Russland hatte offensichtlich auf dem sich immer schneller drehenden Karussell des Konsums Platz genommen.

Unten angekommen, hatte er es eilig, ins Zentrum zu gelangen, wo die hellen Schaufenster die Beleuchtung des öffentlichen Raumes übernahmen. Es war die Zeit, um Einkäufe zu machen und ein Gläschen zu trinken. Menschenmassen strömten über die Bürgersteige. Trotz der Kälte standen lauter eher junge Männer auf den Plätzen herum. Der Geruch von Haschisch waberte durch die Luft, als er an ihnen vorbeiging.

Es war schon reichlich spät, um noch im Krankenhaus vorbeizugehen. Aber nach dem, was Irina ihm verraten hatte, ertrug er die Vorstellung nicht, allein in seinem Hotelzimmer zu sitzen und das Bild mit dem daliegenden Hirsch anzuschauen.

Rubin öffnete die Augen, kaum dass sein Sohn die Tür aufmachte. Sein Körper, der wie ein ruhender Hampelmann an etlichen Schläuchen hing, wurde von Tag zu Tag dünner. Sein Gesicht strahlte die Gelassenheit eines Sterbenden aus, ein ergreifender Ausdruck, den Juri nicht an ihm kannte.

»Bist du es? Hast du Neuigkeiten von Klara?«

Zum ersten Mal erwähnte er seine Mutter, als ahne er irgendetwas. Juri zögerte, doch sein Vater fuhr in sanftem Tonfall fort: »Du musst nicht mehr suchen. Ich hab das schon gemacht. Sie ist gekommen. Ganz eingemummelt in Pelz. Sie hat eine fremde Sprache gesprochen, aber ich hab sie verstanden. Sie hat mir gesagt, dass sie die Insel verlassen hat. Sie hat mir die Hand auf den Kopf gelegt, wie sie es früher immer getan hat.«

Er deutete eine Handbewegung an.

»Weißt du, ich dachte, sie hätte mich vergessen. Aber sie wurde nur aufgehalten. Sie hat an uns gedacht, aber ist sehr weit gereist. Sie hat gelernt, den Wind zu verstehen und in den Sternen zu lesen wie in einem Buch. Kannst du das glauben?«

Er schloss die Augen, um das Bild wieder zum Vorschein zu bringen.

»Sie wusste über alles Bescheid. Über alles, verstehst du? Über dich, mich, Anton, Reva und alles, was passiert ist. Ich wollte, dass sie mir von ihrem Leben erzählt, aber sie hat gesagt, dass sie es eilig hat, dass die Rentiere nicht warten können, dass sie wiederkommt und wir dann weiterreden.«

Er lächelte geheimnisvoll.

»Sie wusste, dass du heute Abend kommst. Ich soll dir sagen, dass alles vergeben ist, auch das Schlimmste. Ja, das Schlimmste, was wir je getan haben. Du und ich. Wovon niemand weiß.«

Juri zitterte. Für einen Augenblick erschien Serikows große Gestalt im Zimmer. Rubin starrte auf Juris Narbe an der linken Schläfe, als könne er die Gedanken seines Sohnes lesen. Er schien erfreut über den gelungenen Überraschungseffekt.

»Ja, vergeben, dem einen wie dem anderen ...«

Er machte eine Pause. Als er sah, wie Juri seine Hand zur Schläfe führte, wurde sein Lächeln breiter. Der kurze Anflug von Milde war beendet, der sarkastische Rubin aus Juris Kindheit kehrte zurück.

»Ja, mein Sohn, in unseren Adern fließt dasselbe Blut. Uns schreckt der Tod nicht. Vielleicht haben wir das von ihr, denn von Anton kommt es nicht. Du bist nicht der Einzige, der die Last einer toten Seele mit sich herumschleppt. Das sollst du wissen, bevor ich gehe.«

Da war es wieder, das verzerrte Grinsen.

»Als ich durchschaut hatte, was mit dem dummen Kasachen passiert war, konnte ich es nicht glauben. Mein Waschlappen von Sohn, endlich warst du aufgewacht und hast gekämpft. Gut gemacht! Der Filetiertisch, das schlechte Wetter ... Schön ausgedacht. Wenn ich dadurch nicht Riesenärger hätte kriegen können, hätte ich dir gratuliert ...«

Die lange Tirade hatte ihn erschöpft. Er fauchte ein Lachen, das in einem heiseren Husten mündete. Juri blieb wie erstarrt stehen, mit krampfenden Bauchschmerzen, die aus einem anderen Lebensabschnitt herrührten. Sein Vater wusste also, dass er getötet hatte, aber er selbst war auch ein Mörder? Vorsichtig hakte er nach:

»Und du ... du ...«

Rubin hob die Hand, um ihn zurückzuhalten. Das Reden strengte ihn jetzt an, er sprach abgehackt.

»Ist egal ... War 'n Blödmann ... Ich brauchte kein Werkzeug ... Nur die eigenen Hände ... Mörder, der Sohn genauso wie der Vater ... Aber sie hat vergeben.«

Die Erschöpfung hatte gesiegt. Rubins Augen waren noch tiefer in ihre Höhlen gesunken, und die Haut über den Wangenknochen war straff. Das Gesicht ähnelte dem eines Toten. Nachdem die Nacht- die Tagschicht abgelöst hatte, kehrte Ruhe im Krankenhaus ein. Nur der pfeifende Atem von Rubin gab der Zeit einen Rhythmus. Juri blieb auf seinem Stuhl sitzen, unfähig einen klaren Gedanken an den anderen zu reihen. Sein Vater würde nichts mehr sagen. Juri würde nie die Wahrheit über die Untat erfahren, die Rubin gerade zugegeben hatte. Schlief er? Oder war er ins Koma gefallen? War er gestorben und nun bei Klara? Sie würde ihm erzählen, was passiert war, endlich.

Für diesen Abend hatte Juri genug gehört. Ihm war übel.

Tagsüber wäre er jetzt bis zur Erschöpfung laufen gegangen. Er entschied sich für eine Bar am Rande der Innenstadt. Als er die Tür aufstieß, schlug ihm eine klebrige Hitze entgegen. Ein großer, von lauter Nischen umrandeter Raum öffnete sich zu einer Bühne. Vom Licht über die Vorhänge und die Polster bis hin zu den Bezügen der Barhocker war alles rot. Zwischen den Auftritten zweier Musiker gab ein Mädchen in Shorts einem Lied von Mylène Farmer den Rest. In den abgeteilten Nischen schütteten die Typen Wodka in sich hinein und knabberten Cornichons. Das Gewirr ihrer tiefen Stimmen schwoll an und ebbte ab wie die Brandung auf einem Kieselstrand.

Juri entdeckte einen freien Tisch, ließ sich nieder und befand, dass die Situation nichts anderes verdiene, als sich ordentlich zu betrinken. Zum ersten Mal seit fünfundzwanzig Jahren. Was er an diesem Tag erfahren hatte, brachte all seine Gewissheiten durcheinander. Wie hatte er sich so sehr in den Menschen täuschen können, mit denen er zwei Jahrzehnte lang zusammengelebt hatte, die ihn großgezogen hatten? Hatte er nichts geahnt, oder, schlimmer noch, hatte er nichts sehen wollen? Bestimmt hatte es irgendwelche Hinweise gegeben, denen gegenüber er blind und taub gewesen war, zum Beispiel Antons Heft. Machte er sich auch heute etwas vor in Bezug auf Stephan oder andere, die ihm nahestanden? Fußten die Beziehungen zwischen den Menschen nur auf Lügen und falschem Schein, die alle akzeptierten, weil es einfacher war?

Binnen weniger Stunden war Juri zum Sohn eines Mörders und Enkel eines Verräters geworden. Obwohl er wusste, dass dies keine vererbbaren Charaktereigenschaften waren, fragte er sich, welche Rolle die Abstammung spielte. Hatte auch Klara ein Verbrechen begangen, oder war sie eine echte Spionin gewesen? Bei diesem Gedanken musste er, benebelt vom Alkohol, laut kichern.

Da hatte er die Schuldige! Seine Großmutter hatte das Schicksal ihrer Nachkommen mit ihrer eigenen Schändlichkeit vergiftet.

Je mehr er trank, desto lächerlicher fand er sich selbst. Vor fast einem Monat war er in Murmansk gestrandet, einer Stadt, in der man die Touristen wahrscheinlich dafür bezahlen musste, dass sie kamen, einer Stadt, die einmal seine eigene gewesen war, der er aber den Rücken gekehrt und die er aus seinem Gedächtnis verbannt hatte. Statt mit seiner Jugend Frieden zu machen, wurde er aufs Neue von den schlechten Erinnerungen gequält. Er hatte davon geträumt, mehr über eine heldenhafte Großmutter zu erfahren, und war doch nur auf einen gemeinen Großvater und einen mörderischen Vater gestoßen. In der Vergangenheit zu graben erwies sich als riskantes Unterfangen.

Nach drei großen Gläsern Wodka verließ er die Bar, übergab sich auf dem Gehweg und hinterließ eine bunte Spur auf dem Schnee. Wie durch ein Wunder fand er zum Hotel zurück, ohne von den Banden ausgeraubt zu werden, die die Stadt in Besitz genommen hatten.

Am folgenden Tag buchte er einen Platz für den nächstbesten Flug in die USA.

Rubin

Auf der Barentssee

Voller Panik bremste Rubin ab und hockte sich hinter einen Busch, der jetzt zu Frühlingsbeginn gerade wieder Blätter bekam. Er war ihnen entkommen. Jedes Mal bei Schulschluss hatte er Angst. Wenn sich das Schultor öffnete und die Kinder entließ, war es völlig ausgeschlossen, dass er noch zum Murmelspielen blieb oder mit einem Ball aus alten Lappen Fußball spielte. Wenn er nicht rannte, um sich zu Hause in Sicherheit zu bringen, holten die anderen ihn ein, und er bezog eine Tracht Prügel, nach der seine Kleider jämmerlich aussahen. Zum Glück gab ihm sein Vater zu Hause nicht die Schuld dafür, aber er musste eine wahre Litanei an Vorwürfen über sich ergehen lassen, die noch schlimmer für ihn waren als die Schläge, er wusste, dass sie nicht genügend Geld hatten, um ein neues Hemd zu kaufen, und wenn er sich erkältete, konnten sie weder Arzt noch Medikamente bezahlen. Das war doch nicht seine Schuld! Er tat nichts Böses und war kein schlechter Schüler. Doch als er an der Schule angemeldet wurde, hatte der Lehrer seine Karteikarte genau angeschaut, ihn von oben bis unten gemustert und ganz nach hinten in die Klasse geschickt. Alle wussten, was das hieß, selbst ein Kind: Dieser Rubin Antonowitsch war irgendwie verdächtig. Abseits gesetzt zu werden bedeutete, ein Feind der Sowjetunion zu sein. Vielleicht nicht das Kind selbst, diese Rotznase, aber jemand aus seiner Familie. Was für die Russen in den Fünfzigerjahren dasselbe war. Man musste sich vor jedem in Acht nehmen. Das Land kämpfte mit allen Mitteln gegen den amerikanischen Imperialismus. Trotzdem wimmelte es von inneren Feinden, von Auslandsagenten, von Gesindel, das der Herrschaft der »Weißen« nachtrauerte.

Immerhin konnte Rubin sich glücklich schätzen, dass er überhaupt an der Schule im Rotlichtviertel angenommen worden war, anders als viele Waisenkinder, die sich auf der Straße herumtrieben und bettelten oder klauten, bis sie verhaftet und in Erziehungsheime gesteckt wurden, aus denen sie nicht zurückkehrten. Rubin begriff, dass etwas Rätselhaftes von ihm ausging. Diejenige, die für sein Unheil verantwortlich war, hieß Klara. Was hatte sie getan? Hatte sie ihr Land verraten? Musste er sich für sie schämen?

Manchmal hasste er sie. Ihretwegen durfte er nicht zu den Oktobristen. Die meisten Schüler blieben nach dem Unterricht noch dort, um alle möglichen tollen Sachen zu machen und zu guten Kommunisten heranzureifen. Er selbst fand sich auf der Straße unter Kindern wieder, die sich herumtrieben oder gewalttätig waren und wie er keinen Zugang zur Elite hatten.

Rubin blieb verborgen hinter seinem Busch. Als ihm kalt wurde, streckte er den Kopf hervor. Alles war ruhig. Wenn er einen großen Umweg machte, käme er direkt hinter den Fischfabriken heraus. Mit etwas Glück wäre gerade Pause, und Efira käme zum Rauchen hinaus. Sie würde ihm Seelachsköpfe für eine leckere Suppe mitgeben. Rubin bog in eine von Fabriken gesäumte kleine Straße ein. Er sang vor sich hin, ohne darüber nachzudenken, dass er damit die Aufmerksamkeit auf sich zog.

Auf einmal waren sie da und versperrten ihm den Weg: Wladimir, der Dicke, der sich zum Bandenchef ernannt hatte, weil er so hieß wie Lenin, und sein Komplize Zdan. Sie stürzten sich auf ihn. Rubin begann zu zittern, als er sah, dass auch der lange Vladen dabei war, ein Straßenkind von mindestens elf Jahren. Sie drängten ihn an einen Holzzaun.

»Da ist ja der Verräter. Schnüffelst du hier rum? Was machst du da, spionierst du?«

Während sie ihn ausfragten, stießen sie ihm in die Rippen, immer heftiger. Rubin versuchte zu entwischen, aber jemand stellte ihm ein Bein, und er schlug der Länge nach hin. Einer gegen drei, da hatte er kaum eine Chance zu entkommen. Er krümmte sich zusammen und wartete hasserfüllt auf die Schläge. Die ließen nicht auf sich warten. Nach zwei oder drei heftigen Minuten entdeckte Vladen die Brennnesseln, die aus dem Dreck aufragten. Er riss eine Handvoll mitsamt den Stängeln aus und fing an, damit gegen Rubins Beine zu schlagen, die aus der kurzen Hose ragten.

»Hier, dreckiges Verräterschwein!«

Rubin spürte sofort das Brennen und versuchte sich zu befreien.

»Los, Jungs, haltet ihn fest«, forderte Vladen, begeistert über seine Entdeckung. »Zieht ihm die Unterhose runter! Jetzt geben wir es ihm so richtig.«

Die beiden anderen warfen sich energisch auf Rubin, dessen alte kurze Hose bei dem stürmischen Angriff entzweiriss. Die Brennnesseln peitschten gegen die Oberschenkel und den Po, und wenn Rubin sich verrenkte, um den Schlägen auszuweichen, gluckste die Bande.

»Guckt euch mal den Regenwurm an! Das wird dir eine Lehre sein!«

Wut und Erregung kochten hoch. Die Angreifer behandelten ihn nicht mehr wie einen Menschen. Sie kämpften nicht so, wie es sich gehörte. Sie kannten kein Mitleid. Nur Erniedrigung, Zerstörung.

»Wir stecken sie ihm in den Hintern«, stieß Vladen hervor.

Er warf sich auf Rubin und spreizte ihm mit einer Hand die Pobacken, in der anderen hielt er die Brennnesseln.

»Los, Zdan, such mal 'nen Stock, damit wir sie ihm richtig reinschieben können.«

Rubin, der bis dahin stoisch auf das Ende der Prügel gewartet hatte, wurde panisch. Er schlug fuchsteufelswild um sich und schaffte es, sich umzudrehen. Sein Gesicht war nur wenige Zentimeter von Vladens entfernt. Ohne nachzudenken, biss er drauflos und spürte, wie seine Zähne durch die Haut stießen und sich um den knirschenden Knorpel schlossen. Vladen schrie auf und zog ruckartig den Kopf zurück. Ein Stück seiner Nase blieb in Rubins Mund stecken. Ohne den Kiefer zu bewegen, stieß Rubin den überrumpelten Wladimir zur Seite, dessen Griff sich lockerte, rappelte sich auf, schnappte seine zerfetzte Hose und rannte davon. Er dachte nicht nach.

Seine Beine bewegten sich mechanisch. Er spürte weder die Quaddeln der Brennnesseln noch die Schläge, von denen seine Haut schon ganz rot war, noch die Tränen, die ihm übers Gesicht liefen. Er floh wie ein Tier.

Er lief an den Fabriken vorbei, am Rotlichtviertel und bog am Fluss entlang in einen Weg ein, der als Müllhalde für ausgediente Gerätschaften aus dem Fischfang diente. Er rannte weiter, bis er beinahe erstickte. Als er wieder durch den Mund einatmete, fiel ein rötliches Stück Fleisch auf den Boden: Vladens Nasenspitze.

Vor lauter Unkraut war der Weg kaum noch zu erkennen. Rubin entdeckte ein riesiges, von Brombeersträuchern überwuchertes Schleppnetz und kauerte sich dahinter. Die Lunge brannte vom Laufen. Sein ganzer Körper glühte, und innerlich kochte er vor Ekel und Angst. Er erbrach sich lange. Er wollte sterben. Er dachte an ein Nichts, das ihn von dem Sein erlösen würde, das nur Unglück und Gewalt für ihn bereithielt: fliehen, erdulden, bangen, weinen.

Es fing zu regnen an, erst leicht, dann immer stärker. Der Regen fühlte sich auf seiner malträtierten Haut wie Balsam an. Er blieb einfach sitzen, später, als ihm kalt war, nistete er sich in dem alten Netz ein. »Mama, Mama, Mama«, murmelte er.

Er schluchzte. Er redete sich ein, sie würde kommen, ihm zu Hilfe eilen. Er konnte ihr Zimtparfum riechen, die einzige Extravaganz, die sie sich gönnte. Er vergrub sein Gesicht wie ein Baby in ihrer Brust. Sie kämmte ihm mit ihren langen Fingern den Strubbelkopf. Die Haare, die aus ihrem Knoten fielen, kitzelten ihn an der Nase. Mit ihrer etwas heiseren Stimme munterte sie ihn auf: »Mein kleiner Rubin, bist du traurig?«

Rubin versank in eine Art Lethargie. Als er daraus auftauchte, kratzte ihn das raue Netz an der Haut, sein Körper und die Kleider rochen seltsam, säuerlich-ranzig. Er fühlte sich fiebrig. Die Regentropfen zerplatzten mit einem dumpfen, eindringlichen Geräusch, das in gewisser Weise zugleich beruhigend war. Schließlich verwarf er die Idee zu sterben. Wie sein Sohn viele Jahre später glaubte er, diesen Dreckskerlen mit seinem Tod eine zu große Freude zu machen. Er würde ihnen zeigen, wozu er imstande war, stark werden, stärker als sie. Sie bezwingen. Er musste listig sein und nicht mehr weglaufen. Er dachte wieder an das Stück der Nase, das er ausgespuckt hatte, und an den entstellten Vladen. Die Geschichte würde die Runde machen. Er würde das nutzen, um sich Respekt zu verschaffen. Er hätte das abgebissene Stück als Trophäe behalten und es sich um den Hals hängen sollen. Wäre Klara wohl stolz auf ihn gewesen?

Als er sich entschloss, nach Hause zu gehen, wurde es dunkel. Zuerst klopfte er bei Efira, die mit großen Augen öffnete: »Oje, wie siehst du denn aus! Kannst du nicht mal aufhören, dich zu schlagen? Zieh diese Lumpen aus, damit ich schauen kann, was sich damit noch anstellen lässt, bevor du nach Hause gehst.«

»Die anderen sind mir nachgelaufen, ich hab mich nur verteidigt.«

Rubin mochte Efira. Er empfand keine Liebe für sie, so wie für Klara, aber Zuneigung, das Gefühl, das man einer Tante oder wohlwollenden Großmutter gegenüber hat.

Er hätte ihr gerne alles erzählt, aber es widerstrebte ihm, die Geschichte mit den Brennnesseln zu verraten. Schon bei dem Gedanken daran drehte sich ihm der Magen um. Er zog seine zerrissene kurze Hose aus, den von Matschflecken übersäten Pullover und das Hemd, an dem jeder zweite Knopf fehlte. Efira goss ihm Wasser in die metallene Waschschüssel.

»Schrubb dir ordentlich das Gesicht, du bist ganz blutig.«

Rubin dachte daran, dass es das Blut seines Feindes war, und empfand großen Stolz.

Irina, Efiras Tochter, verschlang ihn mit Blicken. Seit ihrem Sturz und einem schlecht verheilten Bruch hatte sie Mühe, mit ihren behelfsmäßigen Krücken auch nur zur Schule zu kommen. Sie saß immer auf einem Stuhl am Fenster. Obwohl Rubin jünger war als sie, fühlte er sich wie ihr großer Bruder. Er brachte ihr Muscheln mit, Kieselsteine oder Wildblumen, zu denen sie sich Geschichten ausdachte. Er zwinkerte ihr zu, fing an, sich zu waschen, und verkniff es sich, das Gesicht vor Schmerzen zu verziehen, während Efira Nadel und Faden zur Hand nahm.

Eine halbe Stunde später stand er vor dem Container, in dem er wohnte und der an den von Efira grenzte. Tür und Fenster waren aus dem Stahl herausgeschnitten und mit groben Rahmen versehen, außerdem war ein Schornstein für den Ofen ans Dach geschweißt worden. Das waren die einzigen baulichen Veränderungen, die der Staat genehmigte. Wie die Bewohner in den etwa vierzig anderen ähnlichen Behausungen hatten auch sie mit alten Zeitungen die Kälte notdürftig ausgesperrt. Im Zimmer stand nichts weiter als ein Tisch, zwei Stühle, ein großes Bett, in dem Vater und Sohn sich aneinanderkuschelten, und selbst gebastelte Regale. Die einzige Glühbirne, die von der Decke hing und nur kümmerliches Licht spendete, erlaubte Rubin, seinen Zustand zu kaschieren. Anton machte sich an der immer gleichen Suppe zu schaffen: Kohl, Kartoffeln und Fischköpfe.

»Du hast wieder getrödelt«, grummelte er, ohne sich umzudrehen. »Wir hätten Kohle holen können.«

Der Hafen und der Bahnhof liefen auf Hochtouren und transportierten die Produkte aus den Minen ab, deren Ausbeutung nach dem Krieg wieder angelaufen war. Dabei fielen immer ein paar Briketts herunter, und die Leute schlichen sich am Abend hin, um sie aufzusammeln. Man musste unglaublich vorsichtig sein. Manche waren erwischt worden und danach verschwunden. Aber die Kohle, die den Familien zugeteilt wurde, reichte längst nicht aus, und selbst im Mai herrschte nachts noch Frost.

Als Nächstes klagte Anton darüber, dass es selbst im Labor lausig kalt war. Rubin hörte ihm nicht zu. Seine Beine und der Po quälten ihn noch immer. Er stellte sich vor das Fenster und beobachtete die Lichtpunkte, an denen er die anderen Hütten ausmachen konnte. Alles war grau: die verstreuten Container, der matschige Weg, die ganze Stadt. Auch sein Leben. Nur der Himmel leuchtete orangerot. Er wurde wieder wehmütig. Warum gab es die warme Küche nicht mehr, in der Klara und ihre Freunde sangen? Das Lachen, die Witze?

»Wo ist Mama?«

Die Worte waren ihm einfach herausgerutscht. Die Brutalität dessen, was sich tagsüber ereignet hatte, verlieh ihm zum ersten Mal seit zwei Jahren den Mut, diese Frage zu stellen.

Anton antwortete nicht. Er hatte unvermittelt aufgehört, in der Suppe zu rühren, und dann weitergemacht, ohne auch nur zu seufzen.

»Was hat sie denn getan? Wann kommt sie zurück?«, schrie Rubin.

Die Stille wurde nur vom Kratzen des Löffels durchbrochen.

»Sag es mir, Papa!«

Rubins Stimme zitterte. Sein Vater ließ den Topf stehen, drehte sich um und schaute ihm in die Augen.

»Ich weiß es nicht, und es hilft auch nichts, es zu wissen.«

Er flüsterte, als fürchte er, jemand könne ihn hören.

»Sie wissen, was sie tun«, fuhr er fort. »Wenn sie sie abgeholt haben, gab es auch einen Grund dafür. Sie kommt wieder, wenn alles geklärt ist.«

»Sie kommt wieder? Aber sie ist schon seit zwei Jahren weg. Was hat sie denn gemacht? Hat sie das Vaterland verraten?«

»Sei still!«

Anton packte ihn bei den Handgelenken und warf einen Blick aus dem Fenster.

»Sag das niemals und sprich mit niemandem über sie. Es ist alles schon kompliziert genug. Ich hab Glück, dass ich im Labor geblieben bin und du zur Schule gehen kannst. Sie hat … etwas Dummes getan. Na ja … glaube ich zumindest. Sie kommt zurück, wenn sie sich wieder besser aufführt.«

Seine Stimme wurde ganz schrill. Er zog heftig an Rubins Handgelenken.

»Hast du mich verstanden? Ich will keine Fragen mehr hören. Sei fleißig in der Schule und ein guter Kommunist, wenn du eine Zukunft haben willst. Vergiss deine Mutter!«

Anton zitterte. Er ließ die Hände des Jungen los und wandte sich wieder der Suppe zu. Rubin begriff, dass er keine Antwort bekommen würde. Sein Vater wusste etwas, darauf hätte er gewettet, aber er hatte Angst. Er erinnerte sich wieder an den Geruch des Körpers, der sich an ihn gepresst hatte, als die Männer in Schwarz gekommen waren. An diesem Nachmittag hatte er selbst genauso gerochen. Der Geruch der Angst. Er ging einher mit einer Art Lähmung, einer Kraft, die einen am Denken und Handeln hinderte und dem Feind auslieferte. Rubin hatte das bei den Kaninchen und Vögeln beobachtet, die sich bis an den Stadtrand wagten. Wenn sie sich in Gefahr wähnten, erstarrten sie mit zitternden Nasenlöchern oder Federn. Das war dumm, denn so verloren sie wertvolle Zeit, in der die Flucht noch möglich war. Er schwor sich noch einmal, nie wieder Angst zu haben. Aber Klara vergessen! Das war völlig unmöglich.

● ● ●

Rubin hatte es ganz richtig eingeschätzt. Die Geschichte mit der Nase verbreitete sich in Windeseile unter den

Kindern im Viertel. Die Grausamkeit imponierte ihnen. Wie er es sich geschworen hatte, kämpfte er nun mit Fäusten gegen seine Angst, suchte Streit, sobald Gefahr drohte. Er begriff schnell, dass er eine Bande brauchte, um die Oberhand zu haben, und scharte ein paar Mitschüler um sich. Er bemerkte, dass es leicht war, sich Autorität zu verschaffen. Man musste schneller zuschlagen als die anderen, aber vor allem aus einem Hassgefühl heraus. Wenn er die Erinnerung an das Schreckliche wachrief, das er beinahe erlebt hätte, war er viel stärker. Seine Fäuste und Füße tobten vor Wut. Seine Bewegungen durften nicht durch Mitleid gebremst werden: schlagen, auch wenn die anderen schrien; schlagen, obwohl die Knochen knackten; schlagen, bis die Körper in sich zusammensackten und den Widerstand aufgaben. Das erregte ihn geradezu, es verlieh ihm ein Gefühl der Macht, gepaart mit dem Empfinden, vor Strafen gefeit zu sein.

Rubin hatte auch deshalb so großen Einfluss auf seine Kameraden, weil er ein Organisationstalent war. Er konnte genauso gut ein Ball- oder ein Geschicklichkeitsspiel leiten, wie er Fische klauen konnte. Meistens erpressten sie von den Kleinsten Geld, indem sie ihnen mehrmals auflauerten und sie verprügelten. Die Jammerlappen konnten nichts anderes tun, als sich bei ihren Müttern zu beschweren, wenn sie denn überhaupt eine hatten. Die Bande mied nur die Großen und diejenigen, die zu einer Parteiorganisation gehörten und ihnen mehr Ärger als Nutzen eingebracht hätten.

Vladen war aus der Gegend verschwunden, aber nach reiflicher Überlegung wusste Rubin, wie er sich an Wladimir und Zdan rächen konnte. Eines Abends trommelte er eine Gruppe kräftiger Jungs zusammen und schnappte sich die beiden in der Nähe des Flusses. Nachdem sie ordentlich Schläge bekommen hatten, wurden nun auch sie mit Brennnesseln ausgepeitscht. Rubin wollte eigentlich die Strafe an ihnen vollstrecken, die er beinahe selbst erlitten hätte, aber es bestand durchaus das Risiko, dass jemand davon erfuhr und die Polizei sich einmischte. Bespuckt und mit Schlägen überhäuft, wurden die beiden Täter ausgezogen und ins Wasser geworfen, ihre Kleider wurden konfisziert. Es war Juli, niemand musste fürchten, im Wasser zu erfrieren. Aber zu sehen, wie sie nackt, die Hände schützend vor dem Geschlecht, durchs ganze Rotlichtviertel nach Hause liefen, ließ Rubins Brust vor Stolz schwellen. Als Krönung bekamen die beiden Jungs dort sicherlich noch einmal Prügel, weil sie ihre Kleider verloren hatten.

Am 4. März 1953 erschütterte eine Nachricht Rubins Welt. Der Vater des Volkes, der allmächtige Führer Stalin, war krank. Weil es in der Klasse ständig wiederholt wurde, wusste Rubin, dass er das große Glück hatte, in einem Land zu leben, das von einem ebenso weitsichtigen wie mutigen Mann geführt wurde, der sie zum Sieg gegen die Nazis geführt hatte und den Sozialismus für sie aufbaute. Er hatte das nie in irgendeiner Weise hinterfragt oder bezweifelt. Nichts deutete darauf hin, dass sich daran jemals irgendetwas ändern würde. Die Gerüchte über Stalins Krankheit sorgten für große Verwirrung. Nach einer kurzen Befragung rief der Lehrer den Schuldigen nach vorn und drohte ihm mit Rauswurf, weil er solcherlei konterrevolutionäre Lügen herumerzählte. Kaum war wieder Ruhe eingekehrt, ging der Direktor von Klasse zu Klasse und bestätigte alles. Das Zentralkomitee hatte die Nachricht im Radio verbreitet und das sowjetische Volk dazu aufgerufen, »Einheit, Solidarität, Geschlossenheit und Wachsamkeit zu zeigen in diesen sorgenvollen Zeiten«. Den Rest des Tages verfassten sie Texte über den großen Führer, in denen sie ihm gute Besserung wünschten, und sagten das Gedicht von Rashimow auf.

»O, großer Stalin, o Führer der Völker
Der Du den Menschen ans Licht der Welt gebracht hast,
Der Du die Erde reinigest,
Der Du die Jahrhunderte erneuerst,
Der Du den Frühling blühen lässt,
Der Du die Saiten tönen lässt,
Du, Glanz meines Frühlings,
O Du Sonne, gespiegelt in Millionen Herzen.«

Rubin war traurig, dass dieser gute Mann krank war. Er hatte schon seine Mutter verloren, nun würde er vielleicht auch noch einen Mann verlieren, der ihm so viel bedeutete wie sein Vater. Daher war er auf dem Heimweg von der merkwürdigen Stimmung im Rotlichtviertel überrascht. Keiner hatte normal gearbeitet. Es hatten sich Gruppen gebildet, die das Ereignis kommentierten. Aus allen Containern erklangen Radios, aber es wurde nur Musik von Johann Sebastian Bach gesendet. Es herrschte Ungewissheit. Wer sich draußen herumtrieb, hatte Tränen in den Augen, rote Flaggen hingen in den Fenstern, aber zu Rubins Verwunderung gab es auch Gelächter in den Ecken, Anspielungen auf den »Schnauzbärtigen«, die man sich zwischen Tür und Angel zuflüsterte und die ihm respektlos erschienen.

Anton gab zu Hause keinerlei Kommentar ab und ließ seinen aufgeregten Sohn erzählen, was er erlebt hatte.

Am nächsten Tag wurde der Alltag wieder aufgenommen, doch am 6. März, bei Sonnenaufgang, folgte dem Trommelwirbel im Radio die schicksalhafte Meldung: »Das Herz des Kampfgefährten und genialen Fortsetzers der Sache Lenins, des weisen Führers und Lehrers der Kommunistischen Partei und des Sowjetvolkes, hat am 5. März 1953 um 21.50 Uhr Moskauer Zeit aufgehört zu schlagen.«

Der Abschied von Stalin war überwältigender als alles, was Rubin je erlebt hatte. Am 6., 7. und 8. März waren die Schüler damit beschäftigt, zu proben, rote Papierherzen und Wimpel zu basteln und Porträts des verstorbenen Führers zu malen.

Am Morgen des 9. war die gesamte Stadt auf dem Lenin-Boulevard: Militärs, Vertreter der Parteiführung, Veteranen, junge Pioniere und Oktobristen, Schulkinder und Gymnasiasten. Man traf Angehörige aller nur denkbaren Berufsgruppen: Ärzte, Verwaltungsangestellte, Wissenschaftler, Künstler, Büro- und Geschäftsleute, Hochseefischer, Hausfrauen … Sogar Kolchosbauern, Holzfäller und Bergleute aus der Umgebung waren gekommen. Nur die Irren, die Behinderten und die Gefangenen fehlten. Es wurde gesungen, geschrien, geweint, einige Frauen zerkratzten sich das Gesicht. Etliche fielen in Ohnmacht, und wegen des Gedränges landeten mehrere Säuglinge im Krankenhaus.

Rubin erlebte diesen Tag wie einen Schock. Von klein auf hatte er an den Aufmärschen zur Feier des Sieges, der Revolution oder von Stalins Geburtstag teilgenommen, doch dieser hier war anders. Nicht nur wegen seiner besonderen Bedeutung, sondern wegen der Leidenschaftlichkeit, die sich daran entzündete. Im Meer der flatternden roten Fahnen verbanden sich die unterschiedlichsten Stimmen, deren Bandbreite von kaum vernehmlich bis zu krächzend reichte, zu Gesängen, die von einem überbordenden Zusammengehörigkeitsgefühl geprägt waren. Viel besser als im Unterricht verstand Rubin hier, was das Wort Nation bedeutete. Er bebte vor Stolz, dabei zu sein, mitten zwischen all den Männern und Frauen, auf die die ganze Welt schaute. Er begriff, warum sein Land, die UdSSR, ein Vorbild war, fähig zu dieser grenzenlosen Liebe für seinen Führer. Er brannte dafür, dessen Werk fortzusetzen. Wie oft war er schon an den Plakaten vorbeigekommen, auf denen ein Soldat mit strubbeligem Haar einem Toten die Fahne aus der Hand nahm, um sie wieder hochzuhalten und zu schwenken. Noch nie hatte er bei diesen Bildern so weinen müssen wie an diesem Tag.

• • •

Dieses außergewöhnliche Ereignis brachte den Jungen zum Nachdenken. Er konnte nicht als gewöhnlicher Bandenchef weitermachen. Er empfand es als Schande, dass er so unkameradschaftlich gewesen war, so unnütz für sein Vaterland. Er lag zusammengerollt im großen Bett neben seinem Vater, konnte aber nicht schlafen, weil der Regen auf das Containerdach trommelte, und nahm sich fest vor, ein guter Kommunist zu werden. Wer weiß, vielleicht konnte er damit sogar Gnade für seine Mutter erwirken. Und für sich selbst Vergebung, die sich darin zeigen würde, dass er doch noch bei den Pionieren aufgenommen wurde.

Der Vater des Volkes war tot, und viele fragten sich, wer sich nun um sie kümmern und welchen Umwälzungen das Land ausgesetzt sein würde. Im kollektiven Gedächtnis der Sowjets bedeuteten Umwälzungen Chaos und Leid. Würde das, was heute galt, morgen noch gelten? Man musste vorsichtig sein, denn man wusste nicht, in welche Richtung der Wind drehen würde. Volksfeinde und ihre Nachkommen waren daher weniger im Visier.

Rubin wusste, wie viele Leute im Land, nichts von den Ereignissen der folgenden Wochen. Beria, dem das Gulag-System unterstand, ordnete am Tag nach Stalins Beerdigung die Freilassung aller Gefangenen an, die zu weniger als fünf Jahren verurteilt waren, was der Kleinigkeit von einer Million Menschen entsprach. Kurz darauf wurde ebendieser Beria abgesetzt und durch eine Kugel in den Kopf hingerichtet.

Was Rubin allerdings bemerkte, war, dass die Stimmung unbeschwerter wurde. Die Männer in Schwarz fuhren nicht mehr mit dem Auto kreuz und quer durch die Stadt. Die Bewohner des Rotlichtviertels flanierten neuerdings durch die Straßen, wo sich gegenseitiges

Wohlwollen breitmachte. Die Kinder lachten jetzt lauter, manche trauten sich sogar, harmlose Witze über den »Schnauzbärtigen« zu erzählen.

Kurze Zeit später machte eine wichtige Neuigkeit die Runde: Das Rotlichtviertel sollte niedergerissen und die Container sollten durch feste Wohnungen ersetzt werden, mit fließend Wasser und Toiletten!

Dann kam ein Teil derjenigen zurück, die mit den Männern in Schwarz verschwunden waren. Man bemerkte sie nicht. Sie schlichen sich bei Dunkelheit in die Häuser zurück, aus denen jahrelang Briefe und Päckchen geschickt worden waren, wo eine Frau, eine Schwester, ein Freund auf ihre Rückkehr gehofft hatte. Nichts drang nach draußen von diesen Wiedersehen. Das Weinen und die Schreie, eine wiedergefundene Liebe oder Enttäuschungen blieben hinter sorgfältig verschlossenen Vorhängen verborgen. Man erkannte die Überlebenden an ihrem Aussehen: Sie waren abgemagert, kurz geschoren, oft verwahrlost, hatten fiebrige Augen. Nicht selten hinkten sie, oder es fehlte ihnen ein Finger. Manche verschwanden schnell wieder. Sie konnten nicht an das alte Leben anknüpfen, der Faden war durch allzu viel Leid durchtrennt. Doch meistens setzten die geschundenen Körper den Kampf instinktiv fort. Sie arbeiteten in den Fabriken und Werkstätten, als ließe sich das, was sie erlebt hatten, ausklammern. Doch sie behielten seltsame Macken: Sie sprangen auf, wenn ein Hund bellte, sie kauten lange auf dem Brot herum und machten dabei saugende Geräusche. Manche starben an ihrer Verzweiflung, gingen ins Wasser, schnitten sich die Kehle durch.

Andere brachten Frau und Kinder um. Derlei Ereignisse wurden unter Vermischtes abgehandelt, als Folge von Trunksucht. Niemand wollte sie mit der Vergangenheit in Verbindung bringen.

Anton und Rubin bekamen eine neue Wohnung zugewiesen. Eine Einzimmerwohnung mit Gemeinschaftstoilette auf dem Flur, aber in einem neuen Haus am Rande des Rotlichtviertels. Der Herd verströmte eine angenehme Wärme, und durch die Fenster zog es nicht mehr. Im Zusammenspiel mit Rubins Entschluss, ein vorbildlicher Schüler zu werden, verlieh der Umzug dem Frühling einen Hauch von Glück, das Vater und Sohn seit dem schicksalhaften Juni 1950 nicht mehr kannten.

Eines Tages tauchte Sok im Rotlichtviertel auf. Zuerst begegnete man ihm auf der Straße. Er war kein Waisenkind wie die anderen. Er bettelte nicht, klaute nicht und versuchte, sich als Gegenleistung für ein bisschen Essen nützlich zu machen. Er fegte Schnee, schleppte Kohlen oder stellte sich für andere vor den Geschäften an. Er imponierte Rubin, obwohl er ziemlich dünn, wenn nicht gar spindeldürr war mit seinen hervorstehenden Gelenken. Seine Größe und ein leichter Flaum am Kinn deuteten auf sein jugendliches Alter hin, aber seine Stimme klang noch hell, und er bewegte sich unkoordiniert wie ein Kind. Rubin hatte Spaß daran, sich vorzustellen, dass Sok aus einem geheimnisvollen Schlaf erwacht war, währenddessen nur sein Körper gereift war, nicht aber sein Gang und sein Verhalten. Zwei schwarze Augen beherrschten das dreieckige Gesicht. Sie spiegelten eine unendliche Traurigkeit und glitzerten, als stauten sich darin die Tränen. Aber wenn man sie direkt anschaute, schoss ein Blitz durch die Pupillen, der sie unheimlich wirken ließ. Rubin hatte Angst davor, Sok zu begegnen. Dabei hatte der noch nie irgendjemand angegriffen. Im Gegenteil, er wirkte selbst ängstlich. Sobald er sich beobachtet fühlte, ließ er alles stehen und liegen und verschwand.

Es ging das Gerücht, Sok komme von »dort«. Seine gesamte Familie sei kurz nach dem Krieg deportiert worden. Das Monster hatte beide Eltern, die drei Schwestern, die Großmutter und eine Cousine, die bei ihnen lebte, gefressen und diesen seltsamen Teenager wieder ausgespuckt. Als Rubin hörte, dass der Vater des Jungen angeblich Wissenschaftler gewesen war, Mathematiker, und seine Mutter Professorin, schlug sein Herz heftig in der Brust. Sok musste also wissen, was mit den gut ausgebildeten Gefangenen passierte, wo sie festgehalten wurden. Vielleicht hatte er ja irgendwann eine kleine Frau mit schönen blauen Augen und langem schwarzem Haar getroffen?

Eines Abends nach der Schule lief Rubin am Ufer entlang, oberhalb der Stelle, an der er sich nach der sagenumwobenen Schlägerei versteckt hatte. Sok wohnte hier in einer selbst gebauten Hütte. Drei alte Balken bildeten ein Tipi, dessen Seitenwände mit geflochtenen Binsen und Erde abgedichtet waren. Eine alte Decke diente als Tür. Rubin steckte den Kopf hinein. Das Mobiliar bestand aus einer mit getrocknetem Gras bedeckten Pritsche und einem auf großen Steinen ruhenden Brett. Darauf standen ein Topf und ein Buch, dessen Titel

Rubin in der Dunkelheit des fensterlosen Raumes nicht erkennen konnte.

Sok schoss regelrecht hoch, als er den Jungen sah, und rief:

»Wer bist du? Was willst du?«

Seine Stimme klang extrem panisch. Rubin hatte geahnt, dass er sein Gegenüber würde besänftigen müssen. Er holte eine Scheibe Schwarzbrot und, als besonderen Leckerbissen, ein Stück fetter Wurst aus der Tasche.

»Keine Sorge. Ich wohne auch im Rotlichtviertel, ich seh dich oft. Hier, schenk ich dir«, fügte er noch hinzu und hielt ihm das Essen hin.

Sok betrachtete ihn misstrauisch. Der gelbe Funke tanzte in seinen Augen. Er schürzte die Lippen wie ein Hund die Lefzen kurz vorm Zubeißen. Einen Augenblick standen sie sich reglos gegenüber. Dann schnappte sich Sok das Essen und steckte es unter das Hemd. Rubin war eingeschüchtert.

»Eigentlich«, druckste er, »wollte ich mit dir reden. Und zwar … ich glaube, vielleicht hast du meine Mutter gesehen.«

Er erzählte seine Geschichte in einem Zug. Die Nacht, die schwarzen Männer, Klaras Verschwinden, die Verbannung ins Rotlichtviertel. Die beiden Jungen hatten sich nicht gerührt, standen sich immer noch gegenüber. Sok schien wie betäubt von dem, was er gehört hatte. Dann seufzte er, und sein Gesicht nahm wieder kindliche Züge an.

»Komm mit«, sagte er und nahm sanft die Hand seines Gegenübers.

Sie gingen hinaus und setzten sich nebeneinander in die Sonne auf einen gefällten Baumstamm, ohne sich loszulassen.

»Ich habe deine Mutter nicht gesehen. Hätte ich auch gar nicht gekonnt; wir Kinder waren von den Erwachsenen getrennt. Und außerdem gab es dort so viele Leute, so viele Lager und so viele Tote ...«

Sok war etwas älter gewesen als Rubin jetzt, als das Unglück passierte. An einem Samstagabend hatte sein Vater den Leiter seines Instituts zum Essen eingeladen. Das Verhältnis zwischen den beiden war aus ungeklärten Gründen angespannt. Der Abend hatte Frieden zwischen ihnen stiften sollen. Der Institutsleiter und seine Frau hatten ein Geschenk mitgebracht: eine kleine Stalin-Büste aus Gips. Aber als sein Vater sie auspackte, fielen ihm kleine Brocken entgegen. Soks Eltern beteuerten, dass die Büste schon in der Verpackung kaputtgegangen war. Aber der Institutsleiter wetterte los, beschuldigte Soks Vater, es mit Absicht gemacht zu haben, weil er nicht linientreu sei, verließ das Haus und kündigte an, den Vorfall zu melden. Die Familie musste nicht lange warten. In derselben Nacht nahmen die schwarzen Männer sie alle mit.

Sok sprach mit piepsiger Stimme, unbeteiligt, als ginge ihn das Ganze nichts an, wie wenn man einen schlimmen Traum erzählt, damit er einen nicht länger verfolgt. Er starrte auf das graublaue Wasser der Bucht. Aber an seinem festen Händedruck spürte Rubin, wie angespannt Sok innerlich war.

Der Vater war schon nach der Ankunft im ersten Gefängnis verschwunden. Die drei Frauen und die vier Kinder blieben zusammen in einer Baracke, in der sich mehrere Hundert Familien drängten. Sie bestand lediglich aus einer Reihe dreistöckiger Bettgestelle, einem Ofen an jeder Seite sowie einigen wenigen Fenstern. Trotz inständiger Bitten der Mütter war es verboten, die Baracke zu verlassen, und die unterernährten Kinder vegetierten im Halbdunkel vor sich hin. Es gab nur ein Mal am Tag Essen, lauwarmes Wasser mit ein paar Kartoffeln und verfaultem Kohl, von dem man Magenkrämpfe bekam. Die Leute versuchten, sich gegenseitig zu helfen, indem sie abwechselnd mit den Kindern spielten, ihnen Geschichten erzählten. Aus Holzklötzchen und einem Stück Mantelfutter entstand eine Puppe, Kieselsteine dienten als Murmeln. Mehrere Monate blieben sie dort. Im Stroh siedelten sich Läuse und Würmer an. Mit ihnen hielten Krankheiten Einzug.

Eines Morgens, nachdem ein Drittel der Kinder an einer Typhusepidemie gestorben war, ordneten die Wachen an, die Gefangenen zu waschen. Seit ihrer Ankunft wuschen sie sich lediglich das Gesicht mit einem halben Glas Wasser. Nun gingen alle auf den Hof hinaus, wo eine Mischung aus Aufregung und Hoffnung herrschte. Sok erinnerte sich, dass ihre Augen in der Sonne blinzelten und wie gut sich das anfühlte. Dann mussten sie die Kleider ablegen.

»Alle ausziehen!«, schrien die Wachen, ausschließlich Männer.

Die vielen Frauen und Kinder brauchten ewig, um die Anordnung zu befolgen.

Jetzt weinte Sok. Noch nie hatte er seine Mutter oder seine Großmutter nackt gesehen. Sie wurden zusammengepfercht wie Tiere. Mit verschämten Gesichtern entblößten die Frauen ihre schlaffen Brüste. Die Wachen ließen sie einzeln unter einen eiskalten Wasserstrahl treten. Sie lachten, während sie das Fleisch der Frauen mit dem Wasserdruck zum Tanzen brachten. Die Kinder schrien, und die Mütter, die sie beschützen wollten, wurden vom Wasserstrahl zurückgetrieben. Die Kleider wurden beschlagnahmt, und damit verschwand das Letzte, was noch von ihrem alten Leben zeugte. Soks Großmutter, die das Eingesperrtsein tapfer ausgehalten und sich bei den Kindern als Geschichtenerzählerin beliebt gemacht hatte, ertrug die Demütigung nicht. In den darauffolgenden Tagen nahm sie keine Nahrung mehr zu sich, igelte sich ein, und als sie starb, war ihr Körper so zierlich wie der eines Säuglings.

Endlich fand der Prozess statt, ein äußerst merkwürdiger Prozess. Die gesamte Baracke musste binnen drei Tagen antreten. Eile war geboten, der Aufbau des Landes lief auf Hochtouren, die Gulags brauchten Arbeitskräfte. Wenn ihr Name aufgerufen wurde, schickte man die Frauen vor ein improvisiertes Gericht. Vier Männer hinter einem Tisch blätterten flüchtig die Akten durch. Die erste Seite gab Auskunft über Familienstand, Datum und Grund der Festnahme – Aufruhr, Verschwörung oder Sabotage. Auf der zweiten Seite verkündete eine Zahl das vorab gefällte Urteil. Soks Mutter und seine Cousine bekamen acht Jahre Lagerhaft für »antistalinistisches Verhalten«.

Schon in der darauffolgenden Woche begann eine unmenschliche Reise in alten, umgestalteten Eisenbahnwagen, den Stolypin-Waggons, die nach einem Premierminister des Zaren benannt waren, der die Eisenbahn reformiert hatte. Jedes Abteil war mit Brettern in acht Zellen unterteilt, in denen ein Erwachsener kaum Platz fand. Für die Kinder gab es keine gesonderten Zellen, sie wurden hineingepfercht, wo es gerade passte. Sok teilte sich eine Koje mit einer dünnen Frau, die die ganze Zeit weinte oder schniefte. Es war verboten, die Zelle zu verlassen. Um ihr Geschäft zu verrichten, mussten die Gefangenen um die Erlaubnis bitten, ans Ende des Waggons gehen zu dürfen, wo die Exkremente sich häuften und vor sich hin stanken. Alle Zellen gingen von demselben Gang ab. Wenn man etwas lauter sprach, konnte man sich mit den Nachbarn verständigen. Auch wenn das eigentlich verboten war, wurde es geduldet, dass die einzelnen Familien sich der Reihe nach quer durch den Gang miteinander unterhielten. So blieb Sok mit seiner Mutter und seinen Schwestern in Kontakt.

Die Fahrt zog sich ewig hin. Manchmal blieb der Zug mehrere Tage stehen. Dann wieder hatte Sok den Eindruck, sie führen zurück. Anders als im Gefängnis konnten sie hinausschauen. Sok erzählte von seinem Glück, endlich wieder Menschen, Felder, Dörfer zu sehen, in Tücher gehüllte Frauen, Esel oder Hühner. Er bemerkte, dass sich nie jemand nach ihnen umschaute. Der Zug und seine Insassen waren wie unsichtbar.

Endlich ließ man sie auf irgendeinem Bahnhof aussteigen, und es geschah das Schlimmste: Die Frauen und die Kinder wurden voneinander getrennt. Panik lag in der Luft. Die Familien rückten zusammen, klammerten sich aneinander fest, während Gewehrkolben auf sie einschlugen. Die Wachen schleiften die weinenden Gestalten auf diese oder jene Seite eines langen Stacheldrahtzauns. Sok umklammerte ein letztes Mal die Hand seiner Mutter, indem er seine Hand durch den Drahtzaun steckte. Seine Schwestern waren an irgendeiner Stelle der Reise verschwunden, wann und wo genau, das wusste er nicht mehr.

• • •

Sok, der sein Martyrium ohne Pause abgespult hatte, schwieg. Das Ende des Frühlingsnachmittags zog sich in die Länge, der Himmel war nebelverhangen, passend zu der traurigen Geschichte. Abgesehen vom Grollen der Schiffe, die die Bucht passierten, war alles ruhig auf dem Pfad. Die beiden Jungen hielten sich noch immer an den Händen.

Rubin ließ Soks Bericht auf sich wirken. Hunger, Dreck, Gewalt, all das verwunderte ihn nicht. Selbst in Freiheit musste man ums Überleben kämpfen. Rätselhaft blieb ihm allerdings der Grund der Verhaftung. Stalin war gut. Er sorgte für sein Volk. Er konnte doch nicht für eine solche Ungerechtigkeit verantwortlich sein. Entweder log sein neuer Freund, um ihm die Wahrheit über seine Eltern vorzuenthalten, oder Saboteure unterwanderten das System und quälten grundlos anständige Menschen. Eine Büste des genialen Führers zu zerschlagen musste selbstverständlich eine Strafe nach sich ziehen, aber das, was Sok beschrieb, erschien ihm deutlich zu hart. Übertrieb Sok womöglich, um Rubins Mitleid zu erregen und noch mehr Brot und Wurst zu bekommen? Doch die Worte klangen glaubhaft. Der unruhige Puls von Sok, den er in seiner Hand spürte, sprach für seine Aufrichtigkeit.

Sok war offenbar noch immer in seiner Welt. Mit geschlossenen Augen fuhr er mit derselben eintönigen, hohen Stimme fort, als spräche er mit sich selbst. Er beschrieb das Kindergefängnis; wieder Dunkelheit, klebrige Wände, die Feuchtigkeit ausschwitzten. Die Jüngsten starben schnell, ihr großer, angeschwollener Kopf auf dem spindeldürren Körper glich einem Ball auf einem Pflock. Sobald sie abwesend wirkten, war der Tod nahe. Andere kämpften, klauten das Essen von den Kindern der »Politischen«, wie in den Erwachsenenlagern. Mafiöse Banden bildeten sich unter den Jugendlichen, genauso kriminell wie bei den Alten. Sich für die Wachen zu prostituieren, »zack zack« zu machen, wie es hieß, brachte einem ein Kleidungsstück oder eine Scheibe Brot ein. Er erinnerte sich vor allem an die Kälte, die paradoxerweise brannte, bis auf die Knochen an einem nagte und einen am Schlafen hinderte. Zuerst wurden Hände und Füße taub, dann erstarrte der ganze Körper, und es bedurfte übermenschlicher Kraft, um auch nur die Hand zu heben. Es war, als flösse nicht Blut, sondern eine tödliche Flüssigkeit durch die Adern. Wochenlang hatte er vor Kälte gezittert.

Zum Glück beschützten ein paar Große die Kleinen und richteten ihnen einen Schlafplatz her, um ihnen Gewalt zu ersparen. Nach sechs Monaten gelang es Sok, in eine solche Gruppe zu kommen. Darum hatte er überlebt.

Manchmal kamen Frauen von irgendwoher. Sie streichelten den Kindern über die verlausten Köpfe und forderten zusätzliche Nahrung für sie. Sie brachten Bücher mit, aus denen die Großen für die vorlasen, die wie Sok noch nicht selbst lesen konnten.

Er wusste nicht mehr genau, wie lange die Gefangenschaft schon dauerte; zweifellos mehrere Jahre. Er war dort groß geworden, Gewalt, Unterernährung und der Perversität der Aufseher ausgesetzt. In den letzten beiden Jahren brauchte das Regime dringend Arbeitskräfte, und die Jugendlichen wurden zur Feldarbeit abkommandiert. Sok empfand das als Segen, auch wenn es körperlich anstrengend war. Jeden Morgen den Stacheldrahtverhau zu verlassen, wieder durch die ganz normale Welt zu laufen, einer Tätigkeit nachzugehen, all das war aufregend. Die Essensration war nun etwas größer bemessen, und manchmal ergab sich die Gelegenheit, etwas aufzusammeln oder zu klauen.

Eines Tages hatten die Wachen ihnen befohlen, für den Genossen Stalin zu singen, der sein Leben für das Vaterland gegeben hatte. Von da an hatten sich die Ereignisse überschlagen. Sok hatte zu den ersten Freigelassenen gehört. Mit zwölf Rubeln in der Tasche und ohne weitere Erklärung wurde er in einen Zug gesetzt, der zurück nach Westen fuhr. Er konnte weder lesen noch schreiben. Als er in Murmansk ankam, hatten die Jahre im Lager den Großteil seiner Erinnerungen ausgelöscht.

Er war durch sein altes Viertel geirrt, ohne jemanden wiederzuerkennen, und dann zufällig im Rotlichtviertel gestrandet.

Rubin, der ganz genau zugehört hatte, glaubte nun den Beweis dafür zu haben, dass Sok log.

»Es stimmt nicht, dass du nicht lesen kannst, ich hab das Buch in deiner Hütte gesehen!«

Zum ersten Mal trennten sich ihre Hände.

Sok starrte ihn an; der gelbe Funke tanzte in seinen Augen.

»Das Buch, das hab ich auf einem Bahnhof gefunden, auf der Rückfahrt. Ich hab es mitgenommen, weil ich irgendwann lesen lernen werde.«

Zum ersten Mal, seit Rubin ihn kannte, lächelte der Junge beim Sprechen und sah beinahe normal aus.

»Irgendwer wird's mir schon beibringen. Aber dafür brauchte ich doch erst mal ein Buch.«

»Ich kann es dir beibringen, wenn du willst.«

Der Satz war Rubin einfach so über die Lippen gekommen. Sok und er waren sich so ähnlich, beide waren sie Opfer der Fehler ihrer Eltern. Von nun an war Rubin nicht mehr als Einziger der Sohn eines Volksfeindes. Das tat unglaublich gut.

Das Buch hatte Eselsohren und war schmutzig, offenbar war es viel benutzt worden. Den hellbraunen Deckel schmückten die Zeichnung eines Fischkutters und der Titel in dunklerem Braun: *Handbuch der Fischerei- und Schifffahrtstechnik für den tüchtigen kommunistischen Matrosen.*

Rubin blätterte das Buch rasch durch. Die hundertfünfzig Seiten machten einen komplizierten Eindruck, lauter technische Zeichnungen mit Begriffen, die er nicht kannte. Aber um die Buchstaben zu lernen, würde es reichen.

Sie begannen sofort mit der Arbeit. Als es zu dunkel wurde, um weiterzumachen, kannte Sok bereits das halbe Alphabet.

In den folgenden drei Monaten machten die beiden Jungen es sich zur Gewohnheit, sich am Ende des Tages vor dem Tipi zu treffen. Sie sprachen nie wieder über die Lager und auch nicht über ihre verschwundenen Eltern. Rubin klaute ein Heft und Bleistifte, damit sein Freund auch schreiben lernen konnte, und brachte ihm außerdem ein bisschen Rechnen bei. Es machte ihn stolz, in seinem Alter bereits die Rolle des Lehrers einzunehmen. Sein einziger Schüler lernte mit Feuereifer und machte schnell Fortschritte. Nach und nach legte Sok auch seine Scheu ab. Unverhofft gelang es ihm, über den für das Rotlichtviertel zuständigen Funktionär Arbeit als Müllsammler zu bekommen, eine sichere Stelle. Indem er bei seinem Alter schummelte und das Durcheinander ausnutzte, das nach Stalins Tod in den Behörden herrschte, gelangte er in den Besitz eines Inlandspasses, der ihm viele Türen öffnete. Nun konnte er sich eine Existenz aufbauen und sich offiziell in Murmansk ansiedeln. Er konnte eine Wohnung und Lebensmittelkarten beantragen. Er strahlte.

Das einzige Buch, das sie besaßen, war prägend für die Jungen, auch über das Lesenlernen hinaus. Weil sie ständig in das Fischereihandbuch vertieft waren, verinnerlichten sie allmählich die verschiedenen Methoden, ein Schleppnetz anzuschlagen und Fische zu salzen oder kühl zu halten, ebenso wie die unterschiedlichen Fischarten und Fangzonen. Wenn sie aufblickten, sahen sie dieselben Schiffe wie im Buch vorbeifahren. Sie schauten sie an und meinten, ein Geheimnis mit ihnen zu teilen.

Sie fingen an, sich im Hafen herumzutreiben, und freuten sich, wenn sie einzelne Fischereigeräte wiedererkannten und gelehrt über deren Einsatz diskutieren konnten. Kein Wunder, dass sie sich gegenseitig schworen, zur See zu fahren.

• • •

Kaum zwei Jahre nachdem sie sich kennengelernt hatten, war Sok der Erste, der seinen Traum in die Tat umsetzte. Eigentlich war es nicht besonders schwer. Laut Plan sollte der Fischfang ausgeweitet werden, da Fisch die Haupteiweißquelle in der Ernährung bildete. Infolge der Kapitulation hatte die UdSSR ziemlich gute, in Nordeuropa gebaute Schiffe als Kriegsentschädigung erhalten. Später hatten die wiederaufgebauten Werften von Murmansk haufenweise Schiffe jeglicher Größe produziert. Der Bedarf an Seeleuten war umso größer, als der Arbeitskräftemangel im Bergbau bis zu Stalins Tod zu unorthodoxen Rekrutierungsmethoden geführt hatte. Die Miliz kannte den Hang der Fischer, sich zu betrinken, kaum dass sie festen Boden unter den Füßen hatten. Sie postierte sich rund um die Kneipen und griff die Seeleute auf, wenn sie volltrunken vor die Tür traten. Sie bekamen ein paar Jahre Lagerhaft wegen Störung der öffentlichen

Ordnung, und die Milizionäre erhielten Belobigungen, weil sie ihre Quoten erfüllten. Viele kehrten nie aus der Verbannung zurück, und die Unterbesetzung auf den Schiffen war offenkundig.

Rubin beneidete Sok, der voller Stolz mit seinem Seesack über der Schulter aufbrach. Etwa alle zwei Monate kam er nach Hause, gezeichnet von der Reise, mit geschwollenen Händen, und zog seinen Freund mit Geschichten von Stürmen und wundersamen Fängen in Bann. Sie feierten das Ende von Soks erster großer Fahrt im Tipi mit Wodka, den er sich von seinem Lohn gekauft hatte. Dass sie sich übergeben mussten, schreckte sie nicht, und von nun an gehörte Alkohol für sie zum Leben dazu.

Jetzt, da Rubin beschlossen hatte, ein guter Schüler zu sein, war die Schule für ihn kein Problem. Seit Stalins Tod und ihrem Umzug wirkte Anton weniger bedrückt. Er beobachtete nicht mehr ständig vom Fenster aus die Straße oder schreckte bei jedem Türgeräusch zusammen. Wenn Rubin sich später an seine Jugend erinnerte, betrachtete er diese Jahre als die schönsten.

Als er dreizehn war, begann er sich für Mädchen zu interessieren. Efira und Irina waren noch nicht umgezogen, und Rubin ging sie oft besuchen. Das Mädchen bekam weibliche Formen, und für ein Stück Seife durfte er ihre Brüste anfassen. Auf den ersten Blick rührte ihn das etwas weiche Fleisch mit dem kleinen Nippel nicht besonders. Er ließ seine Hand in Irinas Bluse gleiten, und kaum hatte er bis drei gezählt, da stieß sie ihn auch schon zurück. Irinas Scheu, das Gefühl, etwas Verbotenes zu tun, erregten ihn mehr als alles andere. Als er am Abend im Bett noch einmal daran dachte, fing es an, unten in seinem Bauch zu kribbeln, und die Erektion ließ nicht lange auf sich warten. Seine Hand verschaffte ihm rasch Erleichterung.

So gewöhnte er es sich an, nach der Schule im Rotlichtviertel vorbeizugehen und Irinas zarten Körper zu streicheln, wenn ihm danach war. In der neuen Wohnung teilte er, auch weil er jetzt älter war, nicht mehr das Bett mit seinem Vater. Trotzdem schliefen sie im selben Zimmer, und er übte sich darin, sich einen runterzuholen, ohne allzu sehr zu stöhnen. Die Heimlichkeit steigerte seine Lust noch.

Es dauerte mehrere Monate, bis er Irina so weit hatte, dass seine Hände sich unter ihren Rock vorwagen durften. Nachdem er sie geküsst, in ihrer Bluse herumgefummelt, ihre Brust gestreichelt, gezwickt und geküsst hatte, versuchte er, seine Hände nach unten wandern zu lassen. Sie stoppte ihn, indem sie sich wehrte und so laut quiekte, dass er fürchtete, man könne sie hören. Er mochte diesen Widerstand und versuchte Tag für Tag ein paar Zentimeter mehr von ihren Schenkeln zu erobern. Er wurde steif und drängte sich an den dünnen Mädchenkörper, bis er kam. Dann sah er, wie ihre Augen groß wurden und sich darin Entsetzen und ein seltsamer zarter Funke paarten.

Eines Morgens beschloss er, dass heute der Tag sein würde. Er steckte sich in der Küche ein großes Stück Wurst ein und schaute am Hafen vorbei, um sich davon zu überzeugen, dass viele Schiffe am Kai der Fabrik lagen. Das bedeutete Überstunden, und Efira wäre nicht vor neunzehn Uhr zu Hause. Irina wartete wie immer am Fenster. Sie widmeten sich ihrem üblichen Vorspiel. Als Rubin Irinas Rock hochschob und ihr die Unterhose herunterzog, wimmerte sie »nein, lieber nicht«. Er presste ihr die Hand auf den Mund und ließ sie auf den Boden gleiten. Als er auf ihr lag, spürte er, wie sie sich wand, um sich ihm zu entziehen. Er liebte es, diesen Körper zu fühlen, den er sich unterwarf, den Widerstand, den er bezwingen würde. Es erinnerte ihn daran, wie er als Kind gejubelt hatte, wenn er seine Feinde bestrafte.

Irina wehrte sich, so gut sie konnte, aber Rubin war stark und wusste, wie man kämpft. Ohne die Hand zu lockern, mit der er ihr den Mund zuhielt, knöpfte er seine Hose auf und ließ sich von einer archaischen Erregung leiten. Als sein Finger den Weg in ihre Scheide gefunden hatte, spürte er einen leichten Widerstand und dann eine warme Flüssigkeit. Irina stöhnte auf vor Schmerzen. Gewaltsam schob er ihre Schenkel auseinander und drang in sie ein. Seine Knie scheuerten rhythmisch auf dem rauen Holzboden. Noch mehrere Tage lang behielt er davon rote Flecken, über die er sich heimlich freute. Das Gesicht in der Schulterbeuge des Mädchens vergraben, sah er nur ihre von pochenden blauen Adern durchzogene blasse Haut. Kurz hob er den Kopf, sie hatte die Augen geschlossen, ihr erstarrtes Gesicht war wie tot, nur dass ihr zwei dicke Tränen über die Wangen liefen, die eine schillernde Spur hinterließen.

Als er die Wohnung verließ, nachdem er die panikartige Verkrampfung des Mädchens ausgenutzt und zweimal von vorne angefangen hatte, legte er die Wurst auf den Tisch.

Jetzt war er ein Mann, ein echter! Er hatte eine Frau, die ihm, sooft er wollte, den Genuss bescheren würde, den man Liebemachen nannte. Trotzdem war er nicht so verliebt, wie er es aus Büchern oder aus Gesprächen anderer kannte. Sein Herz schlug nicht höher, wenn er an Irina dachte, und er hatte nicht vor, sie mit leidenschaftlichen Liebesschwüren zu überhäufen. Irinas Haut duftete nicht nach Zimt, und nur dieser Geruch hätte Klaras Sohn anrühren können.

Dafür achtete er mehr als sonst darauf, ihr kleine Aufmerksamkeiten zukommen zu lassen, indem er ihr ein paar Bonbons zusteckte, die er irgendwo besorgt hatte, oder eine bunte Illustrierte von wer weiß woher. Rubin hatte sich schon immer als Irinas Beschützer betrachtet. Jetzt, wo sie seine Frau war, wurde das zu seiner Pflicht.

Als die Schmerzen und die Scham vergangen waren, hatte sich Irina ihrerseits mit der Sache abgefunden. Sie wusste sehr wohl, dass sie sich dem Drängen nicht ewig widersetzen konnte. Sie hätte ihrer Mutter von Anfang an alles gestehen müssen, auch wenn die sie schon dafür geschlagen hätte, einen Jungen auch nur geküsst zu haben. Doch dann hätte Rubin sie nicht mehr besuchen dürfen. Dann hätte sie zu Hause ihren Zeitvertreib und ihren ältesten Freund verloren. Außerdem war das, was ihr passiert war, früher oder später das Schicksal aller Mädchen. Darum fasste sie den Entschluss, es die nächsten Male über sich ergehen zu lassen, auch wenn sie selbst keine Lust dabei empfand, aber immerhin den heimlichen Stolz, einen Mann zu haben. Sie hinkte und war nicht besonders hübsch und meinte daher, sogar Glück zu haben.

Rubin kam drei- oder viermal in der Woche. Irina legte sich auf ihr Bett, schlug ihren Rock hoch, schloss die Augen und wartete. Nie zogen sie sich ganz aus. So hofften sie, sich rechtzeitig voneinander lösen zu können, wenn sie Efiras Schritte hörten. Vor allem aber hatte keiner von beiden das Verlangen, den Körper des anderen zu entdecken und zu streicheln. Sie schliefen mechanisch miteinander. Er knetete ihre Brüste, fummelte ihr zwischen den Beinen herum und drang in sie ein, sobald er steif war.

Ihr Spiel währte ungefähr ein halbes Jahr, als Irina ihm entsetzt gestand, dass sie ihre Tage nicht bekommen hatte. Rubin verstand nicht gleich, worum es ging, dann reagierte er wütend und beleidigt. Da hatte ihm diese Idiotin etwas Schönes eingebrockt. In seinem Alter konnte er doch nicht Vater werden, das kam überhaupt nicht infrage. Auf Irinas Flehen hin willigte er jedoch ein, an einem Abend zusammen mit ihr auf ihre Mutter zu warten.

Zur großen Erleichterung der beiden sagte Efira nichts dazu. Hatte sie etwa mitbekommen, was zwischen ihnen lief, oder es geahnt? Mit kaum hörbarer Stimme sagte sie, sie würde ihre Tochter ins Krankenhaus zur Abtreibung begleiten. Sie klang traurig, aber entschlossen, während sie sich unwillkürlich eine graue Strähne hinters Ohr strich. Sie schenkte keinem der beiden einen Blick, weder Irina noch Rubin, der stumpfsinnig zwischen den Frauen saß. Er sah aus dem Fenster und träumte davon, dieses schniefende Mädchen und seine desillusionierte

Mutter zu verlassen, um weiter sein Leben zu leben, sich zu amüsieren, zu kämpfen. Als Irina schüchtern seine Hand nahm, überkam ihn Panik. Diese Geschichte ging ihn nichts an, das war Frauensache, und er war reingelegt worden. Unsanft riss er sich los und floh.

Aus dieser Erfahrung zog er die Lehre, Irina nicht mehr zu besuchen. Er begnügte sich mit den Mädchen, die kaum älter waren als er selbst und sich unauffällig in der Nähe der Bars feilboten. Sein sexuelles Verlangen und seine Jugend kamen ihm zugute. Er brachte die Mädchen zum Lachen und musste fast nie bezahlen. Doch er konnte noch so viele ausprobieren, bei keiner fand er den Duft nach Zimt, der ihn verfolgte.

Als er an der Fischereischule angenommen wurde, bedeutete das einen Wendepunkt in seinem Leben. Lange hatte er befürchtet, seine Vergangenheit als Sohn einer Volksfeindin würde ihm schaden. Doch die Zeiten hatten sich geändert, und in der Fischerei brauchte man noch immer Leute. Die Arbeit war gefährlich. Viele Matrosen machten sich bei der erstbesten Gelegenheit davon und gingen in die Fabrik, auch wenn das schlechter bezahlt wurde. Freiwillige waren Mangelware. Er war noch nicht einmal fünfzehn, als seine Schule ihn zum ersten Mal an Bord schickte.

Er erinnerte sich an jede Einzelheit dieser ersten Fahrt. Noch auf dem Krankenbett, auf dem er jetzt dahinvegetierte, hatte er diese Tage ganz genau vor Augen.

Der gefrorene Schnee knirschte unter seinen Schritten, als er an den Kai kam. Zum ersten Mal in seinem Leben war er um drei Uhr nachts ganz allein draußen.

Er hatte darauf bestanden, dass Anton ihn nicht begleitete. Er hätte sich geschämt, gebracht zu werden wie ein kleines Kind beim Schulbeginn nach den großen Ferien. Es war sein Eintritt in die Erwachsenenwelt. Obwohl er sehr früh dran war, war er gerannt. Seine zu großen Stiefel schlackerten an seinen Füßen, aber es war die einzige Größe aus echtem Gummi gewesen, die er gefunden hatte. Am Kai verlangsamte er seinen Schritt, um nicht vollkommen außer Atem zu wirken, rückte seinen Seesack über der Schulter zurecht und ging breitbeinig weiter, wie er es bei den Matrosen gesehen hatte.

Die Kais wimmelten von Männern, Lastwagen und Karren. Wie auf einer Ameisenstraße stiegen die Menschen über die Reling, schleppten die letzten Kisten und allerletzten Säcke heran. Rubin lief ein Schauer über den Rücken, so stolz war er. Vor ihm lag der größte Fischereihafen der Welt, und er gehörte von nun an dazu.

Für seine erste Fahrt hatte er sich erträumt, auf demselben Schiff wie Sok zu sein. Aber er wurde der *Siegeszug* zugeteilt, und Sok versicherte ihm, dass Pissajew, der Kapitän, ein Ass sei.

»Sieht ganz so aus, als könnte er die Fische herbeizaubern. Er schafft fast immer die Quote, und ich hab noch nie von Zoff bei ihm an Bord gehört.«

Besagter Pissajew war ein großer, dünner, bleicher Typ. Nichts ließ darauf schließen, dass er sein Leben auf dem Meer verbrachte. Rubin verstand schnell, warum. Er verließ quasi nie die Brücke. Die Mannschaft bekam lediglich seinen Oberkörper zu sehen, der sich durch ein Bullauge beugte, um den Fang abzuschätzen oder Befehle zu geben. Er schrie nie, aber seine metallene Stimme war weithin zu hören, egal, was für ein Getöse auf dem Deck herrschte. Es hieß, der Fisch sei seine Herzensangelegenheit, er schlafe nie und verbringe seine Zeit damit, sich in die geheimen Hefte zu vertiefen, in denen er all sein Wissen zusammengetragen hatte: über den Wind, die Farbe des Meeres, die Wellenform, die Wolkendecke, die Wassertemperatur, die man regelmäßig prüfen musste, den Luftdruck, die Jahreszeiten, die Wassertiefe, die Beschaffenheit des Meeresbodens ... Er kontrollierte ständig all diese Faktoren, um immer zur richtigen Zeit am richtigen Ort zu sein. Manchmal verlangte er, das Netz deutlich früher als geplant aufzuholen, um ein paar Seemeilen weiter zu fahren. Niemand verstand, warum, aber er hatte immer recht. Viele andere Kapitäne versuchten, ihm heimlich zu folgen, ohne je dieselben Ergebnisse zu erzielen. Ja, Pissajew konnte hellsehen, eine Fähigkeit, die sehr willkommen war, als die Fischbestände abnahmen.

Als Rubin an Bord ging, reichte Pissajew ihm zur Begrüßung die Hand, was ihn sehr freute. Später würde er begreifen, dass das seine Methode war, um die Männer an sich zu binden. Er kannte sie alle. In einem Land, in dem jeder nur eine Nummer war, fühlten sich sogar die Mürrischsten durch diese Fürsorge mit ihm verbunden. Pissajew fuhr stets mit demselben Politruk zusammen, einem alten Alkoholiker, der ihn in Ruhe ließ und sich in die Koje verzog, um seinen Rausch auszuschlafen, dem er aber spielend leicht Informationen über seine Männer entlocken konnte. Er wusste, wer heiratete, sich scheiden ließ, umzog, wer betrunken erwischt worden war oder die

Reederei um einen finanziellen Vorschuss gebeten hatte. Von seinem Posten auf der Brücke aus beobachtete er die Mannschaft ebenso genau wie die Fische, die er jagte. Ein Fehler, ein zu träge oder zu grob ausgeführter Handgriff, ein noch so kleiner Wutausbruch, und man fand sich auf der Brücke wieder, immer allein mit ihm. Nichts drang nach außen, aber die Dinge kamen still und leise wieder ins Lot.

Die *Siegeszug* sah nach nichts aus. Sie war eines der unzähligen Schiffe der SRT-Klasse, ungefähr fünfzig Meter lang mit fünfzehn Mann Besatzung. Da sie schon gute zwanzig Jahre alt war, hatte sie noch Seitenschleppnetze, was die Arbeit im Vergleich zu Heckschleppnetzen anstrengender und komplizierter machte.

Rubin war der einzige Decksjunge. Er war kräftig, motiviert, ja sogar besessen von dem Wunsch, akzeptiert zu werden, und wurde nicht seekrank, brachte also alles mit, um wohlwollend aufgenommen zu werden. Die Zeit auf dem Meer verging wie im Fluge und schrieb sich unauslöschlich in ihn ein.

Kaum hatten sie die Bucht verlassen, sprang Rubin die Grenzenlosigkeit des Meeres an, der Horizont, der nur darauf wartete, überschritten zu werden. Das Meer stand für ein nicht endendes Abenteuer, konnte schmeicheln oder misshandeln. An einem Tag ließ es zu, dass man unter den Sternen träumte, am nächsten Tag zwang es einen, ungeahnte Kräfte zu mobilisieren, um gegen Müdigkeit und Gefahr zu kämpfen. Das Meer war immer anders, stets in Bewegung, zugleich Spiegel und Schlachtfeld, grün, blau, grau, silbrig glänzend. Niemals würde

Rubin dieses unberechenbaren Partners überdrüssig werden, für den er sehr bald mehr Zärtlichkeit empfand als für jedes Mädchen. Obwohl er auf dem Schiff eingesperrt und von der Arbeit vollkommen erschöpft war, fühlte er sich frei. Seine Vergangenheit an Land, seine Fehltritte, die Vergehen seiner Mutter zählten hier nicht mehr. Das Meer nahm ihn so, wie er war. Er liebte es, wenn das Deck unter seinen Füßen rollte und seine Muskeln ständig beansprucht wurden. Die Mechanik seines Körpers antwortete dem Rhythmus der Wellen, passte sich ihm an, wogte mit ihm hin und her. Er übte sich darin, die Richtung des Windes zu spüren, der seine Nasenflügel streifte. Er genoss die Plackerei, wenn das Netz sich nur schwer heraufziehen ließ und sein Rücken vor Erschöpfung brannte. Die rasch ausgetauschten Blicke, die geröteten Augen, die salzverkrusteten Brauen, die kämpferische Zusammengehörigkeit, die ohne Worte auskam, begeisterten ihn.

Er liebte das Meer, vom ersten Augenblick an und bis in alle Ewigkeit.

Und dann war da die Fischerei. Niemals hätte er gedacht, dass es ein derart intensives und nachhaltiges Gefühl in ihm auslösen würde, Fische aus dem Wasser zu ziehen. Er hatte diesen Beruf zufällig gewählt, wegen dieses Buches und wegen seines Freundes Sok. Der Beruf hatte etwas Abenteuerliches, das ihn anzog, das ihn von Anton, Irina und dem einengenden Leben an Land entfernte, aber die Fischerei an sich hatte ihn nie sonderlich interessiert – bis zu dem Tag, an dem er sein erstes Netz hochzog.

Die *Siegeszug* hatte drei Stunden lang auf einer verschlungenen, geheimen Spur geschleppt. Einem Ritual folgend, das für Rubin später zum Inbegriff äußerster Erregung werden sollte, hatte der Alte zweimal kurz nacheinander die Geschwindigkeit erhöht. Die Männer hatten sich beeilt, während die Leinen trocken knirschend auf die Trommeln gewickelt wurden. Die Anspannung war greifbar: die Blicke, die in die Ferne gingen, um den Fang abzuschätzen, die fragend vorgereckten Unterkiefer, das Schaben der Messer, die ein letztes Mal geschärft wurden. Als das Netz am Schiff anlangte, mussten die Männer es aus eigener Kraft an Deck ziehen. Alle halfen mit, »Hand über Hand«. Kein Wort wurde gewechselt, alle Kraft floss in die Hände, die das Netz wie Krallen packten und heftig daran zogen. Bald ächzten sie im Takt, und das Schiff glich einem fauchend kämpfenden Tier. Decksjungen mussten bei dieser extrem anstrengenden Arbeit nicht mitmachen. Aber Rubin konnte nicht anders, als sich ins Getümmel zu stürzen und mitzuziehen, als hinge sein Leben davon ab, ohne das leichte Lächeln des Mannes dort oben auf der Brücke zu bemerken.

Drei Steerte! Das erste Einholen des Netzes ließ auf einen guten Fang schließen. Rubin war hingerissen, zum zweiten Mal: die schillernde, sich schlängelnde, zappelnde Masse; das Leben, das aus den unendlichen Tiefen heraufstieg und ans Licht kam. Er hatte kaum Erfahrung mit Kunst, aber dieses Schauspiel löste ein ähnliches Gefühl aus, sprach seine Sinne an: die Farben, der frische, mit einer Moschusnote gepaarte Geruch, das Zischen der Schuppen, die sich aneinanderrieben, das Drängen der

Körper gegen seine Stiefel. Rubin glich einem überge-
schnappten Hund, der eine Wiese entdeckte, nachdem er
zu lange an der Leine gewesen war. Vor allem war er fas-
ziniert davon, den Übergang vom Leben zum Tod haut-
nah mitzuerleben und selbst darüber zu entscheiden. Bis
zu diesem Tag hatten andere über sein Leben bestimmt –
der Fehler einer Mutter, die Beurteilung eines Komitees.
Plötzlich fiel ihm absolute Macht zu.

Wie ein Berserker machte er sich an die Arbeit, sodass
die Matrosen sich gegenseitig mit den Ellenbogen anstie-
ßen und auf ihn zeigten.

»Mal ein Junge, der ordentlich mitzieht!«

Der Sturm verschaffte ihm das höchste der Gefühle.
Pissajew war ein ziemlich guter Meteorologe. Normalerweise wich er schlechtem Wetter aus, weil es Schäden oder Verletzungen mit sich brachte. Doch an diesem
Tag hing über der gesamten Barentssee ein Tief. Man
konnte nirgendwohin fliehen. Seit dem Vortag kündigte
starker Seegang den bevorstehenden Kampf bereits an.
Aus dem wolkenverhangenen Himmel nieselte es, und
der Regen wurde stärker. Der dunkelgraue Ozean bekam immer mehr weiße Streifen. Das Schiff stampfte
immer heftiger. Mittags konnten sie das Netz nur mit
Mühe einholen. Die Stöße des Schiffes rissen an den Armen selbst der Stärksten und zwangen sie, loszulassen.
Die Fische waren zur Stelle und noch nicht in die Tiefe
abgetaucht. Und Pissajew dachte nicht daran, aufzuge-
ben. Als sie das Netz um fünfzehn Uhr erneut aufholten,
blies der Wind mit mehr als dreißig Knoten, und im März
wurde es um diese Uhrzeit bereits dunkel. Das machte

die Arbeit noch anstrengender, und einer der Männer verletzte sich leicht. Man hätte es an dieser Stelle dabei bewenden lassen können.

Aufhören oder weitermachen? Hier oder dort? In dieser Tiefe oder in jener? Kapitäne von Fischtrawlern sind unablässig Fragen ausgesetzt, die sie bei Tag und Nacht verfolgen, die ihnen dunkle Augenringe, graue Haare und Falten bescheren und sie mit vierzig aussehen lassen wie Sechzigjährige.

Warum Pissajew, obwohl er sein Metier beherrschte, nicht einen dieser über hundert Meter langen Giganten steuerte, die den Wind spielend gemeistert hätten, hatte einen schlichten Grund: Man hatte ihn nicht für vertrauenswürdig genug gehalten, um Parteimitglied zu werden. Im eigentlichen Sinne Strafbares konnte man ihm nicht vorwerfen, nur ein Verhalten, das einem Sowjetbürger nicht zukam. Ein früherer Politruk hatte in seiner Kabine englische Romane entdeckt, die zwar nicht verboten waren, aber mit einer Parteimitgliedschaft nur schwer vereinbar. Manchmal hatte er die politische Schulung an Bord vorzeitig beendet, weil die Männer erschöpft waren und auf ihren Stühlen einschliefen. Er kritisierte die zu rasche Ausweitung der Hochseefischerei und warnte vor dem Versiegen der Fanggründe. Ohne Parteimitgliedschaft stand ihm kein Pass mit dem Visum 2 zu, mit dem man in internationalen Gewässern fischen durfte, und noch weniger das Visum 1 mit Anlandeerlaubnis im Ausland. Undenkbar also, an einen Gefriertrawler zu kommen, der die Weltmeere bereiste. Nur wegen seiner besonderen Fähigkeiten behielt er das Kommando über dieses bescheidene Schiff, doch er wusste, dass er unter Beobachtung stand.

Er sah sich die Fangtagebücher an. Ein Monat auf dem Meer lag hinter ihnen, und sie hatten erst fünfundvierzig Prozent der Quote erreicht. Als er sich wieder in die Karte vertiefte, bemerkte er, dass es in dem Seegebiet keinerlei Untiefen gab, die für hohen Wellengang sorgen konnten. Na los, ein Netz noch, und dann würden sie beidrehen und auf besseres Wetter warten. Er steckte den Kopf aus dem Bullauge und hob als Zeichen für den Bootsmann den Daumen.

Das war beinahe das eine Mal zu viel.

Kurz nachdem sie das Netz ins Wasser gelassen hatten, wurde der Wind plötzlich heftiger, dann drehte er um sechzig Grad. Die gefährlichste Wirkung des Sturms trat deutlich früher ein, als er gedacht hatte. Die alte Windsee aus der einen und die neue aus der anderen Richtung vereinten sich zu pyramidenartigen Wellen, die drei- bis viermal höher waren als eine normale Welle. Es war dunkel geworden. Die Sturzwellen kündigten sich nur noch durch ihr Grollen an. Wenn die phosphoreszierenden Wellenkämme das vom Netz ausgebremste Schiff einholten, legte es sich wie zu einer deutlichen Mahnung schwerfällig auf die Seite: Sollte sich die Lage verschlimmern, drohte das Schiff von einer Welle überrollt zu werden, und dann konnte man für nichts mehr garantieren. Sicherheitshalber fanden sich die Männer auf dem Zwischendeck ein und zogen ihr Ölzeug an. Auch die, die noch keine Wache hatten, standen bereit, um zu helfen. Niemand sprach, alle warteten auf das Signal, um sich in die Arbeit zu stürzen.

Auf der Brücke in mehr als zehn Meter Höhe waren die Bewegungen des Meeres noch stärker zu spüren. Pissajew hatte sich an seinem Arbeitsplatz festbinden müssen, um nicht herumgewirbelt zu werden. Er gab wie üblich zweimal nacheinander Gas.

Die Männer sprangen vor und wurden sofort von eisiger Gischt bedeckt. Der Winddruck ließ sie taumeln. Im Scheinwerferlicht glänzten ihre gelben Regenjacken, was sie wie eine Armee riesiger Kartoffelkäfer aussehen ließ. Das Grollen der Wellen und das Kreischen des Windes übertönten das Motorengeräusch. Wenn ein Brecher aufs Schiff stürzte, schrie der Bootsmann: »Festhalten!«

Einen Meter hoch stand das Wasser an Deck und überflutete die Männer, die sich festklammerten, wo sie konnten, und anschließend wie Bojen aus der Gischt auftauchten. Man konnte leicht mitgerissen werden. Die Wucht der Wassermassen schaffte es, ihre Hände loszureißen, selbst wenn sie sich an einer Klampe festkrallten. Ein Matrose wurde von der Flut quer über das Deck gespült und gegen das Schanzkleid geschleudert. Pissajew sah von seinem Posten aus den Unfall und den Mann, der von seinen Kameraden auf das Zwischendeck geschleppt wurde. Ein Verletzter. Er beschloss, das Heck des Schiffes in den Wind zu drehen. Das Manöver war schwierig und die Gefahr, dass sich eine Leine in der Schraube verfing, ziemlich groß. Als es geschafft war, wurde es etwas ruhiger, aber das Schiff rollte mit einem Winkel von mehr als fünfzig Grad.

Rubin war im selben Augenblick wie alle anderen losgestürzt. Er hätte seinen Platz keinem anderen überlassen wollen. Endlich ging der Kampf los, der echte Kampf. Kein kleiner Streit wie nach der Schule. Nein! Er würde jenen Kampf erleben, der bis ans Äußerste ging, bei dem das Leben auf dem Spiel stand, den Kampf, von dem Sok manchmal mit Angst in den Augen erzählt hatte. Die Gefahr elektrisierte ihn. Als das schwere Netz ganz nah am Schiff war, packte er gemeinsam mit den anderen zu. Hin und wieder, wenn das Schiff zu ihrer Seite kippte, wurde das Deck überschwemmt, seine Füße berührten den Boden nicht mehr, und er strampelte im Leeren, ohne zu wissen, ob er sich noch auf dem Schiff befand oder nicht. Sein Zorn wurde immer größer, während er das verdammte Netz aufholte, wie damals als Junge, als er grundlos zugeschlagen hatte. Er war so durchnässt, als wäre er geschwommen. Er strengte sich so an, dass er überhaupt nicht merkte, wie eisig das Wasser war, und auch nicht, dass er sich ständig stieß und sich an den Armen blaue Flecken bildeten.

Als der Bootsmann schrie: »Jetzt!«, tauchten die Matrosen kopfüber ins Wasser und griffen nach dem Netz und zogen, als ginge es um ihr Leben. Zentimeter für Zentimeter landete das verfluchte Ding hinter der Reling. Doch eine Welle erfasste Rubins Nebenmann von hinten. Der Mann warf sich zu spät zurück und wurde über Bord geschleudert. Später, als Rubin tausendmal den Hergang schildern musste, erklärte er, er habe gar nicht nachgedacht. Unter Einsatz seines Lebens hatte er die Hand vom Netz gelöst und den im Wasser treibenden Kameraden gepackt. Zunächst war das Glück nicht mit ihnen, doch dann hatte sich das Schiff auf die andere

Seite gelegt und sie, statt sie in die Tiefe zu ziehen, beide wieder an Deck geschleudert. Lebend!

Als das Netz endlich an Bord war und das Schiff sich quer zu den Wellen legte, schwankten die Männer erschöpft auf ihre Posten. Der Junge, den Rubin gerettet hatte, brach in seinem Arm in Tränen aus und stammelte, er verdanke ihm sein Leben. Die anderen stimmten zu, und es gab Applaus von allen Seiten und lautes Hurra. Rubin war glücklich.

Am nächsten Tag teilte der Bootsmann ihm mit, er solle auf die Brücke kommen. Zum ersten Mal ging er ins Allerheiligste, ängstlich, weil er nicht wusste, was man von ihm wollte, und zugleich gebannt von all den rätselhaften Apparaten, die die Macht des Kapitäns symbolisierten.

»Rubin Antonowitsch, ich habe gesehen, wie vorbildlich Sie sich gestern Abend verhalten haben. Glückwunsch. Der Genosse Kommissar und ich«, sagte Pissajew und deutete dabei auf den Politruk, der sich während des Sturms in seiner Kabine verkrochen hatte, »haben beschlossen, Sie dafür auszuzeichnen. Bei unserer Rückkehr wird es einen positiven Bericht an das Parteikomitee geben. Möge es Ihrer Karriere nützen.«

Rubin war perplex und konnte lediglich ein Danke murmeln.

»Gehen Sie zurück zu Ihren Kameraden, aber sollten Sie irgendwann wieder an Bord kommen wollen, würde ich das sehr begrüßen. Und ich bin sicher, die Partei ebenso.«

Der Politruk nickte zustimmend.

• • •

Das war der Beginn der fetten Jahre. Rubin durchlief die Ausbildung zum Fischer im Wechsel von Theorie und Praxis. Mit seinen positiven Beurteilungen machte er sich langsam einen Namen im Hafen. Es hieß, er sei »ein Guter«. Auf dem Meer lebte er seine leidenschaftliche Begeisterung für den Kampf aus und an Land die für den Wodka und die Mädchen. Er hatte wieder Verbindung zu Irina aufgenommen und besuchte sie hin und wieder. Sie hatte ihm vergeben, wie sie es immer tun würde. Ansonsten nahm er sich die Arbeiterinnen aus der Konservenfabrik vor, im Sommer auf den Brachflächen am Stadtrand, im Winter in den Hauseingängen, ohne auch nur seinen Mantel auszuziehen.

Die letzte Fahrt als Auszubildender sollte ihm die Türen zu einer Laufbahn als Kapitän öffnen. Sie bestand aus einem dreimonatigen Lehrgang als Bootsmann auf einem Gefriertrawler, der im Nordatlantik unterwegs war. Die internationalen Gewässer, in denen weniger strenge Fangauflagen galten, boten den Sowjets noch die Möglichkeit für Beutezüge, wenn die Randmeere bereits leer gefischt waren.

Doch als Rubin klar wurde, dass er seine winzige Kabine mit einem anderen Bootsmann – Petja Tschrakow – teilte, runzelte er die Stirn. Seit Ausbildungsbeginn lief dieser Petja ihm den Rang ab: ein schmächtiger Junge mit braunen, fast femininen Locken und großen schwarzen Augen, aber geschmeidig wie eine Katze und bekanntermaßen ein helles Köpfchen. Sein Großvater war während der Revolution verstümmelt worden, sein Vater im Großen Vaterländischen Krieg gefallen, und seine Familie hatte versucht, das geltend zu machen und dem jungen Mann eine glorreichere Laufbahn zu ermöglichen. Aber Petja träumte vom Meer. Rubin und Petja hätten nicht unterschiedlicher sein können und waren durch eine heimliche Feindschaft verbunden.

In der Kabine musterten sie sich verächtlich von Kopf bis Fuß, der eine zart, der andere grob; der eine angespannt, der andere nach außen hin gelassen: ein Wolf und ein Bär. Ihre Blicke trafen sich, hielten sich ein paar Sekunden stand. Keiner wich dem anderen aus.

Der Kapitän, der dicke Petrow, ein Fiesling, erkannte die Feindseligkeit sofort. Er ließ es sich nicht nehmen, die Sache sofort auszunutzen und ihnen breit grinsend mitzuteilen, dass die Fahrt wahrscheinlich nur einem von beiden als Teil der Ausbildung anerkannt würde.

»Irgendwer macht immer Blödsinn. Und bei mir gilt: null Fehler! Also seht euch vor, meine Täubchen!«

Immerhin zwei, die sich in Acht nehmen werden, dachte er bei sich.

Die Bootsmänner hatten ständig in Bereitschaft zu sein. Zusätzlich zu den täglichen zwölf Stunden Wache auf der Brücke mussten sie die Technik, die Kühlanlage, die Ladung und die Ausrüstung überwachen. Außerdem hatten sie darauf zu achten, dass alle regelmäßig an den Vorträgen des Politruks teilnahmen, der ständig sein altes Kommunismus-Handbuch herunterleierte. Und schließlich waren sie die Schnittstelle zwischen Oberbootsmann, leitendem Maschinisten und Kapitän. Sobald irgendetwas nicht rundlief, wurden die Bootsmänner angeschnauzt und mussten sich eine Lösung einfallen lassen. Entsprechend wenig Schlaf bekamen sie.

Der Herbst schritt voran. Der November brachte längere Nächte und eine matte Sonne, die nicht wärmte. Mit Schnee gemischte Gischt ließ die Hände gefrieren, zumal die Handschuhe der Genossenschaft rasch zerfransten. Kaum war ihre Wache beendet, verschwanden die Männer auf der Suche nach etwas Wärme in ihren Kojen. Auch die täglichen Zusammenkünfte zu den Mahlzeiten oder eine Plauderei konnten die Stimmung an Bord nicht heben.

In dieser mürrischen Stimmung gedieh der Unmut, was die Bootsmänner ausbaden mussten. Der Zwist zwischen Petja und Rubin wurde dadurch nur noch angefacht. Zuerst schoben sie sich gegenseitig die Verantwortung für die tausend kleinen Zwischenfälle in die Schuhe, die sich Tag für Tag ereigneten. Dann bemerkte Rubin, dass Petja ihm regelrecht Fallen stellte. Was in der Schule als Jungenstreich durchgegangen wäre, hatte hier im dunklen November und unter den kritischen Augen des Kapitäns eine gänzlich andere Tragweite: Der zum Logbuch gehörende Stift verschwand ebenso wie ein Schrankschlüssel, und es wurde falsch übermittelt, wann der Politruk den Unterricht begann.

»Petja, du hast mir halb zwölf gesagt statt elf Uhr! Willst du mich verarschen?«

»Tut mir leid, das musst du falsch verstanden haben, meine Jungs und ich waren pünktlich …«

Petja drehte es immer so, dass man ihm nichts vorwerfen und Rubin sich bei niemandem über die Dinge beschweren konnte, die wie Lappalien aussahen. Zum ersten Mal in seinem Seemannsleben fühlte Rubin sich auf dem Meer nicht wohl.

Das Wetter wurde schlecht, und der dicke Petrow fischte auch gegen alle Vernunft immer weiter. Das Schiff erlitt Schäden, und die beiden Bootsmänner schliefen kaum noch.

Einmal pro Woche kontrollierten sie im Wechsel, ob die Kühlung in den Laderäumen funktionierte. Viermal täglich mussten die Papierstreifen mit dem Temperaturverlauf eingesammelt und geprüft, unterschrieben und eingeordnet werden. Die Vernunft oder auch der Anstand wollten es, dass derjenige, der die Aufgabe nach einer Woche abgab, dem, der sie übernahm, einen kurzen Bericht lieferte. Seit zwei Tagen war die Stimmung auf der Brücke fürchterlich. Einer der Generatoren war ausgefallen. Niemand wusste, wo das Ersatzteil war. Es stand sogar die Frage im Raum, ob einer der Mechaniker es vielleicht auf dem Schwarzmarkt verkauft hatte. Rubin, der zum Zeitpunkt der Havarie Dienst gehabt hatte, wurde von allen Seiten bedrängt; er hatte das riesige Schiff durchsucht und dafür seinen Schlaf geopfert. Petrow schimpfte, ein unfähiger Bootsmann, der seinen Laden nicht in Schuss hielt, verdiene es ganz bestimmt nicht, irgendwann ein Schiff zu führen. Als das Teil endlich wiederauftauchte, war es bereits Montagnachmittag, aber die Übergabe für die Kontrolle der Laderäume erfolgte normalerweise sonntags um Mitternacht. Petja traf Rubin auf einem Gang.

»Übrigens, weil ich mitbekommen habe, dass du beschäftigt warst und die Kühlung vergessen hast … keine Sorge, ich hab mich drum gekümmert.«

Der letzte Teil des Satzes war von einem breiten Grinsen begleitet.

Rubin bekam es mit der Angst zu tun.

»Die Kühlanlage! Ist denn schon Montag? Aber du hast mir heute Nacht gar nicht berichtet!«

»Du warst irgendwo auf dem Schiff unterwegs! Und ich konnte schließlich nicht ahnen, dass du das vergisst. So wichtig, wie das ist.«

Sein Grinsen wurde noch breiter.

Rubin stieß ihn um, rannte zu den Laderäumen und öffnete fieberhaft das Verzeichnis. Neben den Uhrzeiten sechs und zwölf Uhr hatte Petja in ordentlicher Schrift notiert: »In Abwesenheit von Rubin Antonowitsch Bondarew kontrolliert von Petja Simiriatowitsch Tschrakow.«

Darunter seine Unterschrift. Die Kühlung, das sind die Fische. Die Fische, das ist die Heuer und vor allem die sagenumwobene Quote.

Rubin ließ den Kopf auf die Tischkante sinken. Er war so erschöpft, dass er sich fast auf dem Boden zusammengerollt hätte. Er taumelte mehrere Minuten. Der ganze lange Kampf, um es zu schaffen, war umsonst gewesen. Die Fischerei war sein Leben. Er konnte sich keine andere Zukunft vorstellen als auf dem Deck eines Schiffes, keine ohne den Jodgeruch, ohne das Glück, ein Schiff zu befehlen. All das nahm dieser Schweinehund ihm weg. Hass flutete seine Adern und wärmte seine Gliedmaßen.

Es war unmöglich, das Heft verschwinden zu lassen

oder eine Seite herauszureißen, ohne dass Petja es mitbekam. Hatte er wohl schon mit Petrow gesprochen? Nein, denn Rubin war noch nicht zu ihm gerufen worden. Bestimmt nutzte Petja seine Machtposition, um Rubin zu quälen, wie eine Katze mit einer Maus spielt. Aber sicher würde er ihn bald verraten. Rubin musste schnell handeln. Nur eine einzige Lösung kam ihm in den Sinn. Er durchdachte sie gründlich, machte sich damit vertraut, stellte sich die Situation bildlich vor, malte sich aus, was Unvorhergesehenes passieren konnte, feilte an seinem Drehbuch. Kaum eine Stunde später war er stolz auf sich selbst und auf seine Entschlossenheit, die ihn immer gerettet hatte.

Er verließ das Büro und legte sich hin, als wäre nichts, aber ohne die Augen zu schließen. Die Galle lief ihm über bei dem Gedanken, dass Petja in diesem Moment vielleicht gerade alles verriet. Um siebzehn Uhr ging er wie immer zu Tisch und schimpfte, »dieser Saufraß macht einen krank.« Dann trat er um achtzehn Uhr mit verdrossener Miene seine Wache an. Petja deutete es so, dass sein Gegner kapitulierte, und heuchelte Freundlichkeit. Die Hauptsache war, dass Petrow offensichtlich noch nichts von der Sache wusste und Petja Rubin das übliche »Keine Dummheiten, während ich schlafe« zuraunte.

Als Rubin mit dem wachhabenden Steuermann allein war, beklagte er sich über das Essen, das ihm Magenschmerzen bereite, und ging unter dem Vorwand, auf die Toilette zu müssen, zweimal weg. Hinterher hielt er sich jedes Mal den Bauch und sah ein leichtes Grinsen über das Gesicht des Matrosen huschen.

»Dir geht's wohl nicht besonders, Genosse Antonowitsch?«

»Ganz und gar nicht, verdammter Dünnpfiff, Schweine
kriegen ja besseres Essen als die Männer auf diesem elen-
digen Kahn«, brummte Rubin. »Tut mir leid, aber ich
werde während der Wache wohl öfter mal verschwinden
müssen.«

»Ach was, schon in Ordnung, da passiert nicht viel.
Das Netz wird erst in zwei Stunden aufgeholt. Du hast
genügend Zeit, wieder auf die Beine zu kommen.«

Der Steuermann genoss schon jetzt das Gelächter, das
es gäbe, wenn er erzählen würde, dass der Bootsmann
während seiner Wache vier-, fünfmal auf der Toilette war.

Beim dritten Mal passte alles. Rubin hatte eine Vier-
telstunde. Es war stockduster, und im fahlen Licht der
Decksbeleuchtung zog waagerecht Schneeregen vorbei.
Abgesehen von den Männern im Maschinenraum und
dem Steuermann lagen alle in ihren Kojen. Keine Gefahr, auf den Gängen wem auch immer zu begegnen.
Rubin erreichte schnell seine Kabine. Vor der Tür ließ
er den Hass in sich aufsteigen und drehte langsam den
Knauf. Petja schlief hinter seinem Vorhang. Wahrscheinlich hatte er sich beim Einschlafen genüsslich vorgestellt,
welche Qualen er dem dicken Trottel bereitete. Als er aufwachte, drückten Rubins Hände sich bereits in seinen
Hals. Glaubte er zunächst wohl noch an einen Albtraum?
Versuchte er, seine Kräfte zu mobilisieren, um zu kämpfen? Was geschieht im Kopf eines Menschen, der gerade
ermordet wird?

Es gab keinen Kampf. Rubin wälzte sich auf Petja und

hinderte ihn daran, sich zu bewegen. Die Sekunden verstrichen, der Körper bäumte sich auf, und das Leben wich daraus mit einem leichten Gurgeln. Kaum war die Spannung aus dem Körper seines Gegners gewichen, zögerte Rubin keine Sekunde, zog ihn aus dem Bett und warf ihn sich wie einen Sack Fleisch über die Schulter. Ihre Kabine lag auf der Ebene des Decks direkt unter der Brücke und somit ideal. Er musste nur ein paar Meter auf dem Flur zurücklegen, um eine der Außentüren zu erreichen, die er schon vorher entriegelt hatte. Draußen fiel der Schnee, unschuldig. Nur ein Schritt noch, dann hatte er die Reling erreicht und warf den Körper über Bord. Der Wind heulte, die Wellen schlugen an den Schiffsrumpf, und niemand hätte das zusätzliche Geräusch bemerken können.

Nichts war geschehen. Ein Körper versank im schwarzen Wasser wie die Fischabfälle und würde ein paar Tiefseewesen als Nahrung dienen. Rubin trat den Rückzug an und richtete das Bett so her, als ob gerade jemand aufgestanden wäre, trocknete sich das Gesicht und stieg auf die Brücke. Er bekam kaum Luft. Seit er den Körper über Bord geworfen hatte, konnte er nicht mehr richtig atmen, er meinte, unter Wasser zu schweben, zwischen Leben und Tod. Der Steuermann schrieb den verstörten Eindruck, den Rubin auf ihn machte, den Magenbeschwerden zu und gab sich für den Rest der Wache entgegenkommend. Rubin gab kein Wort von sich. Er spürte erneut den warmen Körper und den weichen Hals von Petja an seinen Händen, die Knorpel an der Luftröhre, die nachgaben und brachen, den panisch werdenden

Puls. Er fühlte noch immer die krampfartigen Bewegungen des Körpers, wie bei der Liebe. Aber im Gegensatz dazu empfand er nicht das beglückende Gefühl des Loslassens danach. Die Anspannung hielt an, war unerträglich. Er hatte einen Menschen getötet und würde dieses Geheimnis Tag und Nacht mit sich herumtragen, bis zum Schluss. Die Tat, die so einfach gewesen war, würde Konsequenzen nach sich ziehen, von denen er kaum mehr als eine vage Vorstellung hatte.

Als es an der Zeit war, das Netz aufzuholen, schickte er wie üblich den Maat los, um die nächste Schicht zu wecken. Jetzt hatte er zwei Leben: das wirkliche, das des Mörders, und das des Bootsmanns Antonowitsch, dessen Wache zu Ende war und der von Bauchschmerzen geplagt wurde. Der Maat kam zurück und teilte mit, er habe Bootsmann Simiriatowitsch nicht finden können. Vielleicht war er auf der Toilette. Er machte noch einen dummen Witz über die Epidemie, die in ihrer Kabine ausgebrochen sei. Fünf Minuten vor der Zeit war der Zweite Steuermann auf seinem Posten, und Rubin schickte noch einmal nach Petja, wobei er vor sich hin schimpfte, dass dieser Dummkopf ausgerechnet an dem Tag herumtrödeln musste, an dem er selbst krank war. Schließlich ließ er kurz nach dem Wachwechsel den Kapitän zum Netzmanöver wecken und ihm mitteilen, dass Tschrakow unauffindbar sei. Die Mannschaft beeilte sich wie immer, aufs hintere Deck zu kommen, und ein Decksjunge wurde losgeschickt, um »dieses Arschloch von Tschrakow ranzuholen, der sein Fett noch abbekommen würde«.

Zwei Stunden später wurde das gesamte Schiff durchsucht, ohne Ergebnis. Nach Rücksprache mit dem Politruk kabelte Petrow schließlich den zuständigen Organen von Partei und Fischkombinat die Nachricht, dass ein Bootsmann verschwunden war. Um in Ruhe gelassen zu werden, gab er an, der Mann sei nervlich angeschlagen gewesen und ein Selbstmord nicht auszuschließen. Selbstmord war in den kommunistischen Ländern nicht gern gesehen, sodass man möglichst schnell den Mantel des Schweigens darüberbreitete. Selbstverständlich würde es bei der Ankunft im Hafen eine Befragung geben, Kommissare, die die Mannschaft und vor allem den Kabinennachbarn anhören würden, die ihrerseits die Einschätzung vom Kapitän und vom Politruk bestätigen würden, dass der Genosse Petja nicht recht auf dem Damm gewesen sei, dass ihn diese letzte Ausbildungsfahrt vielleicht unter Druck gesetzt habe.

Niemand achtete auf das zerrissene und neu geschriebene Blatt in dem Heft, in dem die Kontrolle der Kühlanlage dokumentiert wurde, oder stellte gar eine Verbindung zu dem Drama her.

Rubin verbrachte den Rest der Reise in einer Art Trancezustand. Äußerlich hatte er sich nicht verändert, doch innerlich war er noch immer nicht wieder zu Atem gekommen.

Petrow überreichte ihm sein Lehrgangszeugnis mit einem Schulterzucken.

»Dass du als Einziger übrig bist, kommt dir jetzt zupass.«

Er schaute ihn noch ein bisschen eindringlicher an

und fügte hinzu: »Tja, dass du als Einziger übrig bist, trifft sich gut, oder?«

Rubin starrte den Kapitän an, ohne eine Miene zu verziehen, bedankte sich und machte sich davon.

● ● ●

Der frischgebackene Seemann arbeitete weiter an seinem Aufstieg. Es war nicht schwer, in die Partei aufgenommen zu werden. Die Zeiten des Scherbengerichts waren vorbei. Hin und wieder sprach man noch über den Gulag und die Folgen, doch die Schande war nicht mehr vererbbar. Rubin hatte sich einen guten Ruf erarbeitet, und schließlich wurden Kapitäne gebraucht.

An Land lavierte er ebenso geschickt wie auf dem Meer. Natürlich war es lange her, dass er bei den Feierlichkeiten der Partei so ergriffen war wie damals bei Stalins Tod. Er hatte erlebt, dass es auch in der Partei Niedertracht und Feigheit gab. Aber er schätzte die Klarheit und Verlässlichkeit einer festen Ordnung, die das System bot. Und immerhin hatte die Partei ihm als Sohn einer Verstoßenen eine Chance gegeben; ihr hatte er seine Ausbildung zu verdanken, seinen Beruf als Seemann und das, was er war. Keine andere Gesellschaft auf der Welt, das wusste er, hätte ihm diese Möglichkeiten eröffnen können. Vor allem nicht die im Westen.

Nach der Geschichte mit Petja und seinem Aufstieg zum Kapitän verspürte Rubin das Bedürfnis nach Beständigkeit. In einem Büro des Fischkombinats lernte er zufällig Reva kennen, die niedlich war mit ihrem Rock, den sie unauffällig auf ihren weißen Schenkeln nach oben rutschen ließ. Nachdem sie drei Monate zusammen waren, hielt er um ihre Hand an. Doch Reva roch auch nicht mehr nach Zimt als alle anderen. Kaum waren sie verheiratet, fand er es unerträglich, abends zusammen mit ihr vor seiner Suppe zu sitzen. Es hatte ihm Spaß gemacht, sie zu verführen, aber ihre Oberflächlichkeit war unerträglich. Er traf sich weiterhin mit Irina und anderen Frauen, die er zufällig kennenlernte, wechselte gleichgültig von der einen zur anderen.

Seine Karriere ließ sich gut an, ihm wurde ein Kommando nach dem nächsten übertragen, wobei er sich den Ruf erwarb, Fische »wittern« zu können, und er rangierte regelmäßig ganz oben auf der Liste derer, die für besondere Leistungen geehrt wurden, sodass er sogar einen Artikel in der Lokalzeitung bekam. Die Partei bewilligte ihm eine der so begehrten Wohnungen in den neuen Häusern oben auf den Hügeln: zwei Zimmer, Küche, Bad.

Rubin Antonowitsch, Kapitän und Fischer, wohnhaft in Murmansk, war endlich jemand.

Das Leben war einfach. Sein Gehalt ließ es zu, dass Anton, inzwischen Rentner, in aller Stille bei ihnen wohnen konnte. Reva konnte ihre Eitelkeit befriedigen und ihre soziale Stellung ausfüllen. Rubin hatte eine kleine Wohnung gegenüber seiner eigenen für Irina bekommen. Und Sok, durch den alles erst so gekommen war, nahm er immer mit an Bord. Aus dem Jungen, dessen Kindheit die Lager zerstört hatten, war ein trauriger Erwachsener geworden, der nicht stark genug war, um von einer Mannschaft wirklich akzeptiert zu werden. Als Sok eines Nachts bei schlechtem Wetter nicht schnell genug dem riesigen Scherbrett ausweichen konnte, das ihm seine Schulter zerquetschte, war es für Rubin Ehrensache gewesen, ihn als Koch zu behalten. An Land trafen sie sich nicht mehr. Ihre unterschiedlichen Stellungen entfernten sie voneinander, aber auf dem Meer ließ Rubin Sok oft auf die Brücke rufen, um ein Glas mit ihm zu trinken.

Die beiden Rubins, der Seemann und der Mörder, existierten lange gemeinsam. Der Letzte schlich sich in die Träume des Ersten und tauchte überraschend auf, wenn ein Geruch an den feuchten Mief in ihrer Kabine erinnerte oder wenn eine Welle die Form von Petjas rotem, von der Atemnot angeschwollenem Kopf annahm. Ebenso unangekündigt überkam ihn auch das Gefühl, dass eine Faust ihm die Brust zerquetschte. Dann waren mehrere Wodkas nötig, um den Schraubstock wieder zu lösen. Doch mit der Zeit verblasste das Bild, und die Geschichte, die er sich selbst erzählte, setzte sich durch: Petja war ein Dreckskerl, der nur durch die Beziehungen seiner Familie an seinen Posten gekommen war; Rubin hingegen hatte sich durch Leistung hervorgetan und den Mut gehabt, einen Typen umzubringen, der nichts als Probleme gemacht hätte. Die Fischerei, Murmansk, sein ganzes Land konnten ihm dafür dankbar sein. Er hatte dem Gemeinwohl einen Dienst erwiesen.

• • •

Juris Geburt war etwas, das dazugehörte, und Rubin hatte sich darüber gefreut; ein Junge würde eines Tages in seine Fußstapfen treten. Am Anfang hatte er das Kind der Mutter überlassen, in der Zeit, die er die »Schlauchphase« nannte: »Auf der einen Seite kommt was rein, auf der anderen wieder raus.« Als es größer wurde, fand er Vergnügen daran, es bei Paraden und Festen auf die Schultern zu nehmen oder mit ihm zu spielen wie mit einem jungen Hund. Etwas später hatte er dafür gesorgt, dass es so früh wie möglich zu den Oktobristen kam. Besser, es gleich auf die richtige Spur zu setzen. Als das Kind viereinhalb Jahre alt war, jenes Alter, in dem das Leben seines Vaters eine schicksalhafte Wendung genommen hatte, empfand Rubin zum ersten Mal Eifersucht. Sein Sohn war auf der Welt, spielte und genoss das Leben, während er gelitten hatte. Auch wenn Reva längst keine so liebevolle Mutter war wie Klara, empfand Rubin es als schreiende Ungerechtigkeit, dass der Bengel sich in ihrem Rock verkriechen konnte. Er schimpfte, früher seien die Kinder schneller Männer geworden. Aber er war nur selten an Land, und was sich zu Hause abspielte, war seine geringste Sorge.

Doch eines Tages merkte er, dass die Situation ausartete und er seiner väterlichen Verantwortung nachkommen musste. Als Juri sechs Jahre alt war, hatte er bei der Parade am 9. Mai zusammen mit Reva in dem für die Kapitänsfamilien reservierten Bereich Platz genommen. Als die Oktobristen näher kamen, erkannte er Juri sofort vorne in der ersten Reihe. Diese Jungen, die sich wie Mädchen bewegten und mit ihren lächerlichen Schildern

Schnörkel in die Luft malten, erschienen ihm unanständig. Sollte ein so mächtiges Land, das sich auf Schweiß und Blut gründete, etwa an eine Jugend vererbt werden, die so erzogen wurde? Er erinnerte sich an seine eigene Kindheit, die Schlägereien, die Gewalt … Und dass er sich immer hatte abstrampeln, sogar töten müssen, um zu werden, was er war. Er wollte keinen Pirouetten drehenden, herumwirbelnden Sohn. Er musste die Dinge selbst in die Hand nehmen.

Als er am Abend nach Hause kam, hatte er ziemlich schlechte Laune und war angetrunken. Schon der Umzug der Oktobristen hatte ihn verdrossen. Die Verleihung der Orden, die er normalerweise gerne miterlebte, hatte ihn noch mehr aufgebracht. Als Rubin hereinkam, saß Juri einfach so am Küchentisch herum. Seine Wut kochte über. Er musste feststellen, wozu sein Sohn taugte, und dabei mit dem Wichtigsten beginnen: der körperlichen Stärke. Das Ergebnis erschien ihm desaströs. Er warf sich vor, nicht besser auf seine Erziehung geachtet zu haben, und begann auf der Stelle, das Versäumte nachzuholen. Ohne es sich selbst einzugestehen, machte es ihm Spaß, den Jungen über seine Grenzen hinauszutreiben.

Das Trainingsprogramm und die Schläge, die er austeilte, reichten Rubin, um sich bei der sonstigen Erziehung aus der Verantwortung zu stehlen. Er fand es unnötig, der Schule und den Komsomolzen noch etwas hinzuzufügen. Er sah die Leidenschaft seines Sohnes für die Vögel nur ungern. Aber solange sie Anlass für Lob bei seinen Lehrern gab, nahm er daran keinen Anstoß.

Als Juri fünfzehn Jahre alt wurde, rang Rubin sich zu einem weiteren Schritt durch. Es war an der Zeit, ihn mit aufs Meer zu nehmen, ihn mit dem wahren Leben zu konfrontieren. Das würde ihm seine Marotte mit den Vögeln schon austreiben. Er war es, der Serikow als Ausbilder für die Decksjungen anforderte. Er vertraute darauf, dass der Kasache die Jungen hart rannehmen würde.

»Bloß weil er mein Sohn ist, braucht man ihn nicht zu verhätscheln!«

»Sie können auf mich zählen, Rubin Antonowitsch, ich kriege einen Jungen von Ihnen und gebe Ihnen einen Mann zurück.«

Rubin hatte ohnehin anderes zu tun. Rätselhafterweise waren die Fische verschwunden. Oder hatte er selbst, und diese Frage ängstigte ihn noch mehr, sein Können eingebüßt? War der unsichtbare Faden, der ihn mit der Unterwasserwelt verband, überspannt? Er schlief nur noch viertelstundenweise, beugte sich immer wieder über seine Karten und die Instrumente. Aus dem Augenwinkel sah er Juri auf dem Deck, der sich hin und wieder einen Fußtritt einfing.

Dann kam der Tag, an dem Serikow heftig an die Tür der Brücke klopfte.

»Rubin Antonowitsch, ich habe gerade Ihren Sohn geschlagen.«

»Na und?«, grummelte Rubin.

Der Dicke rieb sich noch immer die Hände.

»Na ja, ich hab ihn eher zusammengeschlagen. Aber dieser Dummkopf hat nur Löcher in die Luft gestarrt. Die Vögel beobachtet, hat er gesagt, mit einem Fernglas, wo immer er das herhatte. Das hat nichts mit der Arbeit eines Decksjungen zu tun. Und den anderen Taugenichts hatte er im Schlepptau, diesen Viktor. Damit hab ich aufgeräumt. Aber, ich schwör's, Ihr Sohn wollte sich unbedingt mit mir anlegen. Dabei hat er ein paar blaue Flecken abgekriegt.«

Er grinste schief und fuhr fort: »Muss Ihnen noch was sagen …«

So zögerlich war er sonst nicht, und er schaute auf seine Stiefel.

»Der hat keine Lust dazu, der Juri. Ich meine zur Fischerei. Nicht dass er nicht stark genug wär, aber er ist mehr der Kopfmensch. Ein Intellektueller, wissen Sie? Keinen Sinn für Disziplin. Der verdrückt sich mit seinem Kumpel, um in Ruhe eine zu rauchen. Ständig muss man denen sagen, wo es langgeht.«

Wut stieg in Rubin auf. Er schämte sich für diesen dummen Bengel. Ganz Murmansk würde sich über den Sohn des großen Rubin Antonowitsch lustig machen, der zu nichts nütze war als zum Beobachten von Vögeln. Er ärgerte sich, dass er diese unselige Leidenschaft nicht schon früher unterbunden hatte.

Zwei Stunden später, als der Junge ihn sehen wollte, hatte seine Wut sich noch nicht gelegt. Er betrachtete das Veilchen am Auge, die aufgeplatzte Lippe, stellte sich den geschwollenen Körper vor. Er hatte schon Dutzende von Jungen gesehen, die Prügel bekommen hatten, oftmals von ihm selbst. Er wusste, dass der wachhabende Offizier und der Matrose nur danach gierten, hinterher zu berichten, was passiert war, zu erzählen, dass der Va-

ter sich hatte erweichen lassen, seinen Sprössling bemit-
leidet hatte. Nichts da! Er gab ihm eine Abfuhr und war
sicher, die Sache sei damit erledigt.

●●●

Es ging auf September zu, das Wetter wurde schlechter, und es wehte ein immer stürmischerer Wind. Rubin hatte die Fische bis in das Gebiet rund um die In-
selgruppe Franz-Josef-Land gejagt, ohne großen Erfolg.
Jetzt kehrte er in südlichere Regionen zurück, und die
Dunkelheit dehnte sich aus. Den Männern merkte man
die Erschöpfung an, ihre Bewegungen waren verhaltener.
Sie wurden schludrig bei der Arbeit, um der Kälte schneller zu entkommen. Das würde man an der Qualität des
Fisches merken und später am Preis. Was die Quote anging, so war sie erst zu achtzig Prozent erfüllt. Brachte
sein Sohn Unglück?

Als der Bootsmann mit entsetzter Miene aufkreuzte
und erzählte, Serikow sei in den Laderaum gestürzt und
offenbar schwer verletzt, stieß Rubin verzweifelt aus:
»Das fehlte gerade noch! Der Idiot!«

Als er am Unglücksort ankam, war ihm schnell klar,
dass der Zustand des Kasachen hoffnungslos war. Er
schaute sich den Tisch genauer an, den Gegenstand, der
das Drama angerichtet hatte, und ließ den Blick dorthin
wandern, wo er normalerweise festgemacht war. Als er
eine niedergeschlagene, hockende Gestalt sah, zuckte er
zusammen. Er ließ sich nichts anmerken.

Zurück auf der Brücke, schaute Rubin nachdenklich

auf das Meer. Die Nacht war finster, der Wind heulte um die Ecke der hinteren Aufbauten. Eine schwache Mondsichel warf ihr Licht auf die Schaumkronen der Wogen, die in langen grünen Streifen heranrollten. Das Schiff stampfte schwer. Alles schien normal, bis auf eines: Sein Sohn war ein Mörder. Dessen war er sich sicher. Der Gedanke war ihm gekommen, als er den Jungen zusammengekauert und in sich gekehrt hatte dasitzen sehen. Alle anderen waren aufgeregt, schrien, nur Juri nicht. Sein Verhalten war seltsam. Nichts deutete auf seine Schuld hin, aber die Tatsache drängte sich ihm förmlich auf, ohne dass er hätte sagen können, warum.

Urplötzlich kam ihm alles wieder in den Sinn, mit unglaublicher Genauigkeit: seine Hände, die sich in den Körper gruben, seine Bemühungen, ganz normal zu wirken, obwohl er innerlich kochte. Konnte es sein, dass sein eigener Sohn gerade dasselbe Gefühl einer unumkehrbaren Erschütterung durchlebte? Er erinnerte sich auch an die Erleichterung, die schließlich Oberhand gewonnen hatte. Er hatte gesiegt. Er hatte es gewagt, in vollem Bewusstsein zu töten. Dadurch gehörte er zu einer ganz besonderen Sorte Mensch. Besaß auch Juri diese Entschlossenheit? Konnte das schwächliche Kind sich so gut verstellen? Hatte das in irgendeiner Weise mit Vererbung zu tun?

Dieser Gedanke ließ ihn nicht los. Er dachte an seinen eigenen Vater, an Anton, der zu schwach, zu feige war für eine solche Tat. Oder hatte er dieses Verhalten von seiner Großmutter geerbt? Von Klara, deren Vergehen so schlimm gewesen war, dass man sie hatte verschwinden lassen? In diesem Augenblick hätte Rubin alles wissen wollen, sofort.

Er ließ drei Tage verstreichen und schloss dann die offizielle Untersuchung ab. Alle an Bord waren damit einverstanden, um niemanden fälschlich zu verdächtigen. Das schlechte Wetter, ein dummer Zufall, das Schicksal – es gab genügend Schuldige. Dann ließ er Juri zu sich rufen, ohne recht zu wissen, was er ihm sagen wollte. Dass er ihn durchschaut hatte? Dass er ihn auffliegen ließe? Ihm die Prügel seines Lebens versetzen würde? Sein Verbrechen um der familiären Bande willen decken würde? Dass er diese überschäumende Wut verstehen konnte, die er ja selbst erlebt hatte?

Oben von der Brücke aus sah er den Jungen die außen liegende Metalltreppe zu ihm hinaufsteigen. Der gleichmäßige, etwas langsame Schritt ließ keinerlei Gefühlsregung erkennen. Rubin wusste, dass Juri es abstreiten würde und es keinen Sinn hätte, mit ihm zu sprechen. Er wusste, dass sie sich ähnlich waren. Die Gewalt verband sie, eine berechnende Gewalt, die er bei seinem Sohn nicht erwartet hätte. Als der Junge auf seiner Höhe ankam, wusste er noch immer nicht, wie er ihm zeigen sollte, dass er Bescheid wusste.

Er schlug zu, beinahe ohne es zu merken. Eine gewaltige Ohrfeige, ein Ventil für die elenden Jahre, die dazu geführt hatten, dass er ein Mörder war und der Vater eines Sohnes, der ebenfalls ein Mörder war und den er weder verurteilen noch entschuldigen konnte.

Juri

Das unverhoffte Paket

Juri liebte den tiefen Winter, besonders wenn es ganz ruhig und weiß in seinem Garten in Ithaca war. Seine Freunde lachten über ihn und meinten, schuld daran sei seine russische DNA. Er war immer der Erste, der aufwachte, und ließ Stephan schlafen, während er selbst das Frühstück vorbereitete. An diesem Morgen hatte es geschneit, und das machte ihm gute Laune. Die Sonne war noch nicht aufgegangen, aber der kleine Garten strahlte ein diffuses Licht aus. Jeder Zweig, jedes Blatt trat weiß hervor, was ihnen eine ungewöhnliche Ausstrahlung und Anmut verlieh.

Mit der ersten Tasse Kaffee in der Hand ging Juri in sein Arbeitszimmer. Er schaltete den Computer ein und sah als Erstes die auf Russisch abgefasste Nachricht: das Krankenhaus, in dem er vor der Abreise seine Kontaktdaten hinterlassen hatte. Im Grunde musste er sie gar nicht öffnen: »Rubin Antonowitsch Bondarew, geboren am 15. März 1945, ist am heutigen Donnerstag, den 8. Februar 2018, um 2 Uhr 40 im Krankenhaus Rodil'nyy Dom in Murmansk verstorben. Die Familie kann sich wegen der Bestattung mit den Behörden in Verbindung setzen.«

Sachliche Buchstaben auf einem Bildschirm. Eine unpersönliche Nachricht, die das Ende eines Lebens verkündete. Eines Lebens, um das sich niemand mehr scherte, außer der alten Irina.

Juri fühlte sich erleichtert. Nach seiner Rückkehr aus Russland hatte er sein Unbehagen mit sich herumgetragen, manchmal Albträume gehabt von einer ausgemergelten Klara hinter einem Gitter des Gulag, von seinem Vater, der ihn in der Küche begutachtete, von Serikow, vor allem von ihm, den er wie einen kaputten Hampelmann auferstehen sah und der ihn verfolgte. Solche Szenen gingen ihm auch tagsüber durch den Kopf und machten ihn reizbar. Er hatte mehrere Wochen gebraucht, um die Grenze zwischen seinem Leben von früher und dem heutigen wieder zu schließen. Paradoxerweise war das schwieriger als damals, nach der Emigration. Eine Art Schuldgefühl dem sterbenden Rubin und der vergessenen Klara gegenüber hatte ihn in die Vergangenheit gezogen. Mit dem Tod seines Vaters konnte der Bruch endgültig vollzogen werden. Es genügte, eine größere Summe für die Beerdigung auf den Weg zu bringen und für Irina ein finanzielles Polster. Anatoli Grigorjewitsch, der Nachbar, der ihn vor ein paar Monaten kontaktiert hatte, wäre sicher bereit, das für einen gewissen Obolus zu vermitteln.

• • •

Ein Jahr verging. Das Leben verlief ohne größere Vorkommnisse: die Doktorarbeit eines Studenten, eine wissenschaftliche Publikation, Skiferien, eine Schiffsreise. Aus dem Osten kamen nur Berichte über Putins Eskapaden und die Repressionen gegen Dissidenten und Homosexuelle. Juri nahm solche Nachrichten verdrossen zur Kenntnis und unterschrieb nebenbei Petitionen.

Dann kam das Paket. Stephan, der wie üblich den Briefkasten leerte, war ganz aufgeregt, als er es Juri brachte.

»Guck mal, jemand schickt dir ein Geschenk! Hast du etwa noch Verehrer in Russland? Oh! Verzeihung! Eine Verehrerin ... sieh mal, der Name.«

Es war ein Paket im DIN-A4-Format, mehrere Zentimeter dick, in braunes Packpapier gewickelt. Noch bevor er es in die Hand nahm, wusste Juri Bescheid: Olga. Memorial.

Klara

Die Verhaftung

Niemand wäre so dreist gewesen, von einem Zimmer zu sprechen, noch nicht einmal von einer Zelle, eher schon von einer Schachtel. Hier bewahrte man die Menschen einzeln auf. Bei genauerer Betrachtung ähnelte sie einer Box für Tiere auf einem Bauernhof. Und die Behandlung war entsprechend. Die Insassen bekamen Futter und wurden getränkt, kümmerlich, aber immerhin. Der Toiletteneimer wurde täglich geleert. Einmal pro Woche bekam sie eine Schüssel mit Wasser, um sich zu waschen. Nach ihrer Verhaftung war Klara mehrmals von einem Arzt untersucht worden: Puls, Blutdruck, Abtasten verschiedener Körperteile, Zähne, Hörvermögen. Ein Viehzüchter hätte die Quarantäne für ein neues Tier genauso geregelt. Doch was die junge Frau am meisten störte, war das Schweigen der Wärter. Kein einziges Mal während der ganzen Zeit im Zentralgefängnis von Murmansk richtete jemand das Wort an sie, abgesehen von den Befehlen, die man ihr gab: »Ausziehen«, »Nach vorne beugen«, »Beine spreizen«, »Mund auf und husten«.

Zweimal am Tag stellte der Wärter ihr einen Teller Suppe und ein Stückchen Brot hin oder wechselte den Eimer, ohne ein Wort oder einen Blick. Hinter den Trennwänden aus Holz hörte Klara andere Menschen, die husteten, manchmal schnarchten. Einmal hatte einer von ihnen angefangen zu schreien, er wolle raus. Sie hatte mitbekommen, wie er geholt wurde, und dann nichts mehr von ihm gehört.

Die Schachtel musste etwa eins fünfzig mal drei Meter sein. Die Außenmauer war aus Leichtbausteinen, aber die Seitenwände und diejenigen zum Flur waren aus Holz, was dafür sprach, dass man einen größeren Raum zerstückelt hatte, um diese Boxen einzurichten. Die Hälfte des Platzes nahm ein Brett ein, das an die Trennwand geschraubt war und als Bett diente. Der Eimer am Fußende war der einzige Gegenstand. Es gab kein Fenster, aber eine Glühbirne, die von einem Gitter geschützt war, damit niemand in Versuchung kam, sich daran einen tödlichen elektrischen Schlag zu verpassen, und die Tag und Nacht ein gelbliches Licht ausstrahlte. Abgesehen von den Mahlzeiten, die, wie sie vermutete, morgens und abends ausgeteilt wurden, fühlte Klara sich wie aus der Zeit gefallen. Auch der Flur, durch den sie zu den Untersuchungen ging, hatte keine Fenster, und vor denen im Krankenzimmer hingen schwarze Vorhänge. Die Dunkelheit hatte sie verschlungen.

Nachdem der Stress der Verhaftung, die Trennung von ihrer Familie und die Aufregung hinter ihr lagen, zwang die Haft Klara, zur Ruhe zu kommen. Der Druck, der in den Wochen vorher immer größer geworden war, ließ mit einem Schlag nach. Die Angst vor der Internierung betraf sie nicht mehr; das war jetzt erledigt. Ein neues Leben begann.

Nach der Ankunft in der Schachtel hatte sie sich wie alle Gefangenen auf der Welt zunächst niedergeschlagen auf das Bett gesetzt. Dann hatte sie darüber nachgedacht, was sie erwartete, und Angst bekommen. Man würde sie schlagen, vielleicht foltern. Sie hatte nichts zuzugeben, nichts, was sie nicht schon gesagt hätte, aber sie wusste, das war egal. Sie machte sich Sorgen um Rubin und Anton. Was würde man mit ihnen machen? Sie ebenfalls ins Gefängnis stecken? Sie auf die Straße setzen, wo sie vor Hunger und Kälte sterben würden?

Das Eingesperrtsein begann seine Wirkung zu zeigen, mehr noch das Nichtstun. Klara, die ihre Forschungen, ihre Familie und den Alltag, der, weil es an allem fehlte, zeitraubend war, straff durchorganisiert hatte, wurde schwindelig angesichts der Nutzlosigkeit. Sie betrachtete ihre Hände, die langen Finger mit den hervorstehenden Adern, und es drängte sie, etwas damit zu tun. Darum massierte sie sie lange. Ein paar Tage ging sie auf und ab, um nicht steif zu werden. In dem winzigen Raum konnte sie nicht mehr als fünf Schritte in die eine und fünf Schritte in die andere Richtung machen. Das regte sie auf, und sie ließ es. Nun blieb sie ausgestreckt liegen, mal döste sie, mal drifteten ihre Gedanken ab. Sie begann, sich die Wände genau anzuschauen. Durch die schlecht verputzten Außenmauern sickerte Feuchtigkeit. Braune Gebilde zeichneten sich ab, in denen sie etwas zu erkennen versuchte: ein Schloss, einen Bären, einen Regenschirm. Die neueren Trennwände aus Holz rochen noch nach Schreinerarbeiten. Sie legte ihr Gesicht daran, schloss die Augen und stellte sich einen Wald vor oder Menschen, die Bretter hobelten. Als sie mit ihrer Fantasie am Ende war, zählte sie unablässig einfach nur die Äste, die sich im Holz abzeichneten. Alles war sinnentleert und nutzlos.

Sie versuchte, Erinnerungen heraufzubeschwören, um sich die Zeit zu vertreiben: ihren Vater, der aus der Kolchose heimkam und nach warmem Öl roch; die Gedichte, die sie ihm stolz aufsagte; Anton, der schüchtern an ihre Tür klopfte, damit sie seine Hausarbeit korrigierte. Wirre Fantasien quälten sie. Würde man sie hier verrotten lassen? Die Vorstellung versetzte sie in Panik, und sie wollte sich am liebsten schreiend gegen die Wand werfen. Jedes Mal zwang ihr Verstand sie, nichts davon zu tun, um weder ihre eigene Situation noch die von Anton und Rubin zu verschlimmern. Sie drehte und wendete die ganze Sache hin und her und kam zu dem Schluss, man würde sie am Ende hier herausholen, befragen, anhören. Sie war impulsiv und unvorsichtig gewesen, doch sie verdiente keine derartige Strafe.

Die Tage vergingen, und sie fühlte sich immer schmutziger. Sie stank und schämte sich dafür. Selbst mitten im Krieg hatte sie immer irgendwo einen Hahn mit kaltem Wasser gefunden. Ihr wurde klar, dass Gefängnis nicht nur hieß, sich nicht frei bewegen zu können, sondern auch, in den alltäglichsten Verrichtungen eingeschränkt zu sein. Sie gehörte nicht mehr sich selbst, wie eine Marionette, die vorerst in einer Schachtel lag. Zu nichts nütze.

Endlich, eines Morgens, führte ein Wärter Klara hinaus. Sie rechnete mit der x-ten medizinischen Untersuchung, wurde jedoch in einen Flur gestoßen, der zum Ausgang führte. Sie meinte, vor Glück in Ohnmacht zu fallen, als sie flüchtig einen Hof und ein Stück milchig weißen Himmel sah. Doch sie hatte nicht die Zeit, das auszukosten. Sie wurde in einen kleinen Transporter mit der Aufschrift eines Obst- und Gemüselieferanten verfrachtet. Die Behörden griffen zu diesem Trick, um die vielen Gefangenen und die ständigen Transporte zu kaschieren. Zehn Boxen gab es darin, in denen kaum Platz war, um sich hinzusetzen. In einer davon band man sie fest, und trotz der Dunkelheit bemerkte sie, dass nach ihr noch drei weitere Häftlinge einstiegen. Sie brannte darauf, endlich mit jemandem zu sprechen. Aber der Wärter, der im schmalen Gang saß, passte auf und herrschte einen Mann an, der lediglich seinen Namen ausgesprochen hatte.

Die Fahrt dauerte drei Tage. Klara schätzte, dass sie Richtung Leningrad oder vielleicht nach Moskau fuhren. Die Erleichterung, dass endlich etwas passierte, schob sich vor die Zukunftsangst. Den ganzen Tag lang rüttelte die alte Kiste sie durch, und am Abend verfrachtete man sie in einen Raum, einen Lagerschuppen, einen Keller, wo sie von den anderen Häftlingen getrennt festgebunden wurde.

Am dritten Abend nahm Klara durch die Wände des Lieferwagens die Geräusche einer Stadt wahr. Dort, hinter der dünnen Blechwand, waren Männer und Frauen, die diesem Gemüsetransport keinerlei Beachtung schenkten. Eine rasende Eifersucht drehte ihr den Magen um. Sie hätte alles dafür gegeben, eine von ihnen zu sein. Sie hätte sogar endlose Warteschlangen in der Kälte in Kauf genommen, nur um wieder einmal im Regen spazieren gehen zu dürfen.

Das Fahrzeug wurde langsamer, ein Gitter öffnete sich. In den wenigen Sekunden, in denen sie vom Lieferwagen bis zur Eisentür gelangte, erkannte sie den Ort wieder. Die langen roten Backsteinmauern, die Reihen vergitterter Fenster, die hohen Schornsteine: Kresty.

Während ihrer Zeit an der Universität in Leningrad war sie manchmal an dem Gefängnis vorbeigekommen, das für seine Isolationshaft berüchtigt war. Damals war es unvorstellbar, dass sie eines Tages über diese Schwelle treten würde. Gefängnisse waren dazu da, um Verbrecher einzusperren, Mörder oder Volksverräter. Und nun war sie eine von ihnen. Volksverräter, das wusste sie, verschwanden. Trotzdem ließ ihre Verlegung eine verzweifelte Hoffnung aufflackern. Hier würde sie sich höhergestellten Leuten als denen in Murmansk gegenübersehen und könnte alles erklären. Es war weithin bekannt, dass die einfachen Beamten oftmals vom rechten Weg abgekommen waren, dass Geld oder, noch schlimmer, das Ausland sie korrumpiert hatte. Sie verstießen gegen die Weisungen Stalins und der Partei und lösten dadurch tragische Irrtümer aus.

Eine kahle Zelle wartete auf sie, etwa von derselben Größe wie die in Murmansk. Ein kleiner Trost war eine Dachluke, durch die das Tageslicht hereindrang, und Klara war beruhigt. In dem deutlich größeren und hellhörigen Gefängnis hallten Schritte und das Quietschen von Schlüsseln, Schlössern und Türen wider, doch noch immer hörte man nicht eine Stimme, als sei dies eine Welt der Apparate.

Klara brauchte nicht lange zu warten. Vom nächsten

Tag an musste sie sich drei Monate lang täglich einem Verhör unterziehen. Das Ritual war immer das Gleiche. Die Tür öffnete sich, sie ging hinaus und folgte dem Wärter durch lange dunkle Flure, die abbogen, Treppen hinauf- und hinabführten und den Eindruck verstärkten, dass das Zuchthaus riesig war. Sie war nur ein Zwerg in dieser Gefängniswelt. Der allmächtige Staat und die Partei herrschten über Hunderte, Tausende, Zehntausende von Häftlingen wie sie. Wenn der Wärter mit den Schlüsseln klimperte oder mit der Zunge schnalzte, musste Klara sich zur Wand drehen, um keinem anderen Gefangenen zu begegnen. An manchen Stellen war eine Art Wandschrank in die Mauern eingelassen, wo sie eingesperrt wurde, um einen Menschenkonvoi passieren zu lassen.

Der Raum, in dem das Verhör stattfand, war immer derselbe. Verglichen mit der Zelle wirkte er groß und war mit einem Lehnstuhl für den Vernehmer, einem Schreibtisch, einer grellen Lampe, einem Stahlschrank und einem niedrigen Stuhl für den Häftling ausgestattet, von dem aus er aufschauen musste, um zu antworten. Die Wände waren seltsamerweise himmelblau gestrichen, und Klara nahm an, dass die Farbe anderswo übrig geblieben und deshalb hier zum Einsatz gekommen war.

Als sie den Raum zum ersten Mal betrat, sprach der Mann, der ihr gegenübersaß, minutenlang kein Wort mit ihr. Er blätterte geschäftig in einer Akte. Er war klein, ein wenig füllig, hatte einen runden Kopf mit schütterem Haar, der ihn geradezu harmlos wirken ließ. Schließlich wies er ihr den Stuhl zu und starrte sie lange gelangweilt an, was Klara nicht deuten konnte. Hatte er keine Lust auf seine Arbeit oder auf den Fall, der vor ihm lag?

»Nun gut. Klara Sergejewna Bondarew«, las er vom Aktendeckel ab. »Wir werden die Anklage also Punkt für Punkt noch einmal durchgehen.«

»Was wirft man mir vor, Genosse, ich …«

»Ruhe!«, unterbrach er sie barsch. »Sie antworten nur, wenn ich Sie frage.«

Wieder blätterte er in der Akte, betont langsam.

»Offenbar hat man es wirklich gut mit Ihnen gemeint. In jedem kapitalistischen Land wären Sie eine kleine ausgebeutete Bäuerin. Die Sowjetunion und die Partei haben Ihnen eine Riesenchance gegeben. Ich lese hier wohlwollende Kommentare Ihrer Lehrer, die Sie für ein Stipendium am Gymnasium vorschlagen … dann ein kostenfreies Studium, sogar mit einem Platz im Wohnheim, hier, in Leningrad … die Verlegung ins Hinterland … kein Einsatz an der Heimatfront … Finanzierung einer Doktorarbeit … Eine verantwortungsvolle Stelle in Murmansk trotz Ihres jungen Alters … kaum zu glauben, dass Sie all das verraten haben. Wie traurig!«

Betrübt starrte er sie an.

»Genosse, ich …«

»Das reicht!«, schrie er.

Später gewöhnte sie sich an seine plötzlichen Stimmungswechsel, hinter denen gewiss Strategie steckte.

»Ich habe Ihnen bereits gesagt, Sie sollen schweigen, es sei denn, ich stelle Ihnen eine Frage. Wenn Sie nicht kooperieren, muss ich das melden. Womöglich wirkt sich eine Disziplinarstrafe positiv auf Ihre Haltung aus.«

Klara war niedergeschlagen. Dieser Typ war ganz sicher nicht der nette Mann, den sein Äußeres vermuten ließ. Sie begriff, dass die Verhöre lange dauern würden, unendlich lange.

»Jetzt können Sie reden, und ich will alles wissen. Erzählen Sie mir von Weiss. Welche Art von Beziehung hatten Sie zu ihm? Wann hat er Sie eingestellt? Mit welcher Aufgabe hat er Sie betraut? Welche Informationen haben Sie ihm zukommen lassen?«

Schon die Leute, die sie an der Fakultät in Murmansk verhört hatten, hatten ihr diese Art von Fragen gestellt. Hatten sie ihre Aussage falsch verstanden, falsch gedeutet, falsch übermittelt? Sie versuchte, einen verbindlichen Ton anzuschlagen:

»Der Genosse Weiss war der Leiter des gesamten Labors. Er war mein Vorgesetzter, und ich habe ihm auf den gemeinsamen wöchentlichen Sitzungen Bericht über meine Arbeit erstattet. Wenn es ein besonderes Problem gab, bin ich zwischendurch zu ihm gegangen und habe ihn um Rat gefragt …«

Unvermittelt griff der Mann nach der Lampe und richtete sie auf ihr Gesicht. Geblendet hielt sie sich die Hand vor die Augen.

»Die Hände auf die Knie. Sofort! Und jetzt Schluss mit dem Theater. Weiss hat alles zugegeben, seine Auslandskontakte, seine Komplizen im Labor, zu denen auch Sie gehörten, und das Ziel, die imperialistischen Amerikaner über unseren Forschungsstand zu informieren.«

Klara ließ die Hand sinken und schloss die Augen, um das Licht zu meiden. Schwarze Flecken blieben auf ihrer

Netzhaut zurück und tanzten wie Unglückspropheten auf und ab.

»Muss ich Sie daran erinnern, mit was für extrem sensiblen Dingen Sie befasst waren: die Suche nach Hinweisen auf Uranvorkommen im Sedimentgestein? Muss ich Sie daran erinnern, dass die UdSSR auf diesem Feld ums Überleben kämpft? Dass die Amerikaner kurz davor sind, uns unter ihren Atombomben zu begraben?«

»Das ist unmöglich, Genosse«, stammelte Klara. »Das hätte Michail Weiss niemals getan. Ich habe schon gesagt, dass er ein guter Kommunist war. Jedenfalls habe ich ihm keine Informationen weitergegeben.«

»Gerade haben Sie doch das Gegenteil behauptet. Sie haben ihm von allem berichtet und ihn auch privat getroffen. Warum?«

Während er sprach, machte er sich Notizen. Die Liste der Vorwürfe war gerade erst begonnen worden, es würde noch viel hinzukommen.

»Weiss ist ein Verräter. Besser gesagt ›war‹. Er hat das bekommen, was Verräter verdienen. Sie werden uns alles über Ihre Zusammenarbeit sagen, damit wir dieser Verschwörung ein Ende bereiten können, bevor es zu spät ist.«

Hätte Klara nicht gesessen, hätten ihre Beine unter ihr nachgegeben. »War«! Sie sah die strenge, aber zugleich sanfte Miene von Michail Weiss vor sich, sein lockiges, angegrautes, flüchtig gekämmtes Haar, seinen ewigen grauen Kittel mit den vielen Bleistiften, die er bei jeder Gelegenheit aus der Tasche zog, um eine Erklärung hinzukritzeln. Ein Verräter, dieser Mann, der nächtelang im Labor saß, um die Aufsätze seiner Kollegen gegenzulesen und mit Anmerkungen zu versehen? Der sich für Klara, die junge und brillante Wissenschaftlerin, eingesetzt hatte, damit sie in ihrer Arbeitsgruppe selbstbewusster auftrat? Ja, sie hatte ihn privat getroffen, meist, um ihn um Hilfe zu bitten, wenn irgendein Kollege sich sträubte, sie als Autorität anzuerkennen. Er sprach mit dem einen oder anderen, sorgte dafür, dass alles wieder lief, baute Spannungen ab. Da war nichts mit Verschwörung. Dieser Mann war tot. Hingerichtet.

Ihr Gegenüber ließ sie schmachten und das Ausmaß dieser Nachricht erfassen. Er beobachtete sie aus dem Schatten heraus und las ihre Gefühle vom Gesicht ab.

»Gut. Wenn Sie es jetzt nicht zugeben wollen, werden wir das Verhör später fortsetzen. Anschließend müssen wir dann das Geständnis schriftlich festhalten.«

• • •

Die Sitzungen gingen täglich weiter, manchmal nachts, mal ein paar Minuten, mal zwanzig Stunden am Stück. Klara kannte am Ende das Zimmer in- und auswendig, wusste, welche Holzdielen quietschten, wo Flecken und Spinnennetze in den Ecken waren, Kratzer auf dem Schreibtisch. Drei Monate lang bildeten dieser Raum und ihre Zelle ihre Welt.

Das Verhör erfolgte vollkommen unzusammenhängend. Der Mann, dessen Namen sie nie erfuhr, quetschte sie über ihr gesamtes Leben aus und ließ sie gänzlich unbedeutende Dinge endlos wiederholen. Tausendmal fing er wieder von vorn an, stellte unablässig dieselben Fragen. Dann sprang er plötzlich zu der angeblichen Verschwörung und drohte ihr. Anschließend kam er wieder auf ihre Kindheit zu sprechen, auf ihre Familie, ihre Studienfreundschaften, ihre Begegnung mit Anton, die Geschichten, die sie Rubin erzählte, seine Geburt. Es war keinerlei Logik darin zu erkennen außer der, sie aus der Fassung zu bringen, damit sie sagte, was er hören wollte.

Klara war erstaunt darüber, wie viele Informationen er bereits hatte. Seit wann beobachteten sie sie? Manchmal zog der Vernehmer eine neue Akte aus dem Schrank und breitete ihr Leben seitenweise vor ihr aus: die Namen aller Schulkameraden von der Grundschule bis zur Universität; sonderbare Zeugenaussagen, die von der Tatsache, dass sie schon sehr früh lesen konnte, bis zu einem Tag reichten, an dem sie sich angeblich bei einer Zimmergenossin über die Wassertemperatur der Duschen beschwert hatte. Sie hatten die Berichte über ihren Vater und seine Arbeit auf der Kolchose ausgegraben, über die Geschichte ihrer Großmutter mütterlicherseits, die 1922 versucht hatte, ihre Kuh der Kollektivierung zu entziehen, über das Leben ihrer Schwäger, ihre Zeugnisse und selbstverständlich ihre wissenschaftliche Arbeit.

Auf diesen Punkt kam ihr Vernehmer am häufigsten zu sprechen. An welchen Tagungen hatte Klara teilgenommen? Gab es dort ausländische Wissenschaftler? Hatte sie Kontakt zu ihnen? Sie musste haarklein von ihren Reisen im Land erzählen, davon, wen sie getroffen hatte, mit wem sie in Verbindung geblieben war, vom La-

266

boralltag in Murmansk. Ein Name tauchte dabei ständig wieder auf: Michail Gregorowitsch Weiss.

Gleich zu Beginn hatte Klara beschlossen, alles zu sagen. Sie klammerte sich an die Hoffnung, dass ihre Ehrlichkeit und die Richtigkeit ihrer Antworten überzeugen würden. In einer Sache hatte ihr Vernehmer recht: Ihr Land und die Partei hatten es tatsächlich gut mit ihr gemeint. Wo sonst als in der Sowjetunion hätte die Tochter eines einfachen Landmaschinenmechanikers bis in die Leitung einer großen wissenschaftlichen Einrichtung aufsteigen können? Sie glaubte an ihr Land, war stolz darauf, ihm zu dienen. Die Unterstellungen des Mannes verletzten sie, und ihr kamen Zweifel. Und wenn er doch recht hatte in Bezug auf Weiss? Wenn er doch ein Verräter war und sie manipuliert hatte?

Sie gab zu, dass sie unvorsichtig gewesen war, nachlässig, die Dinge falsch eingeschätzt hatte, wehrte sich aber entschieden gegen die Anschuldigung der Beihilfe und der Verschwörung. Das war nicht nur falsch, sie wusste auch, dass, wer ein Verbrechen zugab, selbst wenn es erfunden war, sein eigenes Urteil sprach.

Im Grunde war die Sache einfach. Weiss war angesehen. Vor dem Krieg hatten ihn seine Arbeiten über die Physik und die Chemie des Bodens international bekannt gemacht. Mit der Laborleitung in Murmansk, die er am Ende des Krieges übernahm, wurde ihm große Verantwortung übertragen. Auf der Halbinsel Kola gab es Kupfer, Nickel, aber auch Platin, Gold, Zirkonium und Apatit in Hülle und Fülle, ganz zu schweigen von Kohle; ein Schlaraffenland, lauter Bodenschätze, die die sowjetische

Industrie in Schwung bringen konnten. Er war Klaras Doktorvater gewesen und hatte ihr, der unbedarften Studentin, immer hilfreich zur Seite gestanden bei ihrer Arbeit, die sich mit Hinweisen auf Radioaktivität im Sedimentgestein beschäftigte.

Das sowjetische Atomprogramm war 1943 angelaufen, mitten im Krieg, als der Geheimdienst an eine Kopie des Berichtes der MAUD-Kommission gelangt war. Die 1940 in England von der britischen Wissenschaftselite gegründete geheime Gruppe war zu dem Schluss gekommen, dass sich die kontrollierte Kernspaltung von Uran zur Energiegewinnung eigne, aber auch für militärische Zwecke. Stalin hatte darin sofort die zentrale Bedeutung für das künftige geostrategische Gleichgewicht erkannt, umso mehr nach der Tragödie von Hiroshima.

Am 29. August 1949 war die UdSSR durch einen Test in Kasachstan zur Atommacht geworden. Dann wurde die abgelegene und leicht zu überwachende Doppelinsel Nowaja Semlja nördlich von Murmansk zum Testgebiet für weitere Atomversuche bestimmt. Die Entdeckung von Uranvorkommen in dieser Gegend wäre ein Glücksfall gewesen. Genau das war die Aufgabe der kleinen Forschungsgruppe, die Klara leitete. Sie wusste, dass das NKGB und später sein Nachfolger, das MGB, ihre Arbeit genau beäugten. Vor ihrer Einstellung war sie lange zu ihrer Vergangenheit befragt worden, und dem Labor wurden zwei politische Kommissare zugewiesen, einer für den wissenschaftlichen Bereich, der andere für die Verwaltung.

Mit Letzterem war Weiss aneinandergeraten. Die Überstellung von Wissenschaftlern, die er angefragt hatte, zog sich in die Länge, die Ausstattung wurde nicht vollständig oder beschädigt geliefert. Gleichzeitig blieb der Druck, rasch Fortschritte vorzuweisen, unvermindert. Anfangs war Weiss noch gelassen, schrieb Briefe, bat inständig. Dann wurde sein Ton aggressiver. Stalin höchstpersönlich wurde über das Atomprogramm auf dem Laufenden gehalten, er durfte auf keinen Fall enttäuscht werden. In den Sitzungen ging es nun hoch her, jedes Mal. Am Ende eines dieser Treffen hörte Klara zu ihrem Entsetzen, wie der eine Kommissar dem anderen zuflüsterte: »Mit diesen Juden wird das nie was. Wir müssen wohl mal ordentlich aufräumen.«

Und tatsächlich wurde aufgeräumt: Weiss wurde schikaniert, man stellte ihm sinnlose Aufgaben, und schließlich wurde er seines Amtes enthoben und zum einfachen Wissenschaftler degradiert. Von einem Tag auf den anderen wurden die Schlösser seines Schreibtischs und seiner Schränke ausgetauscht, und er wurde aufgefordert, aus seiner Dienstwohnung auszuziehen. Klara war empört und versuchte, ihn in ihre Arbeitsgruppe aufzunehmen, um ihn zu schützen, aber Weiss wurde zu geochemischen Messungen abkommandiert, bei denen er monotone Aufgaben zu erfüllen hatte. Er war sichtlich niedergeschlagen, was sie betrübte. Um ihm Mut zu machen, organisierte sie es so, dass sie in der Kantine mit ihm zusammensaß oder ihn unter dem Vorwand rufen ließ, sie brauche ihn für eine Messung. Vor allem aber fragte sie sich, was hinter dieser Behandlung steckte. Es kursierten so viele Geschichten. Gewiss, die UdSSR sah sich dem Versuch der kapitalistischen Welt ausgesetzt, das Land zu destabilisieren, aber dass auch ihr Labor und vor allem der treue Weiss davon betroffen sein sollten, erschien ihr widersinnig.

Eines Morgens musste sie selbst drei Inspekteuren Rede und Antwort stehen: »Genossin Sergejewna, haben Sie irgendetwas auszusetzen an der Laborleitung? Gibt es eine besondere Verbindung zwischen Ihnen und Michail Gregorowitsch? Wie kommt es, dass Sie ihn so oft in Ihre Abteilung rufen? Sind Sie sich nach wie vor darüber klar, welche Verschwiegenheit Ihre Tätigkeit erfordert?«

Während Klara sich verteidigte, dachte sie, es sei gut zu erwähnen, dass Weiss noch immer ein exzellenter Wissenschaftler sei und seine neue Arbeit nichts zu ihrem gemeinsamen Ziel beitrage.

Jetzt geriet sie selbst ins Visier. Die neue Verwaltung nahm ihr einen Teil des Forschungsbereichs weg und wechselte ein Drittel ihrer Mitarbeiter aus. Bei den Sitzungen kreideten die Vorgesetzten ihr an, sie käme zu langsam voran, und einige Kollegen fingen an, sie zu meiden. Als sie bemerkte, dass jemand ihre sensiblen Akten eingesehen hatte, die nachts in Schränken mit Zahlenschlössern unter Verschluss waren, bekam sie Angst. Dann schlichen Männer vor ihrem Haus herum und folgten ihr, selbst wenn sie sonntags mit Rubin spazieren ging. Die Schlinge zog sich zusammen.

Von Anton, dem sie täglich davon erzählte, bekam sie keine Unterstützung. Ausnahmsweise ärgerte sie die ausgleichende Art ihres Mannes, eine Eigenschaft, die sie einst so angezogen hatte. Er plädierte dafür, sich mit der Sache abzufinden: Weiss hin oder her, was zählte, war ihre eigene Arbeit, Laborchefs kamen und gingen; es wäre besser, den Kopf einzuziehen, auch auf die Gefahr hin, Weiss fallen lassen zu müssen. Als irgendwann auch Anton selbst unter Beobachtung stand, geriet er in Panik und warf Klara vor, sie würde ihn und Rubin in Gefahr bringen.

Klaras Wut schäumte über, als der Kollege, der eine ihrer Veröffentlichungen korrigierte, sie aufforderte, den Namen Weiss in ihrer Bibliografie nicht zu erwähnen.

»Verstehen Sie, Genossin Sergejewna, Weiss ist keine belastbare Quelle. Wir müssen seine gesamte Arbeit noch einmal neu bewerten, bevor wir uns darauf beziehen. Möglicherweise hat er mehr oder weniger bewusst Fehler gemacht oder wissenschaftliche Falschinformation betrieben.«

Wissenschaftliche Falschinformation! Klara war aufgesprungen und wütend ins Büro des neuen Laborleiters gerannt.

»Beherrschen Sie sich, Klara Sergejewna!«, hatte er sie aufgefordert. »Sie sollten nicht davon ausgehen, dass Sie den Vorgang bis ins Detail kennen. Und ich verbiete Ihnen, so in mein Büro zu stürmen.«

Zwei Tage später erschien Weiss nicht zur Arbeit. Klara wollte ihn zu Hause besuchen. Die Tür war verriegelt, und die Nachbarn wiesen sie ab, als sie mehr erfahren wollte.

Sie begriff, dass auch ihre Stunde schlagen würde. Ein letztes Mal wollte sie alles erklären, erhielt aber noch nicht einmal einen Termin. Zwei Wochen nach Weiss'

Verschwinden kreuzten die Männer in Schwarz nachts bei ihr auf.

Die Verkettung der Umstände schien ganz einfach, aber der kleine rundliche Mann ihr gegenüber brachte sie ins Stocken. Die Fragen stürmten wie Lawinen auf sie ein, sie musste schnell antworten. Jedes Mal, wenn sie meinte, sie habe es geschafft, verunsicherte er sie, indem er ihre Argumente verdrehte und Zweifel in ihr säte.

Führte Weiss einen Briefwechsel mit dem Ausland? Hätte er Informationen weitergeben können? Das glaubte sie nicht? War sie sich so sicher? Warum verteidigte sie ihn? Hatte Weiss Kontakt zu Juden? Holte er welche von ihnen ins Labor?

Er ließ sie allein mit einem Blatt Papier und einer Feder und trug ihr auf, alles genauestens zu beichten. Als er ins Zimmer zurückkam und das weiße Blatt sah, schüttelte er sie heftig durch und gab ihr mehrere Ohrfeigen.

Einmal wurde sie in den Kerker gebracht, einen winzigen, völlig dunklen Raum, wo sie auf dem Boden schlief, inmitten von Kakerlaken.

Als er meinte, sie sei reif, legte er die Karten auf den Tisch. Aus den unzähligen Akten holte er einen handgeschriebenen, etwa dreißig Seiten langen Bericht hervor: Weiss' Geständnis.

Die schräge Schrift, die sie gut kannte, offenbarte die schlimmsten Dinge: Seit Jahren informierte er den Westen; er gehörte zu einem jüdischen Netzwerk. Es folgten Listen mit Namen, Daten und Orten der Treffen, geheimen Codes. Er hatte die Sowjetunion schon immer gehasst, hatte Kollegen in Verruf gebracht, um selbst an die Spitze der Atomforschung zu gelangen ... Klara wurde als ergebene Informantin erwähnt, er hatte intrigiert, um sie nach Murmansk zu holen. Das Ganze war grotesk, aber realistisch. Diejenigen, die er als seine Komplizen denunzierte, hatten tatsächlich die angegebenen Posten inne, die Liste der geheimen Akten war richtig, die Daten stimmten überein.

Noch ein paar Wochen vorher hätte sie sich entrüstet. Sie hätte widersprochen, getobt. Doch die ständigen Unterstellungen hatten ihre Wirkung nicht verfehlt. Was war wahr? Ihre Erinnerungen oder diese Blätter, die sie unter dem genüsslichen Blick des Mannes las?

Die Befragung wurde schärfer, der Ton eisig.

»Seit Wochen vergeude ich meine Zeit damit, auf ein Einlenken von Ihnen zu warten. Ich habe Ihnen die Chance gegeben, Reue zu zeigen, die das Gericht berücksichtigen könnte. Jetzt ist Schluss damit, Klara Sergejewna!«

Daraufhin knallte er eine Akte auf den Tisch, deren Titel sie mit Entsetzen las: »Protokoll der Befragung von Anton Wassiljewitsch Bondarew vom 30. Mai 1950«. Eine Woche vor ihrer eigenen Verhaftung.

Ihr Geliebter, der liebste Mensch, dem sie all ihr Vertrauen schenkte, der Vater ihres Kindes, räumte ein, sie äußere sich oft unfreundlich über die UdSSR. Sie gehe manchmal grundlos weg. Zum Einkaufen, wie er dachte, aber sie komme mit leeren Händen zurück. Sie bringe Akten mit nach Hause unter dem Vorwand, abends arbeiten zu wollen. Doch das tue sie nicht. Sie nehme sie mit zu ihren seltsamen Einkäufen. Bei der Absetzung von Weiss sei sie in Panik geraten …

Später würde sie Mitleid empfinden. Ihre eigene Kapitulation würde sie milder stimmen. An diesem Tag war sie nur verzweifelt.

Das war das Ende. Klara akzeptierte alles. Sie begann zu schreiben, was man ihr diktierte. Sie weigerte sich weder, die Namen von Leuten anzugeben, die sie nicht kannte, noch, sich selbst frei erfundener Dinge zu bezichtigen. Ihr war alles egal. Sie wollte nur noch sterben.

Juri

Das Geografiebuch

Wie die meisten seiner Landsleute hatte Juri sich nie näher mit dem Gulag beschäftigt. Jetzt, wo seine eigene Familie einen Platz in der Geschichte einnahm, wurde er zum Spezialisten. Die Faszination, die für ihn von der erbarmungslosen Maschinerie ausging, war ebenso groß wie sein Entsetzen über das erschütternde Schicksal seiner Großmutter. Beim Durchforsten der Vergangenheit suchte er auch ein wenig sich selbst, denjenigen, der ebenso Antons Zaghaftigkeit wie Klaras Aufsässigkeit geerbt hatte. Hätten diese beiden Menschen nicht zu jener Zeit gelebt, wäre Rubins und auch sein eigenes Leben anders verlaufen. Dieser Gedanke quälte ihn.

Nach und nach zog er sich immer mehr zurück und vertiefte sich in seine Suche. Er verzichtete auf die Abende im Freundeskreis und verbrachte sie stattdessen mit Klara. Er wälzte die Akten, machte sich Notizen auf den Kopien, schaute die Befragung noch einmal durch, versuchte nachzuvollziehen, warum manche scheinbar unbedeutenden Punkte unterstrichen waren. Die Bücher über den Stalinismus und den Gulag bildeten mittlerweile einen wackeligen Stapel neben seinem Ohrensessel am Fenster. Er sog sie auf und überließ sich anschließend, wie üblich ohne das Licht anzuschalten, seinen

Gedanken. Mithilfe verschiedener Quellen hatte er die Zeit zwischen Klaras Verhaftung und dem Prozess rekonstruiert und ließ die Szenen in seinem Kopf ablaufen.

Auf diese Weise begleitete Juri seine Großmutter entlang der Flure, sah das Tageslicht in ihrer Zelle schwinden und erlebte mit, wie sie sich nach und nach selbst fremd wurde.

●●●

Das Fazit von Klaras Inhaftierung in Stalingrad passte auf ein Blatt: eine Verurteilung zu fünfundzwanzig Jahren Lager aufgrund von Artikel 58 Absatz 6, »Spionage«, und Absatz 10, »Antisowjetische Propaganda«. Juri war erstaunt, dass derart schwere Anschuldigungen nicht die sofortige Exekution zur Folge hatten, aber er erinnerte sich, dass alles Mögliche darunter fiel. Er war auf ein Urteil gestoßen, bei dem die Schneiderin einer Angeklagten wegen Beihilfe vor Gericht gestellt wurde; in einem anderen Fall wurde ein Kneipengespräch als Propaganda eingestuft. Der Rest der Akte gab Anlass zu der Vermutung, dass diese Milde möglicherweise einen Hintergedanken gehabt haben könnte.

Klara war in ein Lager in der Nähe von Perm geschickt worden. Abfahrts- und Ankunftsdatum, die anderthalb Monate auseinanderlagen, genügten, um deutlich zu machen, dass die Reise die reinste Hölle gewesen war: anderthalb Monate für tausendachthundert Kilometer, im tiefsten Winter. Juri stellte sich die unablässig rumpelnden Waggons vor, die Gefangenen, die zusammenge-

pfercht im Gestank saßen, die unerklärlichen Zwischen-
halte, mal für Stunden, mal für Tage, und immer mit viel
zu wenig zu trinken und zu essen, die Körper, die man
auslud, wenn sie für immer zusammengebrochen waren.

Juri zog Zeugenaussagen von Überlebenden verschiedener Deportationen zurate und stellte sich immer das
Schlimmste vor. Trotzdem musste Klara Unterstützung
erfahren haben, denn sie war mit einer Lungenentzündung angekommen, aber lebendig. Wer hatte ihr einen
Schal oder etwas Wasser gegeben? Hatte jemand mit ihr
den Platz getauscht, damit sie der Kälte weniger ausgesetzt war? Sie wurde umgehend ins Lagerkrankenhaus
eingewiesen. Juri vermutete, dass sie Glück hatte oder der
Lagerchef gesunde Arbeiter brauchte oder ihr auch hier
besonderes Augenmerk gegolten hatte.

Ihr Leben im Gulag schien letztere Vermutung zu stüt-
zen. Nach drei Wochen Pflege wurde Klara der Schnei-
derei zugeteilt. Eine vergleichsweise ruhige Arbeit. Selbst
in einem ungeheizten, schlecht beleuchteten Schuppen
und bei Produktionsquoten, die unmöglich zu schaffen
waren, war sie hier geschützter als bei der Arbeit draußen, wo Männer und Frauen starben wie die Fliegen. Juri
kam ein widerwärtiger Gedanke: Sich durch Dienste se-
xueller Art zu schützen war gang und gäbe, eine hübsche
junge Frau konnte auf diese Weise ihr Leben retten. Wäre
dem tatsächlich so gewesen, hätte er es ihr nicht übel-
genommen.

Seine Erinnerungen an den Wald in Tschernowko
und an die ornithologischen Spaziergänge in der Tundra mischten sich verschwommen in seine Lektüre und

schufen die Kulisse für die Vorstellung, die er sich vom
Lager machte. Doch die Landschaften, die er im Kopf
hatte, strahlten Frieden und Harmonie aus, es war Vogel-
gezwitscher zu hören und ein Fuchs, der sich unauffällig
anschlich. Wie passten Stacheldraht, düstere Baracken
und der schleppende Schritt der Gefangenen dazu? Er
grübelte über die Frage, was geschehen wäre, wäre Klara
nicht verhaftet worden. Sie hätte ihre Wissenschaftskar-
riere fortgesetzt, ganz sicher mit überragendem Erfolg.
Die Familie wäre in den Genuss von Vergünstigungen
für die Elite in Murmansk gekommen. Rubin wäre liebevoll umsorgt aufgewachsen, hätte studiert wie seine
Mutter. Juri stellte ihn sich als Gelehrten vor, in leitender
Position, als hohen Beamten, gebildet und aufgeschlossen, der wiederum seinen eigenen Sohn auf seinem Bil-
dungsweg begleitete. Er war entsetzt darüber, wie ein ein-
zelnes Sandkorn, die harmlose Treue gegenüber einem
Professor, das Leben mehrerer Generationen außer Kontrolle geraten lassen konnte. Manchmal nahm er es seiner Großmutter übel, wie Anton damals. Sie war nicht
die Widerstandskämpferin, von der er geträumt hatte. Sie
hatte sich zwar der Abschiebung von Weiss auf einen un-
wichtigen Posten widersetzt und in gewisser Weise Mut
bewiesen, aber dann war sie eingeknickt und hatte sich
in den Dienst der Maschinerie gestellt, indem sie ihrerseits irgendwen für irgendwas denunziert hatte. Wie viele
Unschuldige waren daraufhin verhaftet worden, wie viele
andere Leben zerstört worden?

Die Informationen über Klaras Lageraufenthalt waren dürftig und zwangen ihn zu Mutmaßungen. Die da-

rauffolgende Phase war besser dokumentiert und hielt ihn in Atem.

Kaum acht Monate nach ihrer Ankunft war sie auf die Insel Sipajewna geschickt worden. Als Juri den Verlegungsbefehl zum ersten Mal las, glaubte er zu träumen. So schnell aus dem Gulag zu entkommen, noch dazu an ein derart exotisches Ziel, kam einem Wunder gleich, war eine geradezu aberwitzige Vorstellung. Sie war die Einzige, die überstellt worden war, und die Reise dauerte nur ein Viertel so lang wie die ins Lager. Zu dieser dritten Etappe ihrer Haft enthielt die Akte besonders viel Material. Aber anders als bei den Verhörprotokollen, die im Original vorlagen, handelte es sich hier um Durchschläge auf Kohlepapier, die so stark ausgeblichen waren, dass man sie kaum noch lesen konnte.

Juri versuchte hartnäckig, diese Seiten mit der Lupe in der Hand zu entziffern. Die Ursprungsdokumente mussten große Hefte für wissenschaftliche Berichte gewesen sein sowie ein Geografiebuch, in dem jeder noch so kleine freie Platz, Rand oder Zeilenzwischenraum mit derselben zierlichen Schrift beschrieben war, in der das Geständnis verfasst war. Das erste Dokument war offenbar ein offizielles; beim zweiten schien es sich hingegen um ein Tagebuch zu handeln, das nicht für die Öffentlichkeit bestimmt war. Vielleicht würden diese Unterlagen ans Licht bringen, mit welchem Auftrag Klara abkommandiert worden war, aber auch, was sie hatte verheimlichen können.

Seine Kollegen von der geologischen Fakultät, die er hinzugezogen hatte, erklärten, das offizielle Schriftstück befasse sich mit der Suche nach Uran. Messungen mit dem Geigerzähler, aber auch geochemische Untersuchungen galten möglichen Auffälligkeiten, die mit dem Vorkommen dieses für den Bau der Atombombe grundlegenden Elements verbunden waren. Die Suche nach Lagerstätten war intensiv betrieben, Schächte für Probebohrungen vor Ort ausgehoben worden, ein Beleg dafür, dass man die Sache äußerst ernst nahm.

Juri war euphorisch. Der Ablauf war ganz einfach und stand ihm klar vor Augen: Der Wettlauf um die Bombe war Stalins Priorität. Die Anlage von Majak im östlichen Ural war in großer Eile gebaut worden, um aus Uran Plutonium herzustellen und aufzubereiten. Die erste Explosion fand am 29. August 1949 in Kasachstan statt, also weniger als ein Jahr vor Klaras Verhaftung. Damit die UdSSR zur wichtigsten Atommacht werden konnte, brauchte man Uranerz, viel Uranerz. Im Zuge des sowjetischen Vormarsches in Deutschland, Österreich und der Tschechoslowakei wetteiferten die Amerikaner und die Russen um die Uranvorräte und die Ingenieure, die man ausschleusen wollte. Die UdSSR hatte auf diese Weise mehrere Hundert Tonnen Uran eingeheimst, eine Menge, die den Bedarf bei Weitem nicht deckte.

Daraufhin waren in Zentralasien und im sibirischen Tschukotka Bergwerke entstanden, die von den Gulag-Gefangenen betrieben wurden. Wegen der katastrophalen Arbeitsbedingungen und der Radioaktivität betrug die Sterblichkeit nach einem Jahr nahezu hundert Prozent, und die Häftlinge fürchteten sich davor, dorthin abkommandiert zu werden.

Das Atomprogramm, der einzige Sektor, der direkt vom NKWD überwacht wurde und zudem der Paranoia des Machthabers und dem Druck des Wettrüstens ausgesetzt war, unterlag strengster Geheimhaltung. Anstelle von über die gesamte UdSSR verstreuten Abbauanlagen träumten die Machthaber von einem räumlich begrenzten, unzugänglichen Gebiet, das nicht zu weit von Moskau entfernt und somit leicht zu kontrollieren war. Der Westen Sibiriens kam dafür infrage und die Insel Nowaja Semlja, die bereits für den nächsten Atomtest bestimmt war. Für die Versorgung mit Uranerz hatte man die nahe gelegene Halbinsel Kola in den Blick genommen. Das Ziel von Klaras Forschungsinstitut war es gewesen, dort ein mögliches Uranvorkommen zu bestimmen. Die Ergebnisse waren anders als gewünscht. War Weiss etwa darum entlassen worden?

Juri suchte auf einer Karte die Lage der Insel Sipajewna. Zweihundert Kilometer östlich von Nowaja Semlja mitten in der arktischen Karasee gelegen, eignete sie sich hervorragend für den Abbau von Uran und dessen schnellen und unauffälligen Transport. Klara war nicht ohne Grund in den Genuss dieser angesichts des Urteils erstaunlich nachsichtigen Behandlung gekommen. Sie wurde »wiederverwertet« im Dienst des sowjetischen Militärprogramms.

Über den Großteil der rechteckigen, zwanzig mal zehn Kilometer großen Insel erstreckte sich eine Tundra, die von stehenden Gewässern, Seen und Sumpfgebieten durchzogen war. Lediglich das Hügelland am nordöstlichen Zipfel, wo noch heute Rentiere umherstreiften, erhob sich auf etwa hundert Meter Höhe. Eine Kette von Sandbänken schützte die Küste und machte sie schwer zugänglich. In einer Bucht auf der Südseite bildeten ein paar Gebäude das einzige Dorf. Die gesamte übrige Insel gehörte im Sommer den Vögeln und im Winter den Bären.

Juri vergewisserte sich, dass es dort kein Uranbergwerk gab. Mit dem Scharfsinn des NKWD, der seine Großmutter auf die Insel geschickt hatte, um nach Lagerstätten zu suchen, war es offenbar nicht weit her gewesen. Dennoch war Klara fast drei Jahre lang geblieben, ab dem 26. September 1951.

Was das Ende ihres Aufenthaltes und ihr späteres Schicksal anging, so stand alles auf dem ungeheuerlichen letzten Blatt der Akte. Mitsamt allen erforderlichen Stempeln und Unterschriften hieß es dort in zwei Zeilen: »Klara Sergejewna Bondarew ist am 20. April 1954 spurlos verschwunden. Die Nachforschungen, die angestrengt wurden, um sie wiederzufinden, blieben ergebnislos.«

Weder tot noch verlegt, noch befreit; verschwunden irgendwo zwischen Ufer und Horizont, auf dieser eisigen, von einem feindlichen Meer umgebenen Insel, wo sich niemand lange verstecken konnte. War Klara aus dem Weg geräumt worden? Hatte sie fliehen können?

Nur die Notizen am Rand des Geografiebuches würden dieses Rätsel lösen können. Juri machte sich an die Arbeit und verbrachte seine Abende und schließlich auch seine Nächte damit.

Klara

Die Rentierinsel

Der Frachtraum roch muffig nach einer Mischung aus verrostetem Metall, Altwasser, Schimmel und Rattenkot. Klara war wie ein Zwangsarbeiter mit einer langen Kette und Handschellen gefesselt. Aber immerhin konnte sie sich damit auf einer feuchten Matratze ausstrecken und sogar drei Schritte bis zum Toiletteneimer gehen. Nach der Reise im Zug und anschließend in einem Pritschenwagen des Militärs hatte sie durch den Nebel schemenhaft einen Anlegesteg und jenes Versorgungsschiff wahrgenommen, auf dem sie sich seit sechs Tagen aufhielt, ohne dass es den Kai verlassen hätte.

Seit der Lagerkommandant ihr mitgeteilt hatte, dass sie verlegt würde, ohne zu sagen, wohin, hatte niemand mehr mit ihr gesprochen. Sie hatte sich daran gewöhnt, wie ein Paket behandelt zu werden. Nach der grauenvollen Reise ins Lager erwies sich diese Fahrt als weniger schrecklich, beinahe komfortabel. Die aufwühlenden Ereignisse der letzten Monate, das Gefängnis, der Gulag, die Krankheit hatten sie sowohl körperlich als auch psychisch ausgelaugt.

Ein Durcheinander an Deck ließ sie erahnen, warum es seit Tagen nicht weiterging. Neue Gefangene trafen ein, begleitet vom Geschimpfe der Aufseher. Die Ladeluke über ihrem Kopf öffnete sich quietschend, und ein Dutzend Männer wurde an verschiedene Stellen im Frachtraum gebracht, so weit voneinander entfernt, dass sie sich nicht berühren konnten. Kurz darauf dröhnten die Motoren, und ein leichtes Plätschern gegen den Schiffsrumpf kündigte die Abfahrt an.

Im Dunkeln waren Stimmen zu hören: »Wer seid ihr?«, »Woher kommt ihr?«, »Wisst ihr, wohin wir fahren?«

Die Gruppe stammte aus einem Lager in der Nähe des Anlegers von Nikorowo. Der Kommandant hatte junge, gesunde Männer ausgesucht, die körperlich belastbar waren. Nikorowo war eine kleine Halbinsel gegenüber der Insel Sipajewna. Klara erinnerte sich, einen Artikel über die Errungenschaften gelesen zu haben, die der Kommunismus dieser Gemeinschaft von Rentierzüchtern am Rande der Welt gebracht hatte. Zum Beweis waren auf den Fotos zahnlos lachende Kinder zu sehen. Was würde sie dort tun? Den anderen Gefangenen das Essen kochen? Aber was wäre deren Aufgabe? Erschöpft ließ sie sich vom Brummen des Motors einlullen und wurde erst aus ihrem Dämmerschlaf gerissen, als das Schiff während des Anlegemanövers die Drehzahl drosselte.

Der Nebel und die Dunkelheit verschluckten die Landschaft. Nur das Licht von ein paar Straßenlaternen ließ einen neuen Kai, Häuser, zwei Lagerschuppen und am Ende der Straße ein großes Gebäude erahnen, zu dem man sie fuhr.

Klara wurde von den anderen Gefangenen getrennt und in ein zur Zelle umfunktioniertes Büro gebracht. Eine knappe Stunde später ging die Tür auf, und ein dicker Soldat mit grauen Schläfen kam herein.

»Klara Sergejewna, willkommen auf Sipajewna.«

Sie fragte sich, ob er scherze, aber sein ruhiger, bedächtiger Ton ließ nicht darauf schließen, dass er Witze machte.

»Sie wurden ausgesucht, weil Sie Geologin sind. Wir haben Grund zur Annahme, dass es auf der Insel Uranerz gibt. Aus Ihrer Akte geht hervor, dass Sie bereits dazu geforscht haben. Sie leiten einen Grabungstrupp. Die Männer, die mit Ihnen angekommen sind, stehen Ihnen für die Erdarbeiten zur Verfügung.«

Klara hörte seine Worte, hatte aber Schwierigkeiten, ihre Bedeutung zu erfassen. Sie würde arbeiten? Die Tätigkeit, die sie so geliebt hatte, wieder aufnehmen? Der Mann, der zu ihr sprach, hatte nicht den schroffen Ton, der ihr seit ihrer Verhaftung entgegenschlug. Er sprach mit ihr wie mit einem Menschen. Plötzlich fühlte sie sich schmutzig und verwahrlost; sie schämte sich für ihre ausgefranste, fleckenübersäte Jacke, für die ausgeleierten Strümpfe, die sich in Falten über die ungleichen Schuhe stülpten. Außerdem musste sie stinken. Der Mann schien ihre Gedanken zu lesen.

»Sie bekommen frische Kleider und Waschzeug. Solange das Lager noch aufgebaut wird, werden Sie tagsüber ein Büro in der Schule beziehen, und am Abend werden Sie hierher zurückgebracht. Als Erstes brauchen wir von Ihnen Listen mit allem, was Sie benötigen: Material, Geräte und Unterlagen. Später bekommen Sie noch einen Laboranten. Ich wünsche Ihnen eine gute Nacht.«

»Eine gute Nacht!« Der Soldat war verschwunden, und der Satz klang noch immer in ihren Ohren nach.

Jemand sprach mit ihr, knurrte sie nicht nur an, damit sie brav in der Reihe marschierte, und wünschte ihr eine gute Nacht, wie im echten Leben. Klara brach in Tränen aus und vergrub ihr Gesicht in etwas, auf das sie monatelang hatte verzichten müssen: einem Kopfkissen.

Sie blieb bis zum Frühjahr im Dorf. Während die Gefangenen, die mit ihr angekommen waren, einen Weg anlegten und in der Nähe der Hügel, am anderen Ende der Insel, Baracken bauten, vertiefte sie sich in ihre Arbeit.

Das Büro in der Schule war eine alte Abstellkammer mit einem Ofen, Tisch und Stuhl sowie einem Fenster zum Hof, der mehrmals täglich von Kindern bevölkert wurde. Dass sie etwas so Alltägliches vor Augen hatte, machte sie glücklich und traurig zugleich, weil sie nicht zu den Kleinen laufen und sie in den Arm nehmen konnte. Die Erinnerung an Rubin quälte sie erneut, und wenn die Kinder zurück in ihre Klasse gingen und sie die Holzpantinen auf dem Boden schaben hörte, stiegen ihr Tränen in die Augen.

Abgesehen von der Traurigkeit, die wieder hochkam, war ihr neues Leben die reine Wohltat. Sie hatte Militärkleidung bekommen, die robust und ausreichend warm war, sie durfte täglich ein Waschbecken benutzen, und die Suppe war tausendmal dicker als die Brühe im Lager. Nach Monaten des Hungers spürte sie, dass sich diese Nahrung in ihrem Köper wie ein Balsam verbreitete, mitten in ihre Muskeln strömte und sie wieder belebte. Gleichzeitig lebte sie geistig wieder auf. Sie schrieb ihr Heft mit Listen voll und erinnerte sich dabei an Stu-

dien, Versuchsreihen und chemische Reaktionen. Sie war
unglaublich froh, sich wieder nützlich zu fühlen.

Während der Stunden, die sie in der Schule verbrachte, wurde sie nicht bewacht. Hätte sie versucht,
hinauszugehen, wäre sie in dem winzigen Dorf sofort
aufgefallen. Und wohin hätte sie fliehen sollen? Beim
Pendeln zwischen Schule und Kaserne konnte sie jenseits der Sandbänke nichts als die leere Weite des schie-
fergrauen Nordpolarmeers ausmachen. Ab Mitte Oktober entstand eine Eiskruste entlang dem Ufer, das Meer
wurde zähflüssig und bildete schließlich Packeis, dem der
böige Wind zusetzte.

Die Erste, die sie grüßte, war die Grundschullehrerin,
die während der Pausen stampfend ihre Runden drehte.
Zunächst ein Kopfnicken, dann eine flüchtige Handbewegung, schließlich ein Lächeln. Klara reagierte darauf
im selben Tempo, um sie nicht zu verängstigen. Schließlich nutzte die junge Frau das winterliche Halbdunkel
und trat ans Fenster. Es entwickelte sich eine Art Balz-
tanz zwischen ihnen wie bei den Tieren. Eines Abends,
nachdem die fröhlichen Kinderstimmen verklungen waren, ging die Tür auf.

Mit ihren Mandelaugen und den hervorspringenden
Wangenknochen war Anja die Zugehörigkeit zu den
Nenzen, einem Volk von Rentierzüchtern, ins Gesicht
geschrieben. Ihr pummeliger Körper wollte nicht recht zu
der Vorstellung passen, dass sie sich entsprechend flink
und unauffällig bewegen konnte. Später würde Klara sich
daran gewöhnen, dass sie ganz plötzlich auftauchte, immer mit ihrem melancholischen Lächeln auf den Lippen.

Noch später, als die beiden Frauen längst eine Freundschaft verband, würde Anja Klara ihren richtigen Namen
sagen: Neko, was in ihrer Sprache »kleines Rentier« hieß.
Doch in diesem Moment stand die junge Frau nur lä-
chelnd im Türrahmen.

»Guten Tag. Man hat mir verboten, mit Ihnen zu sprechen, aber Sie sehen so traurig aus, immer eingesperrt,
ohne je den Himmel zu sehen. Störe ich Sie?«

Klara spürte, wie sie innerlich auftaute, doch wo sollte
sie anfangen? Es gab so viel zu sagen, um zu erklären,
was sie hier tat. Vielleicht bekäme Anja Angst, wenn sie
erführe, dass sie einer Volksverräterin gegenüberstand,
würde sich abwenden und damit die kleine Glücks-
flamme ersticken, die sie gerade entzündet hatte.

»Ich heiße Klara, und ich habe einen Sohn, Rubin. Er
muss jetzt sechs Jahre alt sein.«

Besser hätte sie sich nicht vorstellen können.

Sie trafen sich nun täglich, verstohlene Minuten, dem
Tag abgerungen, wenn die Kinder gegangen waren und
der Aufseher, der Klara zur Kaserne zurückbrachte, noch
nicht da war. Anja holte sich einen Stuhl aus der Klasse,
und die beiden steckten ihre dunklen Schöpfe am Ofen
zusammen, der nach Heizöl roch. Sie unterhielten sich
im Flüsterton. Nicht, damit sie draußen vor dem Haus
niemand hörte, sondern wie Kinder, die sich Geheimnisse ins Ohr flüstern, weil die Geschichten, die sie sich
erzählten, nur ihnen allein gehörten und Verschwiegenheit verdienten.

Anjas Familie stammte von der Insel. Seit den Dreißigerjahren hatten die Bolschewiki entlang der Seewege

im Nordpolarmeer Siedlungen angelegt. Daraus hatten sich für die Nenzen einschneidende Veränderungen ergeben. Sie mussten zur Schule gehen und Russisch lernen, und die Aufzucht der Rentiere erfolgte fortan in Kolchosen. Dieser Wandel brachte die Hierarchien und das soziale Gefüge durcheinander. Es gab jetzt eine Instanz über der Familie und eine Vielzahl von Vorschriften und Auflagen, die für die Menschen der Tundra unverständlich waren, es gab Konflikte, Menschen wurden verurteilt und verschwanden. Die Kollektivierung der Herden hatte auch eine Art von passivem Widerstand erzeugt. Jeder versteckte einige Tiere in irgendwelchen verborgenen Winkeln, und die Behörden hatten Besseres zu tun, als ihnen hinterherzurennen. Je weiter die Gemeinschaften vom Dorf entfernt lebten, desto mehr ließ man sie in Frieden. Der Stamm von Anja, der durch die Hügel streifte, gehörte zu denen, die am besten geschützt waren.

Doch die Aufmerksamkeit, die der Insel geschenkt wurde, hatte nicht nur Nachteile. Die Kommunisten hatten eine Werkstatt für die Fertigung von Lederwaren aus Fellen von Rentieren, Blaufüchsen und Meeressäugetieren sowie eine Marderzucht eingerichtet, die für die Bevölkerung das Ende der Selbstversorgung einleiteten. Zu den drei Häusern nahe der Anlegestelle war eine Schule hinzugekommen, dann eine Kaserne, eine Krankenstation, ein Genossenschaftsladen, eine Wetterstation und ein Stromaggregat. Für das Personal vom Festland, das sich um die Einrichtungen kümmerte, hatte man Gemeinschaftsunterkünfte gebaut, die nicht gerade hübsch, aber doch ordentlich waren. Ihr farbiger Anstrich spickte die Küste mit bunten Klecksen. Schließlich hatte der Bau eines Kais für eine Verbindung mit der Außenwelt gesorgt. Von nun an kamen Fischer, die Wodka für den Schwarzmarkt mitbrachten.

Anja hatte von dem Wohlstand profitiert. Als gute Schülerin hatte sie ein Stipendium erhalten, um in der weit entfernten Stadt Jar-Sale auf dem Festland zu studieren, und war von dort als Grundschullehrerin zurückgekehrt. Sie war stolz darauf, an der Bildung der Massen beteiligt zu sein, und erlebte beglückt, dass Dutzende von Verwandten und Bekannten ihre Klasse durchliefen. Und doch sehnte sie sich nach dem Leben im Tschum zurück, der Behausung aus Rentierhaut. Wann immer möglich, besuchte sie ihre Familie, um durch die Tundra zu streifen.

In ihren Gesprächen wahrten die Frauen eine gewisse Form der Diskretion. Wie alte Freundinnen erwähnten sie gelegentlich einen Ort, eine Person, eine Anekdote, und diese Bruchstücke der Erinnerung förderten zwei Leben zutage, die eigentlich nichts gemein hatten: hier eine herausragende Wissenschaftlerin, dort ein Mädchen, das zu einem vergessenen Volk gehörte.

Die Schule diente auch als öffentliche Bibliothek, und Klara profitierte davon. Unter dem Vorwand, ein Geografiebuch zu benötigen, erwirkte sie, dass sie die Bibliothek nutzen durfte, und vertiefte sich heimlich wieder in die Klassiker der russischen Literatur. Da die Schulen der Zensur unterlagen, wären sie andernorts aussortiert worden, aber hier hatte sich niemand darum gekümmert.

Anfang November fror das Meer zu, und abgesehen von wenigen Fahrten mit dem Schlitten in Notfällen waren die Verbindungen unterbrochen. Zwanzig Stunden am Tag regierte die Dunkelheit, nur am südlichen Himmel konnten ein paar Lichtschimmer dagegen bestehen. Aus Murmansk war Klara daran gewöhnt, aber dort gab es die Lichter der Stadt und die Gewissheit, dass sich die Güterzüge durchschlagen würden. Auf der Insel bekam der Winter eine andere Bedeutung: Aus Abgeschiedenheit wurde Einsamkeit.

Als der Dezember und der Januar kamen, strahlte nur noch das Licht von Mond und Sternen bläulich vom Schnee zurück. Der Himmel dehnte sich ins Unendliche, wie eine schwarze Decke, die sich über die Erde breitete. Weder in der Stadt noch im Gulag hatte Klara je die kosmische Dimension dieser unermesslichen Weite empfunden. Sie blieb stundenlang ans Fenster gelehnt stehen und schaute zu, wie der grellweiße Mond langsam wanderte. Sie verlor sich in Träumen von anderen Welten jenseits der Sterne, die in ihrer Klarheit ganz nah erschienen. Welten ohne Gefängnisse.

Die Menschen gingen wenig nach draußen. Wenn kein Wind herrschte, schnitt einem die Kälte von bis zu minus dreißig Grad so sehr die Luft ab, dass der Atem zu Raureifkristallen kondensierte. Wenn der Blizzard wehte, kroch er unter jedwedes Kleidungsstück und ließ den Körper gefrieren. Natur, Tiere und Menschen warteten auf bessere Tage, lebten auf Sparflamme, versteckten sich in ihrem Bau oder ihren Häusern. Die Aktivitäten ruhten, die Schule lief auf Sparflamme, da die Kinder Probleme hatten, hinzukommen. Klara hatte keine Eile, ihre Listen anzulegen. Ein Großteil ihres Materials wartete, eingefroren am anderen Ende der Meerenge. Daher schlug sie dem wortkargen Kommandanten vor, im Mathe- und Naturkundeunterricht der Kinder mitzuhelfen, was er erlaubte. Seite an Seite mit Anja schaute sie den Kleinen über die Schultern und stellte sich vor, wie, weit weg von hier, eine wohlwollende Frau dasselbe bei Rubin tat.

Um sich binnen weniger Monate von vollständiger Dunkelheit auf vollständige Helligkeit umzustellen, legt sich der Tag-Nacht-Rhythmus mächtig ins Zeug. Ab Mitte Januar befreit sich der Tag aus den Zwängen der Nacht. Mitte Februar kann man ab sieben Uhr sehen. Die Entspannung von Körper und Geist, die die Dunkelheit zuvor erlaubte, endet schlagartig. Eines Abends teilte der Kommandant Klara mit, sie wohne von nun an am Fuße der Hügel, wo die von den anderen Häftlingen gebauten Baracken schon auf sie warteten.

Am nächsten Tag blieb ihr kaum Zeit, ihre Akten in der Schule einzusammeln, während das schwere Militärfahrzeug schon im Hof dröhnte. Für Klara war die Trennung fast so schmerzhaft wie die bei ihrer Verhaftung. In den wenigen Wochen ihrer heimlichen Beziehung war eine Verbindung entstanden, die stärker war als alle bisherigen Freundschaften. Anja versuchte Klara glauben zu machen, dass ein Teil ihrer Familie ihre Rentiere in der Nähe des neuen Lagers weidete und sie sich dort sehen könnten. Doch Klara fragte sich, ob das nicht nur eine Notlüge war, um ihr die Trennung zu erleichtern.

Die Fahrt zum Quartier dauerte ewig. Der Laster holperte, rutschte auf dem Eis, heulte in jeder Spurrille auf, stank nach Öl und warmem Diesel. In der Fahrerkabine war es bitterkalt, weil die Heizung längst den Geist aufgegeben hatte. Doch das war Klara egal. Endlich sah sie etwas von der Insel, und das Schauspiel, das sich ihr bot, löste ein unverhofftes Glücksgefühl in ihr aus. Noch lange würde sie sich an die weiten Schneeflächen erinnern, an Eis und Wasser, die in der endlosen Morgendämmerung des hohen Nordens glitzerten. Der Himmel schmückte sich mit Grün, dann Rosa und Purpur, und die Sonne ging unendlich langsam auf. Zum ersten Mal seit anderthalb Jahren meinte sie wieder zu atmen. Sie vergaß darüber, dass sie eine Gefangene mit einer Aufgabe war, die sie sich nicht ausgesucht hatte. Das Unheil des Lagers, der Verrat durch Anton, ihr eigener bei dem erzwungenen Geständnis, sogar Rubin, alles verblasste angesichts dieser Begeisterung, die sie im tiefsten Innern empfand, ohne es erklären zu können.

Das Lager in den Hügeln bestand aus fünf geteerten und mit Filz gedämmten Bretterbaracken: eine für die Wärter, eine weitere für die Gefangenen, darin eine Box für Klara als einzige Frau, ein Speiseraum, ein Lager und das noch leere Labor. Die Männer, mit denen sie zusammen auf dem Schiff gefahren war, waren, angelockt durch das Motorengeräusch, herausgekommen, standen dicht an dicht wie eine Herde und zogen an ihren selbst gedrehten Zigaretten. Klara schämte sich: Sie hatten die Gebäude in Dunkelheit und Kälte errichtet, während sie sich in der Schule am Ofen gewärmt hatte. Sie hatten den

Gulag noch immer nicht verlassen. Davon zeugten ihre zerrissenen Kleider, die mit Draht zusammengeflickten Schuhe, die von blauen Flecken übersäten Hände und die von der Kälte verbrannten Gesichter. Man hatte sie wie Tiere irgendwo hingekarrt, damit sie eine Aufgabe erfüllten, deren Zweck ihnen unbekannt war, außer dass die in warme Kleider gehüllte Frau etwas damit zu tun hatte. Klara sah in ihren Blicken eine Mischung aus Verbitterung und Misstrauen. Das Gefühl der Verlassenheit kehrte zurück.

Als Erinnerung an ihre Freundin hatte sie das Geografiebuch mitgenommen. In den Tagen nach der Ankunft begann sie damit, die Seitenränder als Tagebuch zu nutzen. Sie bemühte sich nicht, etwas für später festzuhalten. Dafür hätte sie eine Zukunft vor Augen haben müssen. Sie hatte lediglich das Bedürfnis, sich mitzuteilen, inmitten dieser Leute, die sie als feindselig empfand.

Das Schreiben half ihr auch dabei, Zugang zu finden zu ihrem seltsamen neuen Leben: Sie war hier, heute, sie würde auch morgen hier sein, vielleicht sogar für immer, mit dieser aberwitzigen Aufgabe – Uranerz finden; ein Erz, aus dem die Menschen auf einer anderen, ebenso unberührten Insel Bomben bauten, die in der Lage waren, die Erde in einen kahlen Stein zurückzuverwandeln, mit dem sie einen gigantischen Giftpilz produzieren würden, um andere Menschen jenseits des Polarmeers zu beeindrucken. Das ergab keinen rechten Sinn. Trotzdem machte Klara sich tatkräftig ans Werk. Indem sie sich in die Arbeit versenkte, kam sie innerlich zur Ruhe, sodass die Zeit ihr weniger lang erschien.

Zunächst musste sie das Terrain abstecken und die Stellen für die ersten Stichproben festlegen, mit denen im Frühjahr begonnen werden sollte. Begleitet von drei Gefangenen und zwei Bewachern, machte sie sich in der Morgendämmerung auf, um Proben aus den Bachbetten zu entnehmen, in denen mögliche Uranpartikel auf Erzvorkommen flussaufwärts hätten hindeuten können. Ohne detaillierte Karte steuerten sie die Mulden zwischen den Hügeln an, um nach Flüssen zu suchen, deren Verlauf sie anschließend Richtung Quelle folgten. Bei trockenem, kaltem Wetter war die Eisschicht im Schatten der Täler dick genug, um sie zu tragen. So kamen sie gut voran, was ihre Stimmung hob. Wenn es hingegen schneite, hatten sie den Eindruck, die strahlend weiße Masse wolle sie unter sich begraben, mit der unberührten Oberfläche verschmelzen. Alle waren mit einem pappigen weißen Film überzogen, der durch die Körperwärme schmolz und in die grobe Wollkleidung drang, sodass sie innerhalb von einer Stunde nass war. Doch das Schlimmste war ein Wärmeeinbruch. Dann wurde der Schnee matschig, und sie sanken bis zu den Knien oder gar bis zur Hüfte ein. Sie mussten sich freischaufeln, um weiterzukommen. Sie plagten sich ab wie Ameisen in einem Mehlsack, kletterten Anhöhen hinauf, die unter ihrem Gewicht zusammensackten, stiegen erneut hinauf, fielen wieder herunter.

Stunde um Stunde bahnten sie sich ihren Weg im Gänsemarsch, wobei der Erste einen Stock mit einer Eisenspitze trug, um das Gelände zu sondieren. Auf dem flachen Land, über das der Wind ungehindert hinwegstrich, war es sinnlos anzuhalten. Der Schweiß kühlte dabei sofort ab, und sogar in der Kleidung bildete sich Eis. Sie mussten weitergehen, nur bis zum nächsten Schritt denken. Klara wagte nicht, um Rücksicht zu bitten, selbst wenn ihr die Waden, die Brust und das Gesicht brannten. Zuweilen sank der Mann an der Spitze im morastigen Boden oder einem verborgenen Bach ein. Die anderen zogen ihn heraus, nahmen seine Kleider und wrangen sie aus, während er auf der Stelle hüpfte, zwischen den Lippen eine Zigarette zum Trost. Dann ging es weiter.

Manchmal warf einer der Bewacher Klara einen fragenden Blick zu: Sollte man hier vielleicht suchen? Sie wusste es beim besten Willen nicht. Wie sollte man ohne Karte in einer vom Schnee ausgelöschten Landschaft einen einfachen Sumpf von einem richtigen Wasserlauf unterscheiden? Sie nickte wahllos und erntete prompt den Unmut der Männer: Jetzt mussten sie den Untergrund erforschen, im eisigen Wasser waten, mit den Armen hineingreifen, um ein paar Kilo Schlammproben zu nehmen, die sich allmählich auf ihren erschöpften Rücken ansammelten.

Abends zitterten Klaras müde Hände, wenn sie die Suppenschale hielten, aber es war Ehrensache für sie, das zu verbergen. Ihre Begleiter und die Bewacher konnten sich tageweise abwechseln, sie aber musste bei jeder Tour dabei sein. Sie wurde von einem gewissen Stolz darauf ergriffen, dass sie ihre körperliche Erschöpfung bezwingen konnte. Der weite Himmel, der Wind, ihre strammen Muskeln führten sie ins wahre Leben zurück.

In der Tundra begrenzte sich der Austausch mit den anderen auf kurze Anweisungen. Selbst während der seltenen Pausen verschwendete niemand Energie für ein Schwätzchen. Jemand fragte grummelnd nach einer Zigarette, ein anderer schnaufte, während er sich die Beine rieb. Im Lager überließen ihr die Häftlinge einen Platz am Ofen, aber keiner sprach mit ihr. Während alle anderen sich über ihr Leben ausließen, über ihre Verhaftung, den Aufenthalt im Gulag, fragte niemand, warum sie hier war. Klara war eine Frau, eine Intellektuelle, und ihre fixen Ideen waren der Grund dafür, dass man sich draußen abplacken musste. Sie war zu sehr Chefin, um sich mit den Häftlingen zu verbünden, zu sehr Gefangene, um sich mit den Bewachern zusammenzutun. Darum machte sie es sich zur Gewohnheit, sich trotz der Kälte abseits auf ihr Bett zu setzen und ihr Leben dem Geografiebuch anzuvertrauen.

●●●

Im Laufe von zwei Monaten härtete Klara sich ab, indem sie die Suche mit den länger werdenden Tagen in immer größere Entfernungen ausdehnte. Die Frühlingsstürme pfiffen ihnen um die Nase. Manchmal konnten sie nicht ausrücken. Selbst in gebückter Haltung hielt der Körper dem heftigen Wind nicht stand.

An einem Tag, an dem die Gruppe trotz des schweren, dunklen Himmels aufgebrochen war, erwischte sie das schlechte Wetter. Auf ihrer Suche waren sie weit in die Hügel vorgedrungen. Alle stapften durch den angetauten

Schneematsch. Der Wind trotzte ihnen das letzte bisschen Wärme ab. Dann setzte der Regen ein, peitschte
waagerecht und pikte ihnen seine eisigen Nadeln ins Gesicht. Als sie an einem Pass herauskamen, der sich zum
Meer hin öffnete, zwangen die heftigen Windböen sie in
die Hocke. Der Krach der Wellen hallte wie das Dröh-
nen eines Erdbebens, und sie schmeckten das vom Wind
herangewehte Salz auf ihren Lippen. Sie entschlossen
sich zu spät zur Umkehr. Der Himmel hing so tief, dass
sie sich unvermittelt in den Wolken wiederfanden, in einem grauen Brei. Blind und durchgeschüttelt von den
Böen verloren sie jede Orientierung, noch nicht einmal
den Kompass konnte man in der Dunkelheit benutzen,
die sie umgab. Der ranghöhere Bewacher, ein Großmaul
namens Maslow, schwor, er wisse, wo sie seien, um eine
knappe Stunde später zuzugeben, dass nichts so aussah
wie in seiner Erinnerung. Beharrlich schleppten sie sich
noch drei Stunden lang weiter, bis sie an einem Fluss ankamen, den der starke Regen hatte ansteigen lassen. Die
Strömung brachte Maslow ins Straucheln, riss ihn über
hundert Meter mit sich und stieß ihn so heftig gegen einen Felsen, dass er sich ein Bein brach. Bald käme die
Nacht, mit ihr Temperaturen von etwa minus zwanzig
Grad, und nirgends bot sich Schutz.

»Die Nenzen!«

Einer von ihnen sagte laut, was alle dachten. Hilfe war
nur von den Nomaden zu erhoffen, denen sie regelmäßig
begegneten, die um ihre Herden herumwanderten und
ihre Tschums dort zwischen Flechten aufstellten, wo das
Weideland ihnen günstig erschien. Sie ließen Maslow zu-

sammen mit einem erschöpften Gefangenen hinter einer Anhöhe zurück und machten sich in entgegengesetzter Richtung in zwei Gruppen auf die Suche nach den Rentieren. Jetzt gab es weder Gefangene noch Bewacher, weder Männer noch Frauen, nur noch Menschen, die um ihr Leben kämpften. Der aufgeweichte Boden schien sie verschlucken zu wollen und machte das Gehen durch kiloweise Schlamm und matschigen Schnee mühselig. Jeder Schritt wurde zum Kampf, und die Versuchung, sich einfach fallen zu lassen, wuchs. Erfrieren tut nicht weh, das wussten die Häftlinge. Parallel zum Körper wurde auch der Geist benommen und ließ nur ein Lächeln auf den blauen Lippen übrig. Klara würde sich ihr Leben lang an diese Stunden erinnern. Sie hatte bereits Hunger und Kälte kennengelernt, besonders während des endlosen Transportes in den Gulag, aber jetzt konnte sie nicht mehr. Hier ruhte die Hoffnung einzig auf ihrer eigenen Entschlossenheit und ihrer Widerstandsfähigkeit. Stunden vergingen. Die Sturmfront zog durch, und es folgte eine kleine Pause, mit der sich der eisige Nordwind ankündigte. Für einen Moment heiterte sich der Himmel auf, und in diesem Moment entdeckte Klaras Trupp am anderen Ende eines kleinen Tals den hellen Fleck, den die eng zusammenstehenden Rentiere bildeten. Als sie näher kamen, rochen sie den Rauch eines Feuers, den der Wind herunterdrückte.

Der Tschum, die Rentiere und die Nenzen wurden an diesem Tag zu Klaras Paradies. Sie retteten ihr nicht nur das Leben, sondern brachten sie auch ihrer Freundin Anja wieder näher. Alle Nenzen sind miteinander verwandt und können ihre Vorfahren bis zum sechsten Grad aufzählen. Alle kannten Anja und bald auch Klara.

Die Ureinwohner nahmen sie auf und wärmten sie am Feuer, auf dem eine Suppe kochte. Die Feuerstelle glühte rot und warf riesige Schatten auf die Zeltwände, wie Geister, die über sie wachten. In der Tundra gibt es kein Brennmaterial. Nur aus den weit entfernten sibirischen Wäldern wird Treibholz herangeschwemmt, aber es ist enorm zeitaufwendig, es aufzusammeln und ins Lager zu schleppen. Die Frauen sind äußerst sparsam damit beim Kochen. Und um sich warm zu halten, vertraut man auf die Lederkleidung und körperliche Nähe. Die Gruppe der Russen und dazu eine etwa fünfzehnköpfige Familie, das ergab ein Knäuel aus Menschen unter den Fellen. Hin und wieder kam daraus eine schrundige Hand hervor, ein gegerbtes Gesicht oder ein strahlender Blick.

Die Nenzen änderten ihre Gewohnheiten wegen der Neuankömmlinge in keiner Weise. Menschen in Gefahr aufzunehmen gehörte für sie zum Alltag. Irgendwo summte eine Frau leise ein Lied für ein Baby in einer Weidenrutenwiege und teilte eine Sehne in Fäden, ein Mann polierte einen Knochen, während er sich unterhielt. Das Gespräch erfüllte das Zelt wie das Plätschern eines Flusses. Der Sturm und der starke Wind rüttelten an den Seiten des Tschums, ohne die Gelassenheit darin zu stören. Der Kokon aus Häuten trennte ein beruhigendes Innen von einem wütenden Außen. Die Nenzen hatten Maslow geholt, und der Schamane flößte ihm einen Absud ein, der die Schmerzen linderte. Angesichts der

Umstände entschlossen sich die Männer, ein Rentier zu schlachten. Eine Schale mit frischem, stärkendem Blut wanderte von Hand zu Hand und verströmte einen faden Geruch, eine Mischung aus Eingeweiden und frischem Fleisch. Das Rentier spendet Leben, es gibt sein gutes Fleisch, seine Haut, sein Fell, seine Sehnen, seine Knochen. Auch nur ein Quäntchen davon zu verschwenden wäre eine Beleidigung der Natur.

Am nächsten Tag war es mild, und es wehte nur eine sanfte Brise. Nichts erinnerte noch an den Höhepunkt des Unwetters, in dem sie fast gestorben wären. Auf dem Weg zurück ins Lager hing Klara dem Gedanken nach, dass nicht viel gefehlt hatte, und in diesem Moment würden aasfressende Raubmöwen auf ihren sterblichen Überresten herumhüpfen.

Das Erlebnis hatte zwei Dinge zur Folge. Von nun an respektierten die Männer im Lager Klara. Sie hatte ihre Tapferkeit bewiesen, war mit ihnen zusammen dem Tod nur knapp entronnen. Nicht, dass sie plötzlich Freunde waren, aber sie hatte sich ihren Platz erobert. Die zweite Folge, über die Klara sich sehr freute, waren die Pausen, die sie nun öfter bei den Nenzen einlegten. Da sie in immer größerer Entfernung vom Lager nach Uranerz suchten, kamen sie oftmals nicht von dort zurück, sondern schliefen ein oder zwei Nächte im Tschum. Sie brachten Essen, Tabak und leider auch Wodka mit. Wie alle indigenen Völker vertragen auch die Nenzen keinen Alkohol. Klara hasste es, wenn sie sich betranken und zum Gespött der Russen wurden. Dann flüchtete sie sich zu den Frauen und schmuste mit den Kindern. Hier fand sie eine neue Familie, konnte sich als Mutter fühlen, was ihr seit zwei Jahren so sehr fehlte.

Nach und nach traf das Material im Lager ein, das sie in der Schule aufgelistet hatte. Zusammen mit dem Jungen, den man ihr geschickt hatte, einem Dummkopf namens Leon, den alle Tolstoi nannten, richtete sie das Labor ein. Schließlich gab es wieder feste Abläufe in Klaras Leben. Sie hatte ein Dach über dem Kopf, Essen, eine Arbeit, die zwar nicht bezahlt wurde, sie aber interessierte, und Beziehungen zu ihren Mitgefangenen, die man fast schon herzlich nennen konnte.

Der Begriff »Gefangene« klang übrigens immer seltsamer. Sie waren zwar zur Arbeit gezwungen, und ihre Häuser wurden über Nacht abgeschlossen, doch ansonsten unterschied sie wenig von ihren Bewachern. Sie teilten sich die lästigen Pflichten auf beim Wasserholen, beim Ausladen der Laster, beim Saubermachen. Wenn sie auf Erkundungstour gingen, trugen die Aufseher jetzt nicht mehr ihre schweren Gewehre über der Schulter, sondern steckten sich handliche Pistolen in die Tasche. Nach zwei, drei Flussdurchquerungen sahen ohnehin alle gleich aus in ihren dreckigen Sachen. Es entstanden Freundschaften: Sie spielten Karten, an manchen Abenden sangen sie gemeinsam und ließen eine Flasche Wodka kreisen, auch wenn das verboten war. Die Bewachung war nachlässig geworden. Es gab kein besseres Gefängnis als das Polarmeer mit seinem Nebel und seinen Stürmen. Wohin hätten Ausreißer schon fliehen sollen? Und selbst wenn sie die Meerenge hätten überwinden können, bot die Tundra an der Küste nichts zum Leben.

Auf ein kurzes Frühjahr folgte ein warmer, mitunter drückender Sommer. Der Schnee schmolz und ließ die Tundra aussehen wie ein Leopardenfell. Unter dem durchsichtig gewordenen Eis verliefen die bläulichen Venen von Bächen. Über den Wasserlachen stand der Geruch nach Sumpf und faulenden, abgestorbenen Pflanzen. Ansonsten lud sich die Luft überall mit dem Duft frischer Kräuter und fetter Erde auf. Der Himmel tauschte das gewohnte Blassblau gegen ein Tiefblau ein und zierte sich im Laufe der endlosen Abende mit roten und goldenen Tupfern. Nach der langen Dunkelheit in Schwarz, Weiß und Grau setzten sich nun die Farben durch. Glockenblumen, Vergissmeinnicht, Weidenröschen, Mohn und Hahnenfuß brachen in Gestalt blauer, violetter und oranger Flecken hervor. Das arktische Hoch richtete sich dauerhaft ein. Die Luft strömte langsamer und legte sich wie ein Daunenbett über die Insel. Höchstens eine kleine Nachmittagsbrise ließ die Staubwedel des Wollgrases wogen. Der Gesang der Vögel und das Surren von Millionen Mücken lösten das Jaulen der Windböen und das Knirschen des Reifes unter den Füßen ab. Wieder einmal gewann das Leben. Im Gefolge der Insekten kehrten Tausende von Vögeln zurück, nisteten, tschilpten und malten unsichtbare Streifen in die Luft. Klara konnte sich nicht daran erinnern, den Wechsel der Jahreszeiten je so intensiv erlebt zu haben. Die Natur rührte sie ohne ersichtlichen Grund. Nachdem sie beinahe zum Tode verurteilt, in der Ecke eines Eisenbahnwaggons verhungert und vom Sturm verschüttet worden wäre, war sie einfach nur am Leben. Sie weigerte sich, irgendeine Zukunft ins Auge zu fassen, lebte von einem Tag zum nächsten und erlebte das als Erleichterung. Sie musste sich weder um ihre bedeutungslose Karriere sorgen noch um eine Familie, deren Schicksal sie sich nicht mehr vorstellen mochte. Es gab nur sie, ihren Körper und ihren Geist. Das genügte.

Die einzige Frau zu sein blieb problematisch. Mit der Hitze überkam die Männer eine Erregung. Mehrmals hatte sie gespürt, wie die Blicke sich auf ihre Brüste richteten, wenn sie eine Bluse trug, oder beim Abtransport von Kisten eine Hand zufällig ihre streifte. Darum blieb sie distanziert, indem sie sich auf ihre Rolle als Wissenschaftlerin zurückzog.

Dafür besuchte sie die Nenzen regelmäßig. In deren Lager war sie in Sicherheit. Mit der Zeit konnte sie die Herden auseinanderhalten und schon von Weitem erraten, welche Familie sie im Tschum antreffen würde. Sie lernte, rohes Fleisch und das frische Blut zu mögen, bei dem sie einen karamelligen Nachgeschmack entdeckte. Sie interessierte sich dafür, wie man aus Tierhaut Kleidung nähte, für Heilpflanzen, für die Gesänge, für die Aufzucht der Tiere. Sie begeisterte sich für die tausendmal erzählten Sagen: von Num, dem Schöpfer, dem Gott des Himmels und des Sturms, von Nga, seinem Gegner, der Krankheit, Leid, Tod und Unglück brachte, oder von Ja Nebja, Mutter Erde, der Frau von Num, der Schutzgöttin der Frauen, der Fruchtbarkeit und der Pflanzen.

Die Männer aus dem Lager hatten damit begonnen, nach Klaras Anweisungen an verschiedenen Stellen zu graben und nach Uranadern zu suchen. Sie schaute sich die Schächte regelmäßig an, anfangs in Begleitung eines Bewachers, später allein. Der Himmel, die von funkelnden Rinnen gemaserte Ebene, fliegende Wildgänse … Auch wenn sie eigentlich eine Gefangene war, fühlte sie sich frei.

Dreimal erlebte sie das Glück, Anja zu treffen. Jedes Mal begegneten sie sich wie Schwestern, spazierten plappernd in den endlosen Abend hinein, wie die Nenzen es liebten. Anja ging es gut. Sie erzählte, es sei ruhig im Dorf, weil der behäbige Kommandant lieber Gedichte schrieb, als die stalinistische Ordnung durchzusetzen. Auf dem Festland ging es anders zu. Eine Kampagne zur Ausrottung des Aberglaubens hatte zu zahlreichen Verhaftungen von Schamanen geführt. Mit ihnen verschwanden die Heiler der Körper und der Seelen. Die Kollektivierung der Herden schritt gnadenlos voran. Die Familien, die sich verweigerten, mussten mit ansehen, wie ihre Tiere beschlagnahmt wurden. Die Leiter der neuen Kolchosen, die sich der Aufzucht widmeten, waren häufig nicht sonderlich bewandert. Die Tiere wurden schlecht versorgt, und viele starben. Und schließlich raffte der Wodka die Nomaden dahin: Die Männer tranken, die Frauen tranken, die Kinder tranken, bis sie irgendwann in der Kälte erfroren, weil sie wenige Meter vom Tschum entfernt besinnungslos umgefallen waren. Nur die Familien, die tief in die Tundra geflohen waren, entkamen dieser Logik. Doch für wie lange?

• • •

Dann kam der Herbst. Die Landschaft loderte in Gold- und Brauntönen. Wieder überboten sich Morgen- und Abenddämmerung mit immer kräftigerem Rosa, Orange und Violett, als wolle die Natur ihre Farben explodieren lassen, bevor sie sie wieder verbarg. Auf den Fenstern trat morgens der Frost mit seinen flüchtigen Verzierungen zutage. Die Männer schimpften, weil sie vor dem Holzhacken erst den frisch gefallenen Schnee beiseiteräumen mussten. Klara machte weiter ihre Runden, die bislang nichts ergeben hatten. Viel zu spät hatte sie einen Geigerzähler erhalten, für den es nicht einmal Batterien gab, und so verließ sie sich auf ihren Instinkt. Wenn es hier Uranerz in den Hügeln gab, dann würde sie es finden. Aber gab es welches?

Wenn sie von einem Tschum zum nächsten wanderte, wurde sie oft von Frauen, Jugendlichen oder Kindern begleitet. Die Nenzen waren ganz versessen auf ihre Besuche. Eines Morgens schlossen sich ihr eine junge Mutter und ihr fünfjähriges Kind für zwei Stunden an. Die Luft war klar, topazblau und trug die Geräusche über große Entfernungen. Der raschelnde Flügelschlag der Wildgänse, die in V-Formation über ihre Köpfe flogen, war deutlich hörbar. Schnee und Reif färbten die Hügel bereits weiß. Die eisige Temperatur ließ ihren Atem zu einer kleinen Wolke kondensieren, die ihnen vorausschwebte. Die kleinen Nenzen gewöhnen sich schnell daran, weite Wege zurückzulegen, und das Kind tollte vorneweg. Klara war zurückgeblieben, um sich ein paar Orientierungspunkte zu merken, als sie einen Schrei hörte. Das Kind war über eine Eisfläche gegangen, die noch zu dünn war, und schlug nun im eisigen Wasser um sich. Die Mutter stürzte herbei, aber als sie auf Höhe des Kindes ankam, drohte sie ebenfalls verschluckt zu werden. Bis Klara bei ihnen war, gelang es der Frau, die Hand des Kindes zu ergreifen, aber der Kleine war bis zur Taille eingesunken und sie selbst bis über die Knie. Je mehr sie sich in ihrer schweren, hinderlichen Kleidung bewegte, desto tiefer sackte sie ein.

»Der Boden gibt nach!«, schrie sie.

Ein Schlammloch. Klara wusste, dass es sie in manchen Tälern gab. Sie hatte schon mal eins mit der Stockspitze ertastet. Der weiche Boden verhielt sich wie Treibsand, und was er anrichten konnte, sprach sich von Tschum zu Tschum herum. Normalerweise spürten die Rentiere sie mit ihrem sechsten Sinn auf, und die Herden mieden sie.

Klara zog ihren Wollmantel aus, breitete ihn am Rand des Eislochs aus, um das Gewicht zu verteilen, und legte sich darauf. Sie ergriff die Hand der Frau, dann die des Kindes und versuchte ihnen herauszuhelfen, ohne Erfolg. Sie rutschte bis an den Rand des Loches zurück, wo sie sicheren Stand hatte, zog die beiden Wollhemden aus, die sie übereinander trug, und schnitt sie mit ihrem Messer auseinander. Sie beeilte sich, ohne zu den beiden reglosen Gestalten hinüberzublicken, die zwischen Angst und Hoffnung schwebten und jeder ihrer Bewegungen folgten. Ihr improvisiertes Seil war fast drei Meter lang.

»Er zuerst!«, schrie die Frau, die verstand, was Klara vorhatte.

Vorsichtig näherte sich Klara dem Kind, legte ihm das Seil um die Taille und kroch wieder zurück.

»Halt, so fest du kannst!«, rief sie. »Und du, Doria, leg dich auf die Jacke, damit du Halt hast, und versuch ihm zu helfen.«

Sie verständigte sich pantomimisch und mit den wenigen Worten Nenzisch, die sie beherrschte.

Da sie nur noch Unterwäsche trug, biss die Kälte ihr schon in die Schultern. Mit aller Kraft stemmte sie die Beine in den Boden. Das Kind herauszuziehen war letztlich leichter als erwartet. Durch sein geringes Gewicht war es nicht tief eingesunken. Und so holte sie den schlammbedeckten Jungen heraus. Die Frau stöhnte erleichtert auf.

»Jetzt du!«, rief Klara, während sie ihr das eine Ende des improvisierten Seils reichte.

Doria lag der Länge nach auf dem Mantel. Doch jedes Mal, wenn Klara zog, brach das dünne Eis ein. Nach drei Versuchen war die junge Nenzin zu drei Vierteln eingesunken, und nur ihre Arme ragten noch über den Rand. Klara spürte, wie sie in Panik geriet. Sie wollte nicht mit ansehen, wie jemand einen so grauenhaften Tod starb. Sie fühlte in ihrem eigenen Körper, wie die Kälte Doria erfassen und lähmen würde, das Gewicht des Wassers auf ihrem Bauch, dann auf der Brust, dann auf der Kehle. Sie stellte sich die Flüssigkeit vor, die in den Mund sickern würde, obwohl das Gesicht verzweifelt zum Himmel blickte. Noch einmal kroch sie zu der Frau und reichte ihr das Messer.

»Zerschneide deine Kleidung.«

Doria machte sich daran, die beiden Schichten Rentierhaut aufzutrennen, die sie nach unten zogen.

Klara strengte sich noch einmal an und spannte ihre Muskeln an wie nie zuvor in ihrem Leben. Nichts tat sich. Niemand sprach ein Wort. Wieder flogen Gänse gleichgültig über sie hinweg. Klaras Muskeln zitterten, ihre nackten Arme wurden rot, ihr Herz pochte immer heftiger in der Brust. Endlich bewegte sich etwas unter dem Eis. Millimeter für Millimeter kam Dorias Körper hervor wie ein Schmetterling aus einer Puppe. Ihr weißer, rundlicher Bauch erschien. Klara unternahm eine letzte Kraftanstrengung und fiel nach hinten, als der Körper der jungen Frau schließlich befreit war. Jetzt musste es schnell gehen. Dorias nackter Bauch und die Beine wurden vor Kälte bereits blau. Das Kind, das sie beinahe vergessen hatten, lag mit geschlossenen Augen da. Sie rannten eine Dreiviertelstunde, dann kamen sie stolpernd am Tschum an.

Dass Klara das Drama abgewendet hatte, verlieh ihr einen besonderen Status bei den Nenzen. Bislang war sie von dem neugierigen Volk geduldet oder amüsiert betrachtet worden. Am Tag nach der Rettung wurde sie Mitglied des Klans. Wohin sie auch ging, tötete man ein Rentier, um das warme Blut mit ihr zu teilen. Doria fertigte ihr Tobakis an, kniehohe Stiefel aus Rentierhaut, und eine Kapuzenjacke mit zwei Schichten, die innere mit dem Fell nach innen, die äußere mit dem Fell nach außen. Mit den an den Ärmeln befestigten Fausthandschuhen fror Klara nie mehr.

Als der Winter kam, verbrachte sie immer öfter die Nächte im Tschum. Im Lager scherte sich niemand darum. Am Ende kam sie mit einer Tasche voller Proben zurück, die Tolstoi einer eigentümlichen Prozedur unterzog.

Die Dunkelheit trat ihren Siegeszug an, und die Abende im Zelt wurden länger. An manchen Tagen war es unmöglich, hinauszugehen. Einem Mann, der der Kälte von minus dreißig Grad trotzen wollte, gefror das Weiße in den Augen. Man blieb unter den Fellen hocken und unterhielt sich über dieses und jenes. Es ging das Gerücht, Anja würde im Frühjahr heiraten. Man diskutierte, wie viele Rentiere man ihr geben, wie viele weiße Fuchsfelle man ihr schenken sollte. Langsam verstand Klara die Sprache und mischte sich in die Debatte ein, wobei sie mit ihren Schätzungen alle zum Lachen brachte.

●●●

Der Winter ging vorüber, dann das Frühjahr, der Sommer, der Herbst. Die Suche nach Uran war alles andere als überzeugend. Klara hatte winzige Spuren davon gefunden, die aber auch von der natürlichen Radioaktivität im Boden stammen konnten. Schon lange hatte sie sich von der Vorstellung verabschiedet, für ihr Land zu handeln, dieses Gebilde, das in ihrem Alltag mitten in der Tundra immer vager wurde. Sie erfüllte eine Aufgabe, für die sie zu essen bekam, und führte so unauffällig wie möglich ihr Doppelleben bei den Nenzen.

Anfang März, das Lager erwachte gerade schwerfällig aus seiner Lethargie, um die Arbeiten anzugehen, die im Frühling zu tun waren, kam der Kommandant persönlich, um folgende Neuigkeit zu verkünden: »Das Herz des Kampfgefährten und genialen Fortsetzers der Sache Lenins, des weisen Führers und Lehrers der Kommunistischen Partei und des Sowjetvolkes, hat am 5. März 1953 um 21.50 Uhr Moskauer Zeit aufgehört zu schlagen.«

Stalin war tot. Die Aufseher lasen die Artikel aus der *Prawda* vor, die von der Beisetzung berichteten; die Gefangenen mussten ehrerbietende Texte vortragen, alle gemeinsam stimmten patriotische Gesänge an, aber die Stimmung war befremdlich. Was würde sich durch das Ereignis hier, auf dieser verlassenen Insel mitten im Polarmeer, ändern? Die Aufseher und die Gefangenen, die sich mit einem Mal wieder in ihre alten Rollen als Bewacher und Bewachte gedrängt sahen, betrachteten sich seltsam. Der Drang nach Freiheit lag in der Luft. Was taten sie eigentlich noch hier? Sie waren im Namen Stalins verhaftet worden, weil sie ihm nicht die Treue gehalten hatten. Sein Tod ließ die Hoffnung auf Vergebung aufkeimen.

Im Juni wurden zwei Gefangene mit leichten Strafen freigelassen oder begnadigt, das wusste man nicht genau. Einen Monat später kam der Kommandant zurück, um Tolstoi und zwei andere Jungs abzuholen. Die vierzehn Übrigen warteten nun darauf, dass sie an die Reihe kamen. Sobald der Laster sich bemerkbar machte, wenn er den Hügel hinaufkroch, kamen alle herbeigelaufen. Hoffnung und Enttäuschung wechselten einander ab und machten die Männer aggressiv. Das Glück Einzelner zerstörte die Gemeinschaft.

Klara erging es genauso. Aus Angst, ihre Entlassung zu verpassen, wagte sie es nicht, länger aus dem Lager fortzubleiben. Letztlich gab ihre Akte nichts her, irgendjemand würde das schließlich herausfinden und den Befehl geben, sie holen zu lassen. Der Gedanke an die Entlassung machte ihr aber auch Sorgen. Würde sie wieder mit Anton zusammenleben? Wäre Vergebung möglich? Gäbe es für sie noch einen Platz im Labor, oder würde sie der Schande nie entrinnen, dem weitverbreiteten Gedanken »wo Rauch ist, ist auch Feuer«? Und Rubin, würde er sich nach mehr als drei Jahren Trennung und allem, was man ihm vermutlich über sie erzählt hatte, noch in ihre Arme schmiegen? Diese Fragen verfolgten sie so sehr, dass sie nicht mehr wusste, ob sie überhaupt hoffen sollte. Eines Abends unterhielt sie sich darüber lange mit Anja.

»Lass dem Leben seinen Lauf, große Schwester. Du wirst nie schnell genug sein, um dem Tod zu entgehen.«

Mit diesen Worten und einem sanften Lächeln ging die junge Frau davon.

Eine zweite tief greifende Veränderung ergab sich Mitte Oktober. Das Rumpeln des Lasters lockte Klara aus dem Labor, wo sie Tolstois Arbeit machte. Anstelle des gedrungenen, behäbigen Kommandanten stieg ein hellblonder, athletischer Mann in tadelloser Uniform aus. Er ließ den Blick über die Gebäude und den Hof streifen, wo Aufseher und Gefangene zusammenstanden. Es herrschte lange Stille, dann fing er an zu schreien: »Was ist das für ein Saustall! Dieser zerlumpte Haufen! Wer ist hier eigentlich wer? Ist das ein Ferienlager oder was?«

Instinktiv stellten sich die Aufseher zusammen und zogen ihre zerschlissenen, mit Rentierfell besetzten Uniformen straff.

»Wer hat hier das Kommando?«

»Ich, Genosse«, nuschelte der dicke Maslow und deutete einen militärischen Gruß an.

»Genosse Leutnant Michail Oslowitsch, verantwortlich für die Verwaltung der Insel«, stellte sich der Neuankömmling vor. »In den drei Tagen, in denen ich jetzt hier bin, habe ich schon viel gesehen, was sich ändern wird. Aber das hier ist der Gipfel! Los, alle Gefangenen aufstellen, in Zweierreihen. Wachen, ihr passt auf und geht einer nach dem anderen rein und zieht euch um! Anschließend Kontrolle. Sie da«, rief er aus und zeigte auf Maslow, »gibt es hier ein Büro, damit Sie mir berichten können?«

Er brüllte, als stünden die Männer nicht wenige Meter neben ihm, sondern wären irgendwo im Sturm verschollen. Und tatsächlich ging ein Sturm auf sie nieder. Maslow und er zogen sich ins Labor zurück, und man hörte eine Stunde lang seine laute Stimme. Im Hof nahmen alle wieder die gewohnten Rollen ein. Die verängstigten Aufseher nahmen es jetzt mehr als genau, sie untersagten jegliche Regung und verboten den Gefangenen, ihre Jacken zu holen. Klara, die bei der Arbeit im schlecht geheizten Labor ihre Felljacke trug, die sie von den Nenzen bekommen hatte, fror nicht allzu sehr, bekam aber eine harte Abfuhr, als sie ein gutes Wort für einen anderen einlegte.

Reflexartig war es den Männern, mit denen die Gefangenen gelebt, gearbeitet, geplaudert, manchmal ihr Leben riskiert hatten, egal, dass die anderen litten. Die Angst, die gemeine Angst, die Tapfere zu Peinigern macht, erfasste Denken und Fühlen der Männer.

Als der Leutnant auf den Hof zurückkam, ließ er alle strammstehen und betrachtete sie verächtlich. Er war ein schöner Mann, um die vierzig, mit feinen Zügen und einem energischen Kinn. Klara fragte sich, warum er wohl auf die Insel versetzt worden war. Hatte der Gulag dermaßen viele Gefangene ausgespuckt, dass man die Aufseher nun beschäftigen musste? Der Gedanke ließ sie erschaudern. Endlich sagte er etwas, wenn auch nur, um Befehle auf sie niederprasseln zu lassen: bis auf Weiteres Urlaubssperre, Aufseher wie Gefangene haben Uniform zu tragen und sich nicht länger wie die Wilden aufzuführen – er wandte sich Klara zu und wies auf ihre Kleider –, Morgenappell, Fahnengruß, Aufbruch zum Arbeitsplatz in Marschordnung, bewaffnete Eskorte, gezielter Schusswaffengebrauch bei Fluchtversuch, Verbot, die Eingeborenen zu treffen, Einschließen der Gefangenen über Nacht, nächtlicher Wachdienst, Bau einer Arrestzelle für Fälle von Befehlsverweigerung … Die Litanei hörte gar nicht wieder auf, und niemand hätte sich noch an alle Anweisungen erinnern können. Aber alle verstanden, dass es mit dem fast normalen Leben, mit der Menschlichkeit, die sie zugelassen hatten, nun zu Ende war.

Es war dunkel geworden, und es nieselte, als er die Männer wegtreten ließ. Er wandte sich Klara zu.

»Sie da! Die Frau! Klara Sergejewna, nicht wahr? Die Geologin? Zum Appell!«

Er ging zum Laster, kam mit einer Akte zurück und zündete eine Petroleumlampe im Labor an. Klara stand im Licht, während er im Schatten verschwand, und dieses Vorgehen erinnerte sie an die Verhöre.

»Ich habe Ihre Berichte gelesen. Dummes Zeug! Sie haben nichts gefunden. Man könnte sich fragen, ob Sie überhaupt gesucht haben. Sie waren mit einer Aufgabe betraut, die für unser Vaterland überlebenswichtig ist. Die Anreicherungsanlage auf Nowaja Semlja ist fertig. Das Uranerz kommt aus Kasachstan. Wir verlieren sinnlose Zeit, während die Kapitalisten sich freuen, und Sie, Sie treiben sich bei den Nomaden rum!«

Er schwadronierte eine Weile vor sich hin. Er hatte ihre Akte gelesen, erinnerte sie daran, wie viele Jahre im Lager sie noch vor sich hatte. Wenn sie kein Ergebnis vorzuweisen hätte, würde sie in ein Sonderlager für politische Gefangene geschickt, wie sie eine war. Der Genosse Stalin sei gestorben, aber die Partei würde sein Werk fortsetzen.

Diese erste Salve streifte Klara allenfalls. Sie fühlte sich für die fehlenden Ergebnisse letztlich nicht verantwortlich. Dann stand er auf und begann, um sie herumzulaufen, wobei er die ganze Zeit im Schatten blieb. Sie spürte ihn hinter, neben, vor sich, wie ein Tier, das seine Beute beschnüffelte. Sie schwitzte vor Angst. Er versetzte ihr den Todesstoß.

»Das Verbot, die Nenzen zu treffen, richtet sich insbesondere an Sie. Man hat mir die tollsten Sachen berichtet! Sie verschwinden und bleiben tagelang dort, Sie pflegen alle möglichen Beziehungen, die von keinerlei Nutzen für Ihre Arbeit sind. Ich habe Ihre Freundin, die Grundschullehrerin, in die Mangel genommen. Um die werde ich mich persönlich kümmern, diese Unruhestifterin.«

Klara wankte. Zum zweiten Mal verlor sie ihre Familie, und die unmissverständlichen Drohungen des Leutnants ängstigten sie. Was würde er mit Anja machen?

Er sah sie zittern und nutzte das aus. Er wurde grob, ausfallend.

»Jaja, die kleine Schlampe stachelt die Kinder gegen ihr eigenes Land auf. Wenn sie glaubt, dass ihr Posten sie schützt, dann hat sie sich getäuscht!«

Er lachte anzüglich und fuhr dann wieder in militärischerem Tonfall fort:

»Ab sofort berichten Sie mir jede Woche ganz genau von Ihrer Arbeit und wo Sie gewesen sind. Sie verlassen das Lager nur in Begleitung eines bewaffneten Aufsehers. Der geringste Fehltritt wird Sie teuer zu stehen kommen. Und jetzt gehen Sie!«

Sie wollte gerade hinausgehen, als er nach ihrem Kinn griff und ihr Gesicht gewaltsam zu sich drehte. Seine tiefblauen Augen durchbohrten sie.

»Schade, ein bisschen sauberer wären Sie gar nicht schlecht.«

Er lachte noch immer, als sie, erfüllt von abgrundtiefer Angst, die Tür zuschlug. Klara hatte sich sexuellen Annäherungsversuchen immer entzogen und einen kühlen Kopf behalten. Dieses Mal war sie entsetzt, weil dieser Mann sie erregte. Er strahlte eine Sinnlichkeit aus, etwas Animalisches, das ebenso mächtig wie verabscheuenswürdig war. In dieser Nacht, zum ersten Mal während ihrer Haft, streichelte sie sich und schämte sich dafür.

Die Verzweiflung, die die Gefangenen erfasste, war ebenso groß wie die Hoffnung, die sie sich nach Stalins

Tod gemacht hatten. Klara wurde zur Zielscheibe dieser kollektiven Verbitterung.

»Immerhin sind wir wegen ihr hier, wegen der verdammten Löcher, die wir überall graben müssen ... Wären wir auf dem Festland geblieben, hätte man uns längst freigelassen. Hier haben sie uns vergessen, und jetzt bekommen wir es auch noch mit diesem verrückten Leutnant zu tun ...«

Obwohl der Winter voranschritt und es täglich fror, wurden ihre warmen, pelzgefütterten Rentiermäntel beschlagnahmt. Die Gefangenen trugen wieder ihre alten Wollmäntel, die sich mit Feuchtigkeit vollsogen, und ihre durchlöcherten Stiefel. Die Aufseher, die erbost darüber waren, dass auch für sie ein schärferer Wind wehte, behandelten sie grob, um ihrer Wut Luft zu machen. Mehrmals führte sie ihr Weg an einem Lager der Nenzen vorbei. Als diese näher kamen, um wie üblich zu plaudern, schossen die Soldaten in die Luft, um sie zu vertreiben. Klara bemerkte aus dem Augenwinkel, dass die Situation sich auch für ihre Freunde verändert hatte. Die Kinder schienen verschwunden zu sein, ebenso ein Teil der Herden. Aber mehr als alle Unannehmlichkeiten fürchtete sie die wöchentliche Begegnung mit dem Leutnant.

Jedes Mal waren sie allein im Labor. Jedes Mal stand sie im Licht der Lampe, er saß im Dunkeln, die Füße auf dem Schreibtisch. Jedes Mal fühlte sie sich von seinen Blicken ausgezogen. Einen wöchentlichen Bericht zu verlangen war albern. So schnell konnten die Untersuchungen nicht zum Erfolg führen. Die richtigen Stellen zu bestimmen, ein Loch in den gefrorenen Boden zu graben, die Proben zu analysieren, obwohl ständig ein Gerät fehlte, dauerte eher Monate als Tage. Er wurde wütend, schrie, drohte. Als er erklärte, ihr Verhalten komme Sabotage gleich und er könne sie dafür bestrafen, bekam sie wirklich Angst. Die Aussicht, in die drei Quadratmeter große Zelle zurückkehren zu müssen, versetzte sie in Panik. Weinend versuchte sie sich zu verteidigen, versprach, sie werde sich anstrengen. Wie damals, als sie ihr Geständnis unterschrieben hatte, verachtete sie sich selbst für ihre Schwäche. In Anbetracht ihrer Niederlage schlug er einen anderen Ton an, war übertrieben freundlich, wurde anzüglich, machte vermehrt sexuelle Anspielungen. Sie so niedergeschlagen zu sehen erregte ihn. Wenn er sie hier auf dem gekachelten Labortisch vergewaltigt hätte, hätte es niemand mitbekommen und einschreiten können. Das wussten sie beide, und er spielte damit. Als er hinter ihr vorbeiging, zog er sie unvermittelt an den Haaren und zwang sie, ihre Kehle wie ein Tier auf der Schlachtbank nach oben zu recken, dann ließ er sie unter hämischem Lachen wieder los. Er nahm ihren Arm und drückte ihn, bis sie vor Schmerzen wimmerte. Er nahm das Lineal vom Schreibtisch und schlug ihr damit auf den Hintern und die Beine und beschimpfte sie als schlechte Bolschewistin. Schließlich trat er, wie jedes Mal, an sie heran und baute sich so vor ihr auf, dass er sie mit seiner männlichen Statur überragte; sie schloss die Augen und war auf das Schlimmste gefasst. In diesem Moment schickte er sie weg. Zitternd ging sie in die Baracke zurück, die wieder zu einer Zelle geworden war, um auf ihre schlecht gelaunten Mitgefangenen zu treffen.

Nur die unendliche Polarnacht besänftigte sie. Sie schaute durch ihre Dachluke und verdrehte den Hals, um die fluoreszierenden Schleier des Nordlichts zu sehen. Irgendwo unter dem eisigen Himmel drängten sich ihre nenzischen Freunde im Tschum aneinander. Es schien ihr, als hüpfe ein wenig von ihrer Fröhlichkeit über die Sterne zu ihr, um sie zu trösten, und sie reckte ihnen ihre Wange entgegen, um die Wärme eines imaginären Feuers zu spüren.

In diesem Jahr nahm der Winter kein Ende. Wenn Klara mit der Gruppe losging, um die Flüsse zu untersuchen, kehrten sie mit Erfrierungen zurück und verkrochen sich an einem kaum wärmenden Ofen, für den die Kohle auf Anweisung des Leutnants reduziert worden war.

Dann folgte die Überraschung. Nachdem sie drei Jahre lang vergeblich nach einer Uranquelle gesucht hatte, offenbarte eine Probe aus den Sedimenten eines Baches im Nordosten der Insel einen mehr als vielversprechenden Gehalt. Das Wasser kam von einer Anhöhe nah am Meer, von der aus man die weite weiße Fläche des von Wind und Strömungen zerfurchten Eises sah. Im vergangenen Sommer, als sie sich noch frei bewegen konnte, hatte sie die Rentierhirten in diese Gegend begleitet. Die Vegetation war hier anders, weniger vielfältig, mit Binsen, Gräsern und großen kahlen Stellen, auf denen Flechten wuchsen, die die Rentiere gerne mochten. Sie hatte daraus geschlussfolgert, dass die Bewegung der Erdkruste diesen Teil der Insel angehoben und trockengelegt und dabei Sedimente an die Luft befördert hatte, die seit langer Zeit unter der ozeanischen Platte verschlossen gewesen waren. Gäbe es hier also auch andere Erze?

Sie hatte ihre Arbeit auf diesen Bereich konzentriert und erntete nun die Früchte ihrer Intuition.

Klara wiederholte die Analysen drei Mal, es gab keinen Zweifel. Es handelte sich um einen bedeutenden Fund. Und der Schatz, den sie gefunden hatte, lag nicht irgendwo auf dem Festland, sondern im Meer, in einem nicht weit entfernten, nicht sehr tiefen und im Sommer zugänglichen Meeresarm; ein Eldorado, von dem man noch nicht einmal in Moskau zu träumen gewagt hatte.

Stolz erfüllte sie, dann Hoffnung, schließlich Zweifel. Sie hatte ihre Aufgabe erfüllt. Ein solcher Erfolg nach kaum drei Jahren Suche war selten. Wie viele Kollegen plagten sich ergebnislos seit fünfzehn oder zwanzig Jahren trotz des Drucks ihrer Vorgesetzten? War ihre Entdeckung womöglich einen Straferlass wert? Murmansk? Anton? Rubin? Wieder quälten sie die Fragen. Ins Labor zurückkehren, um die Hände zu schütteln, die Denunziationen unterschrieben hatten? Tee mit denen trinken, die gelogen oder feige geschwiegen hatten? Würde auch unter anderen politischen Kommissaren weiter Willkür herrschen? Zum ersten Mal zog Klara in Erwägung, dass die, die sie verurteilt hatten, nicht bloß Handlanger waren, die die Richtlinien der Partei überschritten, sondern Teil eines durchorganisierten Systems. Seit Stalins Tod sprach man auf der Insel trotz der Restriktionen durch den Leutnant offener miteinander. Klara begann, die Gefangenen zu befragen, die Aufseher und die Leute, die am Lager vorbeikamen. Sie ermunterte sie, über Auswüchse zu berichten, die sie mitbekommen hatten, über unmenschliche Behandlungen, an die sie sich erinnerten: Säuberungen, Entkulakisierung, Beschlagnahmung von Herden, Land und Häusern. Sie selbst vertiefte sich wieder in das, was sie im Gulag gehört hatte. Sie setzte Fakten und Taten, Anspielungen, Schweigen, Gerüchte miteinander in Beziehung. Jedes Mal, wenn sie einem Betrug auf die Spur kam, litt sie, bis sie sich schließlich den wahren Charakter des Systems vor Augen führte: Nicht sie hatte die UdSSR verraten, sondern die UdSSR hatte sie verraten.

Nachdem sie zu diesem Schluss gekommen war, quälte sie der Gedanke, diesen Leuten den Zugang zur Atombombe zu erleichtern. Bis zu welchem Punkt sollte sie deren Ziele unterstützen? War die viel zitierte imperialistische Bedrohung nicht auch ein Vorwand, um die Bevölkerung zu unterdrücken? Je länger sie darüber nachdachte, desto drängender wurde die Frage, was sie mit ihrer Entdeckung machen sollte. Schweigen, bis sie irgendwann befreit würde? Und dann? Zum ersten Mal dachte sie an Flucht.

Um Zeit zum Nachdenken zu gewinnen, fälschte sie die Ergebnisse und notierte die echten Zahlen nur am Rand des Geografiebuchs. Es widerstrebte ihr auch, ihren Erfolg mit dem Leutnant zu teilen. Er würde sich ganz bestimmt damit brüsten, sich dieses faule Stück vorgeknöpft und zur Arbeit angehalten zu haben.

Die wöchentlichen Verhöre gingen weiter, grausam und sinnlos. Es war jetzt immer hell, und der Leutnant schien sich unwohl damit zu fühlen, dass sie ihn beobachten konnte. Er befahl ihr, nach unten zu schauen, und wurde von Mal zu Mal brutaler.

An diesem Tag lag eine boshafte Freude auf seinem Gesicht. Nach den üblichen Anschuldigungen schwieg er und starrte sie lange an, als sähe er sie zum ersten Mal. Sein tiefblauer Blick musterte sie eingehend.

»Klara Sergejewna, ich bin inzwischen davon überzeugt, dass Sie es mit Absicht machen. Es war naiv von mir, von einer Volksfeindin einen noch so kleinen Dienst am Vaterland zu erwarten. Ab sofort werde ich Sie daher auch als Volksfeindin behandeln.«

Er ging unvermittelt um den Schreibtisch herum, packte sie und gab ihr eine Ohrfeige.

»Schlampe!«

Klara begriff, dass ein Damm in ihm gebrochen war. Sie versuchte, sich zu befreien, aber er hielt sie fest und schlug sie noch einmal so heftig, dass etwas Blut aus ihrem Mundwinkel sickerte. Er lächelte.

»Schluss mit der Komödie.«

Eine Sekunde dachte sie, er habe das Geografiebuch in die Hände bekommen und die Ergebnisse entziffert. Aber als er weitersprach, begriff sie ihren Irrtum.

»Du bist einfach nur dumm, unfähig! Drei Jahre bist du jetzt hier und drückst dich jeden zweiten Tag vor der Arbeit, weil angeblich schlechtes Wetter ist. Und wie ich höre, wiegelst du die Leute auf. Du schwatzt, du lästerst über die Partei, du ermutigst andere, Horrormärchen zu erzählen. Antworte!«

Irgendjemand der Gefangenen oder der Aufseher musste verraten haben, dass sie sich neuerdings dafür interessierte, was an Unrecht geschah. Vielleicht als Gegenleistung für eine Beförderung oder Befreiung?

»So, und jetzt wirst du bezahlen.«

Sein Blick wurde lüstern, und sein Mund verzog sich zu einem Grinsen.

»Wie deine Freundin, die dunkelhaarige Lehrerin! Sie hat versucht, sich zu widersetzen, als die Rentiere beschlagnahmt und die Kinder in die Erziehungsanstalt verschickt wurden. Dreckige Aufwieglerin. Sie meinte wohl, sie könnte mich ficken … tja, jetzt hab ich sie gefickt.«

Die Atmosphäre wurde immer aufgeladener. Es war nicht mehr nur Wut, die den Leutnant antrieb, sondern die blanke Gier nach Sex. Gewalt brach sich Bahn.

Er packte ihre Jacke und zog so heftig daran, dass die Knöpfe absprangen, dann zerrte er an ihrer Leinenbluse, bis sie zerriss und man ihre Brüste sah.

Klara wehrte sich, aber gleichzeitig lähmte sie eine Mischung aus Angst und Scham. Sie wich zurück bis zum Kacheltisch, auf dem sie die Proben bearbeitete. Er stellte sich vor sie, warf sie auf die Tischplatte und biss ihr in die Lippen, damit sie den Mund öffnete. Sie merkte, wie er ihren einen Arm losließ, um an seinem Hosenschlitz zu hantieren. Alles ging so schnell, zu schnell. Mit ihrer freien Hand stieß Klara an einen ihrer Geologenhämmer. Ohne nachzudenken, griff sie danach und schlug damit auf den Schädel ihres Angreifers. Es hörte sich an wie ein brechender Ast, und das Keuchen aus seinem Hals wurde zu einem Fiepen. Der Leutnant sackte in sich zusammen, auf seinen kurzen Haaren trat

Blut hervor. Klara befreite sich. Sie zitterte heftig. Der Mann machte die Augen auf und stammelte etwas. Sie starrte ihn an, dann betrachtete sie den Hammer, als wolle sie verstehen, was passiert war. Sie hätte Schluss machen und ihm noch einmal mit dem Hammer auf den Kopf schlagen sollen. Ihre Beine wankten so sehr, dass sie neben ihm auf die Knie fiel. Die Schockstarre hinderte Klara am Denken. Sie zwang sich, bis hundert zu zählen, um sich zu beruhigen. Nach einer Weile gelang es ihr, sich am Tisch festzuhalten und hochzuziehen. Der Leutnant sah sie an, blinzelte hin und wieder, ohne sprechen zu können. In seinem Mundwinkel erschienen ein paar Tropfen Blut.

Es war zu spät, um die Sache zu beenden, kaltblütig konnte sie es nicht mehr tun.

Sie musste fliehen. Die Wächter würden sich wundern, wie lange das Verhör dauerte, aber alle hatten solche Angst vor dem Leutnant, dass sie lange warten würden, ehe sie ihn störten; ein, zwei Stunden vielleicht. Sie würden ihn tot oder lebendig finden. Sie redete sich ein, dass das nicht länger von ihr abhing, und öffnete das kleine Fenster, das zur Tundra zeigte. Sie war schon dabei, hindurchzuschlüpfen, als sie es sich anders überlegte. Sie ging noch einmal zum Leutnant und legte ihm die Hand auf den Arm. Er öffnete die Augen. Sein Blick war nicht mehr böse oder begehrlich, sondern traurig und ein wenig überrascht; der Blick eines Mannes, der verwirrt war, dass das Ende so plötzlich gekommen war. Sie richtete ihn auf, lehnte ihn gegen das Tischbein und deckte ihn mit seinem schweren Mantel zu.

Draußen war es schön. Der Himmel würde noch mindestens zwei Stunden rosig bleiben und dann ins Graue umschlagen. Mit ein wenig Glück würde ihre Flucht erst nach Einbruch der Nacht bemerkt, und die Suche würde erst am nächsten Morgen beginnen. Ohne zu zögern, rannte sie los über das kurze Gras in Richtung der Hügel.

●●●

Klara Sergejewna wurde an diesem Tag als vermisst gemeldet. Entgegen allen Erwartungen überlebte der Leutnant mit einer zeitweiligen Lähmung der Gliedmaßen. Der ehrgeizige junge Mann wurde bis zu seinem Tod von seiner Mutter, später im Heim gepflegt.

Die Suche nach Klara blieb ergebnislos. Trotz Verhaftungen im Umfeld der Nenzen, von denen die Russen vermuteten, sie würden die Geflohene verstecken, gab niemand jemals irgendetwas zu. Man folgerte daraus, dass sie irgendwo auf der Insel verhungert oder erfroren war, sofern sie nicht versucht hatte, das zu dieser Jahreszeit instabile Packeis zu überqueren, und auf dem Grund des Polarmeers lag.

●●●

Klara lief so gleichmäßig wie ein Metronom. In den drei Jahren, in denen sie sich auf diesem tückischen Gelände bewegte, war sie kräftig geworden und abgehärtet. Nur einmal hielt sie an, um ihre Jacke um die Taille zu binden, und behielt danach beinahe eine Stunde ihren Rhythmus

329

bei. Der Schnee hatte begonnen zu schmelzen, der Boden war mit braunen Flecken gesprenkelt, und der gefrorene Untergrund bildete eine harte Grundlage, auf der das Laufen leichtfiel. Sie kannte die Umgebung in- und auswendig, die Schluchten, wo die Zwergweiden das Laufen erschwerten, die steilen Stellen, wo man auf dem Glatteis ausrutschte. Sie hörte nur ihren gleichmäßigen Atem, das Knirschen des vereisten Schnees unter den Füßen, das Plätschern, wenn sie an eine Pfütze mit Schmelzwasser kam, und hin und wieder das Flattern eines verwirrt auffliegenden Piepers.

Durch die gleichmäßige Bewegung ihrer Beine geriet auch ihr Denken wieder in ruhigere Bahnen, und allmählich entkam sie ihrer Erstarrung. Ihr fiel nur ein einziger Ausweg ein: die Nenzen. Das Dringlichste war, sich zu verstecken, sich vor der Kälte zu schützen und zu essen, bevor sie irgendetwas Weiteres entschied. Aber sie wusste schon jetzt, dass dieser Ort als Unterschlupf nicht taugte. Die Nenzen wären die erste Adresse für die Suche nach ihr. Wenn man sie dort fände, bedeutete das die Deportation aller Familien.

Sie hielt an, um aus einer Pfütze zu trinken. Das eisige Wasser brannte ihr in der Speiseröhre. Sie zwang sich, Luft zu holen und sich zu strecken, und dabei erinnerte sie sich schlagartig an etwas. Was hatte der Leutnant gesagt? »Dreckige Aufwieglerin. Sie meinte wohl, sie könnte mich ficken … tja, jetzt hab ich sie gefickt.«

Anja! In ihrer Panik hatte sie diese Worte gar nicht richtig erfasst. Anja! Ihre Schwester, die Augen, die so strahlend lachten, die Hochzeitsvorbereitungen. Vor Wut bekam sie einen Schluckauf, der ihr mehr noch als das Eiswasser den Atem raubte und sich in ein unerträgliches Ohnmachtsgefühl verwandelte. Bilder voller Gewalt überkamen sie, als hätte sie selbst das ertragen, was sie sich vorstellte. Sie fing an zu schreien. Ein langer, schriller Schrei, der zwei Füchse aufschreckte, erfüllte die Luft und den Himmel und hallte die Bäche entlang. Ein Schrei voller Hass und Abscheu. Wäre der Leutnant noch in der Nähe gewesen, hätte sie ihn in diesem Augenblick getötet. Sie war zutiefst entsetzt und bereit, sich an Ort und Stelle fallen zu lassen und darauf zu warten, dass jemand ihre Hand nähme, sie beruhigte, sie nicht allein ließ mit ihrem Schmerz. Es glich einer Zerreißprobe, sich wieder in Bewegung zu setzen, als müsse sie sich damit zwischen ihrem eigenen Schicksal und dem ihrer Freundin entscheiden.

Der Abend brach herein, blasslila und ruhig. Klara lief weiter und fragte sich, ob die Verfolgung schon begonnen hatte, meinte Rufe und Befehle zu hören. Glücklicherweise herrschte Vollmond, und es war taghell. Auf einem der Hügel flößte ihr ein hellbrauner Fleck, der sich langsam und wie zufällig bewegte, neue Hoffnung ein: die Rentiere! Sie waren immer in Bewegung, kamen zusammen und trennten sich wieder, während sie friedlich grasten. Ein paar Minuten später zeichneten sich die beiden schwarzen Kegel der Tschums vor dem klaren Himmel ab.

In der rötlich schimmernden Wärme des Feuers erzählte Klara schweren Herzens und unter Tränen ihre Geschichte. Die Nenzen zeigen ihre Gefühle nur sehr selten. Auch wenn sie gerne erzählen und das Gehörte kommentieren, bleiben sie unbeteiligt. Lediglich ein Augenzwinkern, ein Seufzen oder auch Schweigen verraten ihre Gefühle. Das Erste, was es zu tun galt, war, Nga zu beruhigen, den Geist des Bösen und des Todes, der sich von den Seelen der Lebenden ernährt. Man musste ihm Klaras Seele entreißen, damit sie nicht in die drei Ebenen der Hölle versank. Wassily, der Schamane, ließ die Trommel und die Psalmodie ertönen, zuerst am Feuer, dann draußen in der eisigen Nacht, um die Gottheiten anzurufen. Unter den Fellen vergraben, fiel Klara erneut in Erstarrung. Die Frauen hatten sie hier abgelegt und kümmerten sich nicht mehr um sie. Der Alltag rief, und der ging vor. Was auch geschah, die Mäntel mussten genäht, die Kinder gestillt, die Fleischstücke aufgetaut werden.

Kurz darauf kam Wassily zurück. Sein sonst rundliches Gesicht war vor Erschöpfung eingefallen und vom gefrorenen Schweiß weiß. Er sprach kurz mit zweien seiner Söhne; kein Schreien, kein Rufen, nur Gemurmel. Die beiden Jungen standen auf, schlüpften in ihre kniehohen Stiefel, zogen ihre weiten Kapuzenjacken an und schnürten die Gürtel fest, an denen die schützenden Zähne hingen. Sie gingen hinaus, und Klara hörte das Getrampel der Rentiere, die sie anspannten. Sie suchten sechs der Kräftigsten aus der Herde aus, denn der Weg würde weit sein; hübsche Tiere, deren weiße Bäuche im Mondlicht glänzten. Sie schnaubten ängstlich. Sie waren es nicht gewohnt, mitten in der Nacht angespannt zu werden. Klara wurde auf den Schlitten gesetzt und verschwand vollständig unter den Fellen. Die Frauen brachten Fleisch und Fisch, tiefgefroren von der Kälte, einen Gurt zum Festschnallen, Päckchen mit Kräutern, deren Verwendung unklar war, und das neueste Gewehr, das die Nenzen besaßen, jenes Gewehr, das sie im Tausch von den Norwegern erhalten hatten, als sie damals noch herkamen, um Tiere zu kaufen, bevor sich mit der Ankunft der Russen das Leben auf den Kopf gestellt hatte.

Wassily beugte sich zu Klara und legte ihr die Hand auf die Stirn. Er hatte noch immer eiskalte Hände.

»Meine Söhne werden dich über das gefrorene Meer bringen. Sie kennen die Passagen. Dort, auf dem Festland, werden sie dich zu unseren Brüdern bringen. Sie leben weit weg, in der Wildnis, wo keine anderen Menschen hinkommen. Du wirst ihren Kindern eine Großmutter sein.«

Er sagte nicht, dass es schon ziemlich spät im Jahr war, dass das Eis unter ihnen einzubrechen drohte, dass sie eine Patrouille treffen konnten, dass sie nicht genau wussten, wo genau ihre Brüder umherzogen, und dass der Sturm sie vielleicht fortwehen würde, bevor sie ankämen. Er gab nur die Anweisungen weiter, die Num, der Schöpfergott, ihm eingeflüstert hatte.

Als das Knallen der Lederpeitsche erklang, ließ Klara sich fallen, schloss die Augen und bewahrte wie einen Talisman das Bild des unermesslich weiten Himmels und den Blick des Alten.

Juri

Der Familienroman

Mit einem lauten metallenen Knirschen schob sich die alte Fähre an den Kai. Einige Einheimische, die auf niemanden warteten, hatten sich am Ufer versammelt. Sie kamen, um das wöchentliche Spektakel mitzuerleben, das sie noch immer aus ihren Häusern lockte: das Anlegemanöver des Säufers Orlow. Alle wussten, dass er das Schiff eines Tages zu Schrott fahren würde, und man freute sich schon jetzt auf die zu Tode erschrockenen Passagiere – sofern es dann noch Passagiere gab. An diesem Tag stiegen drei aus, darunter dieser Typ mit der großen Nase, den niemand kannte. Es war leider nicht der Kerl, der das Stromaggregat reparieren sollte, denn er hatte keine Werkzeugtasche dabei. Also war er nicht von Interesse.

Juri legte keinen Wert darauf, aufzufallen. Er war müde von der abenteuerlichen Reise und wollte die Bäckerei finden, von der man ihm versichert hatte, der Chef vermiete ein Zimmer über der Backstube.

Mit wachsender Begeisterung hatte er Klaras Gekritzel am Rand des Geografiebuches entziffert, wie ein Ermittler, der einem Rätsel auf der Spur war. Seine Kollegen an der Uni hatten ihm bestätigt, dass die Ergebnisse der Proben, die Klara am Ende verschwiegen hatte, tatsächlich auf ein Uranvorkommen schließen ließen.

Nicht das große Los, aber Grund genug, um weiterzuforschen.

Klaras Aufzeichnungen brachen am Tag ihres Verschwindens ab, besagtem 20. April 1954. Wie konnte die Suche weitergehen?

Juri wusste nicht recht, was genau er auf der Insel wollte. Siebzig Jahre später die Spur wieder aufzunehmen erschien sinnlos. Aber er wollte zumindest herkommen, dieselbe Luft atmen wie sie, dieselbe Landschaft aus Gras und Wasser sehen, vielleicht ein paar Nenzen treffen, die sie gekannt hatten, und ihre Tiere, sofern sie noch welche hielten.

Er hatte sich erkundigt, die Insel war nach dem Untergang der UdSSR wie ein Großteil des Landes in Vergessenheit geraten. Die Versorgung durch die Außenwelt, die den Betrieb der Schule sicherstellte, des Gesundheitszentrums, der Genossenschaft, der Gerberei, kurzum von allem, was das Leben ausmachte, war zum Erliegen gekommen, und die Preise waren in die Höhe geschnellt. Die Russen, die hierher versetzt worden und nun nicht mehr gezwungen waren, auf der abgelegenen Insel auszuharren, hatten vor dem schlechten Klima und den engstirnigen Einheimischen Reißaus genommen. Anderswo schien die Sonne das ganze Jahr über, und die Menschen widmeten sich längst ihren Geschäften. Es wäre dumm gewesen, zu bleiben. Und so lebten hier nur noch die Armen, die Alten und die körperlich oder geistig Eingeschränkten, die noch nie einen Fuß aufs Festland gesetzt und Angst davor hatten, die Insel zu verlassen. Das Dorf war ein Spiegel seiner Einwohner. Es hatte sich eingeigelt und den schmutzig braunen Farbton des Schlamms angenommen, von dem es umgeben war. Die kleinen, leer stehenden Beamtenhäuser im Hintergrund verfielen. Die Fenster klafften wie dunkle Münder, aus denen es nach Ruß roch, der von Feuern stammte, die aus Langeweile angezündet worden waren. Die von Wind, Frost und Plünderungen zerstörten Lagerschuppen der Genossenschaft sehnten den Tag ihres Einsturzes herbei. Die Hauptstraße, die am Meer entlangführte, machte noch am meisten her, auch wenn kaum noch Teer übrig war, und die altersschwachen Quads holperten zwischen den Abfallhaufen herum. Etwa vierzig Häuser reihten sich hier aneinander, einige mit einem neuen Anstrich. Anderswo hatte der Regen die Mauern mit grünen und schwarzen Schlieren verziert. Einige Fenster waren mit Planen oder Kunststoff abgedeckt, und die Regenrinnen hingen in der Luft. Die Einwohner streiften zwischen dem Laden, der Bäckerei, der Schule und der Post herum, den einzigen öffentlichen Einrichtungen. Um die Zeit totzuschlagen, spazierten sie mehrmals täglich mit den Kindern vorbei, die eigentlich alt genug waren, allein loszuziehen. Wenn sie Besorgungen machten, kauften sie immer nur ganz wenig, um mit der dürftigen Rente auszukommen, aber auch, um einen Grund zu haben, mehrmals aus dem Haus zu gehen. Einige Leute standen am Kai, die Ellenbogen auf das Geländer gestützt, obwohl kein Schiff zu sehen war, und starrten konzentriert aufs offene Meer.

Die Insel musste sich wieder selbst versorgen. Einige Männer fischten zwischen den Sandbänken, andere, die früher als Handwerksmeister Häuser renoviert hatten, erledigten nun Klempner- oder Elektroarbeiten, auf eigene Gefahr der Kunden. Viele Frauen strickten oder arbeiteten abgelegte Kleidung um. Die weniger Geschickten prostituierten sich und bekamen dafür Öl oder Kaffee. Der Überlebenswille des russischen Volkes wurde hier beispielhaft unter Beweis gestellt. Die Rentiere der Genossenschaft waren gestorben oder gestohlen worden. Nur die weit vom Dorf entfernt lebenden Familien hatten ein paar Tiere behalten in der Hoffnung, den Handel eines Tages wieder aufnehmen zu können.

Nachdem Juri seine ärmliche Behausung bezogen hatte, die zumindest den Vorteil bot, durch die Bäckerei beheizt zu sein, handelte er mit der Chefin aus, dass er eine Mahlzeit auf sein Zimmer bekäme. Er erkundigte sich bei ihr nach älteren Inselbewohnern, da die sich am ehesten erinnern würden, und steuerte das Haus an, zu dem sie ihn geschickt hatte. Der alte Astow, mit seinen vierundachtzig Jahren der Dorfälteste, wohnte hier mit seiner Tochter und drei Enkelkindern von verschiedenen Vätern. Offenbar war der Alkohol sein Geheimnis für ein langes Leben. Juri musste zweimal zum Laden gehen, um Wodka zu kaufen, den der Alte ganz allein austrank. Das war der vereinbarte Preis für Enthüllungen, die letztlich keine waren.

Ja, er erinnerte sich an die Gruppe, die sich am Fuß der Hügel niedergelassen hatte. Er hatte seinen Vater gelegentlich zum Lager begleitet, um Kisten anzuliefern. Es gab eine Frau in der Gruppe, aber er wusste nicht, was genau dort vor sich ging. Allerdings hatte er noch gut den

Leutnant vor Augen, der nach Stalins Tod gekommen war. Ein Wahnsinnstyp, der »es draufhatte«. Damals war die Stimmung im Dorf am besten. Er ließ die Soldaten jeden Tag über die Straße marschieren, die Flagge hissen und singen. Die Kinder spazierten hinterher und machten sie nach. Er nahm sich die Faulpelze zur Brust, die unter dem vorherigen Offizier eine ruhige Kugel geschoben hatten, schmiss den Bürgermeister raus und erhob den Marxismus-Unterricht zur Pflicht, selbst wenn niemand etwas davon verstand. Er holte sogar all die nenzischen Rotznasen ins Dorf, um ihnen eine kommunistische Bildung einzubläuen. Die Internatsschule platzte aus allen Nähten, und seine Familie wurde verpflichtet, drei dreckige Gören aufzunehmen, die noch nicht einmal Russisch sprachen. Der Leutnant hatte ständig Streit mit der Lehrerin, auch eine von den Nenzen. Wenn er in die Schule stürmte, hörte man sein Geschrei bis auf die andere Straßenseite. Am Ende war die Frau verschwunden; es hieß, sie sei in ihren Tschum zurückgekehrt und habe sich erhängt. Der Alte hatte das bedauert, weil sie eher nett gewesen war. Nicht wie die beiden anderen, die vom Festland gekommen waren und die Kinder beim geringsten Anlass mit dem Lineal geschlagen hatten.

Der Alkohol löste Astows Zunge.

»Schade auch, weil die Lehrerin ein hübsches Hinterteil hatte. Und wir Kinder haben große Augen gemacht, wenn sie irgendwas vom Boden aufheben musste und uns ihren Hintern entgegenstreckte. Ich schätze, der Leutnant hatte auch Freude daran. Es sei ihm gegönnt.«

Juri wurde ungeduldig und versuchte, das Gespräch auf das Lager zurückzubringen.

»Ich hab's Ihnen ja schon gesagt, ich bin nicht oft da gewesen. Im Dorf hieß es, sie suchen einen Schatz. Aber ich wüsste nicht, welchen Schatz man in dieser verdammten Gegend finden sollte. Und dann hat es gekracht. Eine Schlägerei, so hieß es. Oder Gefangene, die versucht haben zu fliehen. Jedenfalls war der Leutnant verletzt. Ein Militärschiff ist vom Festland gekommen und hat ihn an Bord genommen. Wir haben ihn nie wieder gesehen. Schade, er hatte gerade angefangen, ein bisschen für Ordnung zu sorgen.«

»Und die Frau?«, hakte Juri nach.

»Keine Ahnung … Irgendwann hieß es, sie wäre entkommen, und man sollte Bescheid geben, wenn man sie sah. Dann wurde erzählt, sie sei dort gestorben. Verdient hätte sie es, die Spionin.«

●●●

Es kostete Juri ein Vermögen, einen vorsintflutlichen Allradwagen aufzutreiben, mit dem ihn jemand zum Lager brachte und versprach, ihn drei Tage später wieder abzuholen. Wenn schon mal ein Ausländer vorbeikam, dann sollte er gefälligst auch ordentlich blechen.

Die Gebäude waren geplündert worden, besser gesagt, alles war abtransportiert worden: die Möbel, der Ofen, die Fenster, die Rohrleitungen, die Dämmung und sogar die Kacheln aus dem Labor. Er irrte herum und versuchte sich das Leben von damals vorzustellen. Ein Haufen zerbrochener Flaschen hinter dem Wächterhaus, ein Zeitungsartikel über ein Dorffest, der an der Wand klebte, ein einzelner Schuh, dessen Leder inzwischen hart geworden war. Er sinnierte eine Weile über den Lauf der Zeit und diese Gemeinschaft, von der ohne das Geografiebuch niemand irgendetwas erfahren hätte. Irgendwann würden die Wände einstürzen, Winterstürme die Steine verteilen, Moose sich darüber ausbreiten und Zwergweiden deren dürftigen Schutz nutzen, um sich anzusiedeln und die Spuren zu verbergen. Eines Tages würde man sogar vergessen, warum dieser Ort nahe den Hügeln »das Lager« hieß und wer hier einst lebte.

Am nächsten Tag machte er sich zu Fuß auf den Weg, um nach den Nenzen zu suchen, den letzten möglichen Gesprächspartnern, die allerletzte Etappe seiner Suche. Der Himmel hatte sich mit einer gleichmäßig grauen Wolkendecke bezogen, und die Tundra schien erloschen. Er stieg auf einen Hügel, um einen besseren Blick zu haben, und entdeckte tatsächlich eine dünne Rauchfahne.

Als er in der Nähe des Tschums ankam, trieben Männer mit freiem Oberkörper einzelne Tiere in ein behelfsmäßiges Gehege, um sie nacheinander zum Impfen in eine enge Bucht zu leiten. Die Luft war von einem Staub erfüllt, der nach Wollfett, Schweiß und Exkrementen roch. Die von Peitschen aufgescheuchten Tiere liefen kreuz und quer, stießen zusammen, verfingen sich mit ihren Geweihen, kämpften miteinander und rollten dabei ihre großen Augen, sodass man nur das Weiße sah. Das helle Brustfell war mit klebrigen dunklen Schweißflecken übersät.

Juri hatte Mitleid mit der Herde. Seit er sich mit Menschen in Gefangenschaft beschäftigte, ließ ihn sogar ein Vogelkäfig schaudern. Am liebsten hätte er den Zaun geöffnet und zugesehen, wie die Horde in die Freiheit hinausstürmte. Doch die Tätigkeit der Männer faszinierte ihn. Mit ihrer Geschmeidigkeit und ihrem animalischen Verhalten glichen sie den Tieren. Sie bewegten sich wie in einer Choreografie, sahen die Regungen der Tiere vorher, streiften ihre Geweihe nur, wichen aus, wenn eines von ihnen ausschlug. Sie schienen im Einklang mit den Rentieren zu sein, ihre Gedanken zu kennen, ihre Ängste und ihre Empörung.

Er beobachtete sie lange, aber sie waren zu beschäftigt, um sich um ihn zu kümmern.

Darum steuerte er auf den Tschum zu, vor dem Kinder mit scharlachroten Wangen wie ein Spatzenschwarm verschwanden, als er sich näherte. Im Zelt hatte sich in den vergangenen siebzig Jahren nichts geändert: dieselben Kleider aus Rentierhaut, dieselben Rentiergeschirre aus genähten Lederriemen, dieselben Messer, deren Griffe mit dünnen Kupferstreifen verziert waren. Nur ein paar Dinge aus Plastik und ein Ölofen passten nicht dazu.

Im Inneren des Tschums traf er auf sechs Frauen zwischen lauter Säuglingen. Keine von ihnen schien überrascht, dass er hereinkam. Sie gingen weiter ihren Tätigkeiten nach und plauderten in ihrer Sprache, ohne sich um ihn zu kümmern. Nach kurzem Zögern wandte er sich an die Jüngste, in der Hoffnung, dass sie Russisch sprach. Kaum hatte er erwähnt, dass er nach seiner Großmutter suche, wurde die Arbeit eingestellt, und alle

Frauen wollten etwas dazu sagen. Keine von ihnen war alt genug, um die Dinge damals miterleben zu haben, aber alle hatten von dem Lager und der dunkelhaarigen Frau gehört. Sie wussten, dass sie von Nekos Familie quasi adoptiert worden war, Neko, »Kleines Rentier«, von den Russen Anja genannt. Der Legende zufolge war sie zu ihnen geflohen, und der Schamane Wassily hatte ihr geholfen, über das gefrorene Meer zu entkommen, damit sie nicht gefasst wurde. Anschließend sollte sie in der unendlichen Weite der Jamal-Halbinsel bei einem anderen Stamm gelebt haben, bis Nga, der Gott der Krankheit und des Todes, ihr ein Zeichen gegeben habe.

Aber Juri würde niemanden finden, der das bestätigen könnte. Ein paar Wochen nach diesen Ereignissen waren Lastwagen zu Wassilys Lagerplatz gekommen und hatten alle mitgenommen. Niemand war zurückgekehrt. Natürlich hatte das mit der Frau zu tun, aber es war gefährlich, Fragen zu stellen. Die anderen Familien in den Hügeln hatten die verbleibenden Rentiere untereinander aufgeteilt, und das Leben war weitergegangen. Das Russenlager war kurz darauf geschlossen worden. Alle hatten sich dort bedient wie die Raben an einem Kadaver und nur die nackten Mauern stehen lassen. Auch das war das Leben.

Juri begriff, dass seine Suche am Ende war. Wenn es stimmte, dass Klara tatsächlich die Jamal-Halbinsel erreicht hatte, würde er dort keine Spuren finden. Wenn sie sich dort hatte verstecken können, würde keiner der stets vorsichtigen Stämme das zugeben. Und alles in allem war es ihm lieber, mit der Hoffnung zu leben, dass das Ganze ein romantisches und glückliches Ende genommen hatte.

Er wusste genug, um sich die Figuren seiner Familiensaga vor Augen zu führen: eine bis zur Leichtsinnigkeit willensstarke und empfindsame Großmutter, ein liebevoller, aber schwacher und willenloser Großvater, ein Vater, der sich schlagen musste und dem seine Brutalität das Leben zerstört hatte, eine Mutter, die nicht für ihn da war und sich an die Dinge gehalten hatte, weil die Menschen sie enttäuscht hatten. Und schließlich er selbst, Juri, dessen Kindheit von diesen Hoffnungen, diesen Kämpfen und diesen Opfern geprägt gewesen war. Ein Schicksal, das Tausende Familien teilten, die unter den Erschütterungen der Geschichte gelitten und eine Leiche im Keller versteckt hatten, weil sie meinten, sich das Leben dadurch leichter zu machen.

Juri bedankte sich bei den Frauen und machte sich auf in die Hügel, um sein Zelt an einem Bach aufzuschlagen. Er hatte noch zwei Tage, bis der Laster wiederkam. Die Luft war mild, und aus der Tundra stieg Feuchtigkeit auf, die mit dem schweren Duft von Erde und stehendem Wasser gesättigt war, ein beruhigender Geruch. Es regte sich kein Lüftchen, sodass sich eine grenzenlose Stille ausbreitete. Der Bach schlängelte sich geräuschlos über die Ebene, die spiegelglatte Wasseroberfläche reflektierte den Himmel, der wieder azurblau war. Ansonsten nur das Quaken von ein paar Fröschen auf der Jagd oder der Ruf einer Waldschnepfe, die in ihr Nest zurückflog. So weit das Auge reichte, verwoben sich Grün, Rot und Grau zu einem feinen Teppich, aus

dem das Gelb des Mohns oder das Stahlblau der Glockenblumen hervorsprang.

Er blieb lange reglos sitzen und ließ diesen prachtvol-
len Anblick auf sich wirken, den er als Kind in Tschernowko zum ersten Mal erlebt hatte. Mitten in dieser aus
der Zeit gefallenen Landschaft fand er seinen Platz wieder. Die kalten Ruinen des Lagers hatten ihm Verfall und
Tod vor Augen geführt. Diese Natur hingegen feierte das
stetige Erwachen eines Lebens, das immer anders und
doch unveränderlich war. Am Ende der Suche nach seiner Großmutter stand die Rückkehr zu ihm selbst. Darüber war er froh. Es war richtig gewesen, nicht aufzuge-
ben. Er hatte die Verfehlungen ans Licht gebracht und
die Wunde vom alten Eiter gereinigt. Er fühlte sich dazu
bereit, die Zurückweisungen, die Gewalt, die Scham an-
zunehmen, um wieder neu aufzublühen, wie die Welt es
jedes Frühjahr tat.

Vielleicht war es das, was Rubin ihm hatte sagen wollen mit seinem »Alles ist vergeben«. Das war natürlich
etwas zu einfach. Er hatte seine Schuld für den Mord
an dem Kasachen nicht bezahlt. Womöglich hatten irgendwo Menschen darunter gelitten, eine Familie, Kinder. Er schämte sich, dass er sich diese Frage nie gestellt
hatte. Doch es war zu spät, um sich damit zu quälen.

Eines bedauerte er: nie mit Rubin, Reva oder Anton
gesprochen, nie den Mut gehabt zu haben, Fragen zu
stellen und zuzuhören. Selbstverständlich war keiner von
den dreien ein einfacher Gesprächspartner gewesen. Er
hätte ihr Spiel mitspielen, hinnehmen müssen, dass sie
sich lang und breit über die Fischerei, die Preise oder

die Schlachtfelder von Napoleon ausließen, um ihr Vertrauen zu gewinnen. Damals hatte er weder die Zeit noch den Mut dazu gehabt. Flucht war die einfachere Lösung gewesen. Aber heute bereute er es. Sie waren nicht mehr da. Sie würden nie wieder über ihr Leben sprechen, über ihre Hoffnungen und Enttäuschungen. Ihm wurde klar, dass er sehr wenig über die Kindheit seiner Eltern wusste, von der seiner Großeltern ganz zu schweigen. Sie hatte ihn geprägt, ohne dass er es gemerkt hatte, aber er würde die Fäden nie wieder entwirren können.

Über allem stand Klara, die, mit der alles angefangen hatte. Sie hatte der Welt der Kolchosen den Rücken gekehrt, eine Karriere als Wissenschaftlerin hingelegt, die kurz vor dem Gipfel mit dem Absturz und der Landung auf diesem sumpfigen Stück Erde geendet hatte, und dabei ihre Familie mit in den Abgrund gerissen. Er nahm es ihr nicht übel, er bewunderte sie sogar. Wenn sie ihnen etwas hinterlassen hatte, dann diese Widerständigkeit, den unbedingten Willen, zu überleben und zu leben. Rubin, der Sohn einer Ausgestoßenen, hatte es zum angesehenen Kapitän eines Fischtrawlers gebracht. Juri, der dünne kleine Junge aus Murmansk, war ein angesehener amerikanischer Wissenschaftler geworden.

In diesem Moment stellte er sich vor, wie sie über die Ebene lief, wie sie in der Rentierfelljacke zwischen den verkrüppelten Birken auftauchte. Er meinte, das Lachen einer Frau zu hören. Er spürte Klara ganz nah bei sich. Sie hatte von dem glitzernden Wasser getrunken, sie war über den bunten Teppich gelaufen, der vor Insekten schwirrte, sie hatte dieselbe Luft eingesogen und dieselben Gerüche wahrgenommen. Er ertappte sich dabei, wie er ihren Namen rief, und seine Stimme flirrte seltsam in der Stille.

An diesem Abend schloss er das Geografiebuch und war frei, zu den Vögeln zurückzukehren. Zu seinen Vögeln, die ihm so viel bedeuteten und ihm noch immer den Weg in die Freiheit wiesen.

Isabelle Autissier

Isabelle Autissier, 1956 in Paris geboren, lebt heute in La Rochelle. Mit sechs Jahren entdeckte sie ihre Leidenschaft für das Segeln; 1991 machte sie Furore als erste Frau, die allein die Welt umsegelte. Nach ihrem überaus erfolgreichen Debüt *Herz auf Eis* ist *Klara vergessen* ihr zweiter Roman.

Mehr von Isabelle Autissier:
Herz auf Eis. Roman

GOLDMANN
Lesen erleben

Um die ganze Welt des
GOLDMANN Verlages
kennenzulernen, besuchen Sie uns doch
im Internet unter:

www.goldmann-verlag.de

Dort können Sie
nach weiteren interessanten Büchern **stöbern**,
Näheres über unsere **Autoren** erfahren,
in **Leseproben** blättern, alle **Termine** zu Lesungen und
Events finden und den **Newsletter** mit interessanten
Neuigkeiten, Gewinnspielen etc. abonnieren.

Ein **Gesamtverzeichnis** aller Goldmann Bücher finden
Sie dort ebenfalls.

Sehen Sie sich auch unsere **Videos** auf YouTube an und
werden Sie ein **Facebook**-Fan des Goldmann Verlags!

www.goldmann-verlag.de
www.facebook.com/goldmannverlag

GOLDMANN
Lesen erleben